COLLECTION FOLIO

Jean Giono

Le Déserteur

et autres récits

Préface
d'Henri Fluchère

Gallimard

Jean Giono est né le 30 mars 1895 et décédé le 8 octobre 1970 à Manosque, en haute Provence. Son père, Italien d'origine, était cordonnier, sa mère repasseuse. Après ses études secondaires au collège de sa ville natale, il devient employé de banque, jusqu'à la guerre de 1914, qu'il fait comme simple soldat.

En 1919, il retourne à la banque. Il épouse en 1920 une amie d'enfance dont il aura deux filles. Il quitte la banque en 1930 pour se consacrer uniquement à la littérature après le succès de son premier roman : *Colline*.

Au cours de sa vie, il n'a quitté Manosque que pour de brefs séjours à Paris et quelques voyages à l'étranger.

En 1953, il obtient le prix du Prince Rainier de Monaco pour l'ensemble de son œuvre. Il entre à l'Académie Goncourt en 1954 et au Conseil littéraire de Monaco en 1963.

Son œuvre comprend une trentaine de romans, des essais, des récits, des poèmes, des pièces de théâtre. On y distingue deux grands courants : l'un est poétique et lyrique ; l'autre d'un lyrisme plus contenu recouvre la série des chroniques. Mais il y a eu évolution et non métamorphose : en passant de l'univers à l'homme, Jean Giono reste le même : un extraordinaire conteur.

PRÉFACE

Voici quatre textes, issus de la même plume, dont on ne s'étonnera pas, malgré les divergences apparentes des sujets, qu'ils soient réunis sous la même couverture. Écrits à des époques différentes, sous des prétextes divers, et selon l'humeur du moment, ils témoignent allégrement de ce don essentiel, le don du conteur, qui déclenche l'amertume des esprits chagrins, mais justifie l'admiration de qui aime la langue française, son pays natal, et les libertés que l'imagination peut prendre avec la crédulité des amis inconnus. C'est dire que ce sont là des textes personnels, donc du secret, en dépit de l'ouverture délibérée de la confidence, du naturel du récit ou de la méditation, et de la volonté soutenue de communication avec qui sait lire, avec qui a envie d'être entraîné dans les régions raréfiées où il est permis d'écouter les voix du silence et de répondre aux sollicitations de la rêverie.

À leur façon, ces textes sont des récits, comme tous les autres textes de Giono. Le roman est un récit, le conte est un récit, mais aussi la méditation, la plongée dans l'histoire ou dans l'imaginaire, les développe-

ments érudits ou flamboyants qui vont sous le nom de pamphlets ou d'essais, les remémorations sentimentales, les explorations eschatologiques, les descriptions lyriques ou les divertissements digressifs : tout est récit chez Giono, c'est-à-dire création où quelque chose nous est conté, quelque chose de personnel, de très personnel, quelque chose d'inventé, dont les incidents, ou incidences, se déroulent et s'enchaînent à mesure que la parole parle, que la plume écrit, que le regard intérieur suit et surveille ce qui se dit, ce qui se fait. Toute écriture est chez Giono une expérience vécue, au sens le plus abusif du terme, par laquelle s'exprime le bonheur d'écrire, d'être soi, de plier le langage aux lois de son expressivité personnelle, comme l'artisan plie la matière aux courbes désirées de sa vision. Cela est visible dans l'œuvre entière, de Colline à L'Iris de Suse, et aucune des invectives généreuses qui lui ont valu tant de contestation féroce n'échappe à ce mouvement de la parole qui lie.

Donnez-lui la plus mince des anecdotes, le pré-texte le plus futile, l'émotion la plus tendre, le thème le plus obscur, ou le plus banal, Giono n'a pas une seconde d'hésitation. Ce qu'il va écrire, une fois la première phrase accrochée, il va le sortir de lui-même, et ce sera la chose la plus naturelle du monde que d'assujettir son lecteur. Il est comme Ulysse contant ses aventures réelles ou imaginaires pour la fête du roi des Phéaciens, ou le Vieux Marin qui contraint les invités de la noce à se détourner d'un festin nuptial pour d'autres agapes qui les combleront d'émerveillement. Pas question ici d'examiner comment fonctionnent ses sortilèges, il suffit de suivre la pente, la syntaxe parlée *vous entraîne, les images vivifient le paysage parcouru, tous vos sens sont à l'affût d'une découverte insolite, les mots arrivent sous la main comme des animaux familiers, le ton est celui de la sincérité candide et de lin blanc, et vous voici attaché à ce qui devient une histoire, un enchaînement, rationnel ou irrationnel, de faits, de gestes, d'idées dont vous croirez être vous-même l'auteur, tant la simulation du vraisemblable est parfaite, et la dissimulation du secret de l'agencement des parties est faite de jeu subtil. On tend l'oreille, on le suit ce joueur de flûte de Manosque, on ne le lâche plus, on pénètre avec lui dans le dédale des ambiguïtés savoureuses, on se laisse éblouir par l'éclat des simples vérités qu'on n'avait jamais vues, et l'on s'étonne que le train-train d'une parole apparemment inoffensive vous ait entraîné si loin sur des sentiers si peu battus.*

Ce que propose Giono, c'est une lecture du monde, qu'il pratique lui-même la plume à la main. Et ce monde est fait de mystères — de mystères qui peuvent avoir la séduction cristalline de sortilèges miniaturisés, ou devenir les éléments scandaleux de multiples défis à l'intelligence explorant les domaines interdits. Entre l'obscurité des mobiles qui poussent l'assassin au crime ou le peintre au choix d'une couleur, il n'y a pas de différence fondamentale. Il y a le mystère des consciences ténébreuses pour un tiers ou pour un quart, comme il y a celui des espaces infinis qu'explorent courageusement les astronautes du temps et de l'espace avec leurs bidules, leurs télescopes et leur pelle à charbon. Entre les questions terre à terre (mais combien vitales pour lui) que le Déserteur a pu se poser avant de s'établir à Haute-Nendaz, et les énigmes cosmiques offertes aux astronomes et aux mathématiciens depuis Ptolémée ou Apollyon, comment distinguera-t-on? On pourra pousser l'angoisse jusqu'à l'interrogation absurde : pourquoi les nombres ne se conjuguent-ils pas, comme les verbes, et peut-on croire à l'irréversibilité du temps, puisque le présent se précipite dans le passé avec une vitesse supérieure à celle de la lumière? Mais, d'autre part, il y a une civilisation de l'olive et une du vin qui ont su apprivoiser leurs mystères, tandis que la pierre, sans quoi le monde n'existerait pas, s'est laissée docilement subjuguer par l'homme qui en fait la servante de ses besoins, et la complice obéissante de ses rêves.

En somme, tout texte écrit est sous-tendu par une volonté de déchiffrement. Les êtres, le monde, l'univers s'expriment par mille langages, une véritable Tour de Babel, à la fois anachronique et prophétique, dont l'enchevêtrement des signes exige la savante rouerie d'un Champollion pour les traduire en quelque chose d'intelligible. S'il est vrai que Dieu a eu peur quand il a vu s'élever la Tour, il eût dû penser que la confusion des langues ne ferait qu'accroître les curiosités coupables de l'homme. Il devenait ainsi plus alléchant de percer tant de mystères linguistiques, au prix d'un moindre châtiment que celui qui avait frappé la première curiosité qui scella le destin des occupants de l'Éden. Sans cette indiscrétion si cruellement punie, il n'y aurait pas eu d'histoire de l'humanité. On se serait contenté d'écouter le chœur des anges. Mais depuis cette fatale erreur, l'homme a vécu en perpétuel besoin d'interrogation. Il lui faut, sous peine de mort, percer

les secrets des Dieux, des hommes, des forces naturelles,
faire face à la feintise, à l'imposture, à l'hypothèse, au
mensonge, déchirer les masques, savoir ce qui se passe
avant, après, dehors, dedans, dessus, dessous. La
moindre parcelle de langage doit conduire à une
révélation — c'est pourquoi tout écrivain en état de
grâce est en perpétuel état d'apocalypse. Et puis, il y a
le panache de l'ironie et de l'humour.

    La brume dont s'enveloppe la vie de Charles-
Frédéric Brun cache un secret bien ténu — il est
pourtant impénétrable, et l'on ne peut conjecturer ce
qu'il n'est pas, à défaut de ce qu'il est. Ce « déserteur »
robuste et timide ne serait qu'un trimard sans intérêt
s'il n'apparaissait tout à coup comme un Jean Valjean
de l'ex-voto. Son appétit de mystère se trouve l'alibi
de l'œuvre d'art pieuse, et la peur du gendarme qui
hante cet homme sans papiers se traduit par le désir de
peindre ces portraits naïfs et beaux, où le saint, au
visage plat, témoigne une gratitude impavide au
bienfaiteur qui l'a fait portraiturer. Pour en arriver à
cet art, à cette constance dans le pathétique primitif,
pour créer cet univers magique de figures incarnées
dans les tons suaves des créations enfantines, il a bien
fallu une âme d'élite, capable de dialoguer avec Giotto
ou saint François, et de garder, au plus secret de soi,
l'ascétisme de la candeur, et la foi du cordonnier. On
ne saurait s'étonner que Giono ait refait pas à pas,
avec une minutie extraordinaire, l'itinéraire de cet
anachorète errant par les hauts lieux, qui accepte la

soupe *du pauvre, mais refuse le lit des bourgeois.*
Charles-Frédéric Brun est un homme selon son cœur,
et qui pourrait le reconnaître mieux que lui pour un
homme de misère, qui a autant besoin de tendre amitié
que de pain blanc? Ainsi la vie de C.-F.B. nous est
contée à partir de détails chétifs, de conjectures
charitables, et d'une géographie prestigieuse, qui est à
la fois celle du pays et celle des sentiments. Nous
sommes entrés avec lui dans le domaine féerique où les
fleurs emblématiques vont composer d'elles-mêmes les
bouquets mystiques qui flottent autour de l'auréole des
saints.

Conter la vie du Déserteur, c'est relativement facile
— mais raconter la pierre pose bien d'autres problèmes
au narrateur, ne serait-ce que celui-ci : par où
commencer? Mais la biographie de la pierre est
inscrite dans la vie de l'homme, et si on le prend de ce
biais, raconter la pierre, c'est raconter l'histoire de ses
rapports avec l'homme. Tout de suite, alors, la pierre
s'anime, s'émeut, se laisse modeler, participe aux
combats de l'homme, se fait boulet ou aqueduc, harpon
ou hache à dépecer, cabane de berger, temple ou statue,
palais présidentiel ou cachot de prison, on la triture en
poudre, et elle se cristallise en toutes sortes de joyaux
étincelants qui font éclater la richesse des grands et
donnent prestige à la beauté de leurs femmes — enfin,
elle est aussi l'auxiliaire du bourreau pour la peine
dure et forte, *et après avoir contenu l'eau lustrale*
dans les fonts baptismaux, elle clôt ses services en
assurant l'étanchéité du tombeau. Quelle magnifique

*histoire, et de quelle plume alerte Giono nous la conte,
comme en se jouant. La pierre ne résiste pas, elle se
prête à ce jeu. Elle est l'interlocuteur muet qui répond
à sa façon aux caprices ou aux folies des hommes, mur
cyclopéen sur quoi vient buter et s'inscrire le temps,
fragment d'étoile chu aux portes du sommeil, grottes
piégées où rampent les spéléologues, rhétorique de la
réverbération, îles et caps surgis des instructions
nautiques, prodigieux archipels où s'effondre l'imagination de l'homme — sang de la pierre, sueur de la
pierre, qui témoignent de sa vie intérieure, mystère des
insectes emprisonnés depuis des millénaires — quelles
merveilleuses aventures, sanglantes, absurdes, sublimes,
ne raconte-t-elle pas sur les façades des temples
hindous ou des cathédrales gothiques, témoignages
implacables de la cruauté, ou de la tendresse qui gronde
ou qui sommeille au cœur des humains. On n'aura
jamais fini d'interroger la pierre, porteuse des secrets
de la création, et les alchimistes modernes qui, mieux
que les anciens, ont réussi à libérer la prodigieuse
énergie du moindre des atomes dont elle est composée
réussiront peut-être l'ultime conspiration de l'histoire :
celle qui détruirait la planète.*

*Mais ces rêveries cosmiques à quoi conduit l'aban-
don de l'imagination aux passions des sciences exactes
ne peut qu'aboutir à un retour aux passions des
sciences humaines. Car le cœur de l'homme, à son tour,
se laisse attendrir par la pierre, et c'est ici que l'humour
reprend ses droits. Allez donc visiter les églises que
Giono, amoureux des belles pierres, a achetées en
Italie ! — « une à Viterbe, derrière la place aux
morts »... une à Rome — « c'est une des deux qui*

*encadrent l'ouverture du Corso sur la Piazza del
Popolo : celle de droite »... « et la troisième (achetée
l'an dernier) est l'église de Quirico d'Orcia, un bourg
entre Rome et Sienne ». Ajoutons-y quelques fontaines
et quelques maisons à Édimbourg ; cela vient parfaire
le goût de Giono pour de la pierre civilisée : « rien
n'est plus tendre que la pierre de Rome » — et nul
n'est plus sensible à cette tendresse que le cœur de
Giono.*

*Aussi bien, si Giono est à l'aise avec la pierre, il
peut l'être encore bien plus avec la terre de son pays.
Arcadie... Arcadie... : le titre même en témoigne, est
une constante, variable à l'infini, qui joue sur des
évidences ancestrales au point d'être devenues
mythiques, que nulle force de dissuasion des turbulences
modernes ne pourra jamais offusquer. Le profil des
collines, les couleurs changeantes des bois, la tapisserie
des tuiles, la prise de possession bien assise et sereine
d'une ferme trapue au milieu des labours, les frondai-
sons exquises des saules ou les ondoyantes ramures des
oliviers argentés, personne ne le racontera mieux que
Giono. Il y a ici adéquation parfaite entre le regard et
ce qu'il capte, entre l'émotion et ce qui l'inspire, entre
la pensée et ses applications à une forme de vie. Le
classicisme virgilien que Giono attribue à cette terre, ce
n'est pas, dieu merci, un souvenir littéraire, c'est du
travail en pleine pâte, c'est la respiration raisonnable,
jouissance sans le savoir, de l'homme heureux comme
un roi dans les labeurs de ses tâches quotidiennes,
environné de ses soucis familiers, qui donnent couleurs*

et parfums à ses agitations terrestres. Là encore, il s'agit des rapports entre l'homme et le morceau de terre qu'il a civilisé. On peut croire, en effet, qu'une civilisation est issue de l'olivier ou de la vigne, et cela vaut sans doute mieux qu'une civilisation de l'essence ou du nucléaire. L'oncle Ugène, pour fainéant qu'il soit, vaut bien, sur le plan humain, un ingénieur de Cadarache, et l'huile vierge du moulin Alic a meilleur goût que celle raffinée dans les installations ultra-modernes de notre ami Jacques Lévy-Puget*, hélas disparu avec le moulin Alic. Ici, dans l'espace exaltant du souvenir, la méditation-récit atteint le point le plus tendre de la tendresse, et l'extrême simplicité des textes évangéliques, où la parole est en retrait de sa mission théologique. Arcadie... Arcadie... et d'autres textes où Giono est aux prises avec ses nostalgies et ses joies secrètes, pourraient bien, aux yeux de certains, prendre couleur de théophanies.

Certes, on n'a pas encore accordé à certains aspects de l'œuvre de Jean Giono toute l'attention désirable. Réduire aux seules sources païennes une inspiration aux modulations si diverses, pourra bien un jour paraître une insigne impiété et un grave oubli. Ce serait aussi faux que de le réduire à un primitivisme messianique, parce qu'il a « prêché » le retour aux « vraies richesses », et pris la guerre en horreur. Le père anarchisant faisait de la Bible son livre de chevet, et quel rôle immense il a joué dans la vie de son fils !

---

* Grand expert en huiles d'olive, dont il est question dans *Arcadie... Arcadie...*

Giono ne force pas les confidences, elles viennent d'elles-mêmes, et le parallélisme (sinon l'identité) des visions n'est pas fortuit, parce qu'il est issu, à cinquante ans de distance, d'un même souci du destin de l'homme. Il n'est pas surprenant que lorsque M. Joseph Foret lui demanda, en 1961, d'écrire un texte sur l'Apocalypse, il ait accepté d'enthousiasme cet exercice de ferveur qu'il a recopié de sa main avec application sur l'authentique parchemin d'un livre unique. La tentation était trop forte d'écouter encore une fois la voix du père, s'interrogeant sur le sens de la vie et de la mort, résonner dans les perspectives, imprenables à d'autres qu'à lui, d'une vieillesse et d'une jeunesse évanouies. « Sur le haut de la maison » (Mtt. XXIV, 17) où l'évangéliste (ici, Matthieu) fait monter ceux qu'il veut préserver de « l'abomination de la désolation », le père Jean, évangéliste contestataire, fait monter le fils, par une brûlante soirée d'août, pour lui faire, comme le Jean de Patmos, sa révélation.

Le long monologue du père, rarement interrompu par le fils, est un des textes les plus denses, et les plus bouleversants que Giono ait écrits. Malade et vieilli, sentant la vie glisser de lui, le père Jean n'attend pas que son fils ait atteint le plein âge de raison (il a dix ans), ni que la Jérusalem nouvelle ait pointé à l'horizon, pour exercer sur lui son pouvoir prophétique. On songe aux confidences de Prospéro à Miranda — mais cela va beaucoup plus loin. Car ce n'est pas Miranda qui raconte l'expérience du magicien qui prépare son avenir. C'est Jean le Fils, dont l'angoisse inavouée remémorera celles du père. Peut-être pourrait-on songer aux seize gravures de Dürer sur le même sujet, qui témoignent aussi de l'angoisse du peintre et de celles des gens de son temps. Mais l'angoisse des cataclysmes mondiaux n'est-elle pas de tous les temps, et n'a-t-on pas le plus souvent vu dans L'Apocalypse *le terrifiant spectacle de la colère divine plutôt que le symbole obscur d'une résurrection de la vertu et de la foi triomphantes?*

La vision du père s'ouvre avec les paroles de Jésus sur le Mont des Oliviers, à peine transposées : « *Tu entendras parler de bien d'autres guerres, dit mon père...* », et sur le ton familier de la confidence, il passe au texte même de L'Apocalypse, celle de Jean de Patmos, fils de Zébédée (Giono ne conteste pas que l'Évangéliste soit l'auteur de la Révélation), qui prophétise tant de fléaux pour la suite des âges, et jusqu'à la fin de ce monde qu'un monde nouveau remplacera. On les y trouve tous ces fléaux, si proches de nous — ils se révèlent les symboles furieux d'une imagination anagogique, que le père Jean connaissait par cœur. « *Il aimait particulièrement* L'Apocalypse *de saint Jean* », écrit Giono, « *c'est mon Virgile* » — ainsi le père et le fils font s'affronter et se complémentariser le monde païen et le monde chrétien — et celui-ci n'est pas des plus rassurants. Voici les quatre cavaliers avec leurs attributs, le mugissement des trompettes, les ruisseaux d'absinthe et de sang, la chute des astres, et les anges exterminateurs; des milliers de morts, des mondes éclatés, et dans le vacarme inouï des grandes voix du tonnerre et des tremblements de terre, voici l'homme terrifié qui cherche en vain son salut. L'apocalypse est sur nous à l'échelle planétaire, mais, étrange paradoxe du voyant *récalcitrant, elle est « l'ensemble des événements qui font désirer la mort ». Le père Jean conteste au fils de Zébédée son quatrième cheval, le cheval* vert *(livide, dit la Bible en français ; pale, le texte anglais) dont le cavalier est la* Mort, *avec « l'Enfer qui marchait à sa suite ». Il ne faut pas confondre l'Apocalypse et la mort, car si la mort apparaissait, universelle et définitive, il ne saurait y avoir que « le chœur des anges qui est le silence éternel ».*

Il faudrait une longue glose pour venir à bout de ce texte — elle sera faite un jour, car l'enjeu est trop important. Qu'il suffise ici de dire que l'ardente méditation du père, si vastes que soient ses envolées, retourne obstinément au plan humain. Si l'apocalypse, en effet, a un sens, il faut bien qu'elle concerne les problèmes des hommes dans leur universalité, races, sociétés, nations, mais surtout dans leur individualité, l'homme qui souffre et qui meurt. Les incursions faites dans l'univers des chiffres, au creux des gouffres célestes, et jusqu'aux sphères métaphysiques, où se brouillent aux yeux les fantastiques notions de l'infini des nombres, des galaxies, de l'espace ou du temps, n'ont d'autre objet que de mettre en évidence la misère et la suprématie de la créature humaine — dont l'oncle Ugène (encore lui), « retranché des bruits » et menacé d'être « retranché de la lumière », est le pitoyable symbole. Aveugle, sourd, bientôt paralysé, se composant un univers personnel avec les seuls sens qui lui restent, et qu'il va bientôt perdre, le goût et l'odorat, il n'est plus qu'une mémoire vigilante, qui se nourrit inlassablement de son passé, parvenu au creux le plus profond de l'abîme, où les aurores boréales qu'il verra se lever ne concerneront plus que lui. Et cette apocalypse personnelle ne prendra fin qu'avec sa mort, et qui sait dans combien de temps. La mort met fin à nos apocalypses personnelles, mais l'apocalypse, ce n'est pas la mort.

Tant que l'humanité prolongera son existence, au fond de quel siècle des siècles, c'est dans l'apocalypse que nous vivons — et Dieu veuille que, le progrès aidant, nous ne parvenions pas à tuer la mort. L'immense fantasmagorie de l'univers compose un spectacle fascinant capté par les sens, reconstruit par l'intelligence, répercuté dans notre chair, traduit en actions et cataclysmes divers imaginés et provoqués par l'homme qui ne se lassera jamais d'être à la fois acteur et spectateur dans ce « grand théâtre » qu'animeront les survivants de génération en génération, et que le Verbe chargera de sens.

Les horreurs qui jalonnent l'histoire ont donné raison à saint Jean de Patmos, comme celles qui ont suivi le soir de la conversation sur les toits ont donné raison à Jean de Manosque. Jean de Manosque, frère puîné de Jean de Patmos, lègue à son fils une apocalypse personnelle, que celui-ci transcrit avec fidélité. C'est à l'aube du XXe siècle, époque à laquelle les apocalypses nouvelles ajouteront à la chaîne ininterrompue de celles du passé. Loin d'être, comme L'Apocalypse *de D. H. Lawrence (à qui souvent on compare Giono), un véhément examen critique du texte de saint Jean, celle de Giono le prolonge et le complète, car elle se situe dans la contemporanéité, et, avec une probité de style qui lui donne son rehaut,* s'inscrit dans les appétits et les angoisses de l'homme moderne. Elle nous concerne tous.

« *Peu de temps après il mourut.* »

Henri Fluchère.
Sainte-Tulle, 17 juillet 1973.

Le Déserteur

C'est, à l'abord, un personnage de Victor Hugo. Plus que de la frontière française, il sort des *Misérables* avant la lettre. Il a les mains blanches et il va au peuple. Il est peut-être évêque et il s'abandonne à la charité publique. Il a dû commettre on ne sait quel crime, en tout cas celui d'anarchie : quelque chose, on ne sait quoi, flamboie dans son passé. Il est simple avec grandiloquence. Il parle de Dieu comme un enfant. Il est le jour et la nuit, le noir et le blanc, le bon et le mauvais, tout y est.

Qui ne traîne pas des mystères après soi, surtout un étranger ? Celui-là sort tout éberlué des forêts. Il vient d'où ? S'il est entré en Suisse par le pas de Morgins, comme on croit, il vient d'Abondance. Et avant Abondance ? du nord ? comme son accent semble le faire croire. Il a donc fallu qu'il contourne longuement le bec du lac de Genève. S'il fuyait devant un danger quelconque : police, carbonari, lourd passé, remords, et s'il cherchait un refuge en terre libre, on l'imagine mal s'imposant de longer une frontière derrière laquelle se trouve le refuge pour venir enfin la traverser au pas de Morgins (qui au surplus n'est pas si connu que ça, ni si commode). S'il venait du nord, il pouvait à chaque instant entrer dans le canton de Vaud par un des multiples passages (faciles) du Jura. En 1850 (à l'époque qui nous intéresse), nombreux sont les hors-la-loi français ou allemands qui pénétrèrent en Suisse aux alentours de la dent de Vaulion. C'était même un passage à la fois prévu et recommandé. La surveillance était presque inexistante. Major Nadaud, qui s'échappa du bagne de Brest, fit les quatre cents coups en Belgique, dans les Ardennes, Belfort et la région de Salins, essaya de passer en Suisse par le val de Travers, fut refoulé par des chiens et, finalement, reçut dans une auberge de Malbuisson toutes les indications sur ce qu'il appelle les « facilités du Jura ». Il passa sans encombre par le fond du lac de Joux. Carrelet, dit « Beau-Garçon », pris aux basques par la police de Charles X, joue la fille de l'air par un sentier qui descendait aux sources de l'Orbe. De la Faucille à Delle, il y a quarante-trois sentiers de passages de la frontière non gardés et neuf gardés par des militaires qui se vendent. C'est connu. Il existe une liste de ces passages qu'on peut facilement se procurer (même à Paris) pour qui connaît la « falourde ». Pour qui ne la connaît pas, il suffit d'ouvrir l'oreille et c'est ce qu'on fait instinctivement quand on fuit. Donc si notre « Déserteur » vient du nord, vient par exemple d'Alsace (à cause de son accent), on se demande pourquoi il va faire

le tour du lac pour venir traverser la frontière au
pas de Morgins, alors que d'un saut il pouvait être
tout de suite à l'abri, en face de Pont-de-Roide, par
exemple, où précisément en 1839 Esenbeck, dit « le
Hoogkyker » (à cause de ses lourdes paupières), se
dépêtra des gendarmes de Carlsbad.

On peut donc difficilement l'imaginer venant du
nord. Ce qui ne veut pas dire qu'il n'en venait pas.
Venait-il du sud ? On peut avoir l'accent alsacien et
venir du sud. Du sud, que se passerait-il ? Il serait
peu à peu poussé dans le cul-de-sac Genève, Évian,
Montreux, sur cette bordure de lac qui figure
parfaitement le fond de la nasse. Suivons-le simplement depuis Grenoble. C'est tout naturellement,
pour un particulier qui se cache et se dirige vers la
Suisse, la petite route d'Allevard (il faut imaginer
ce qu'elle était en 1850, Gustave Doré en a donné
dans *Le Magasin pittoresque* des gravures qui font
frémir), puis le derrière du lac d'Annecy, par
Megève (un autre enfer 1850); il éviterait le mont
Blanc qui est alors pour le vulgaire une sorte de
monstre du Loch Ness, il passerait à Cluses,
Taninges, les Gets, c'est la route droite; il ne
descendrait pas des Gets à Thonon, car il sait que
les bords du lac sont gardés, il prendrait sur sa
droite un petit sentier de montagne qui le mènerait
dans la vallée d'Abondance. C'est la ligne droite ou
tout au moins c'est le chemin le plus direct, le plus
logique pour aller, venant du sud, très vite en
Suisse sans se montrer et sans se faire prendre.

Autre point qu'il faut éclaircir : il a peint à
Nendaz (qu'on prononce Ninde). Avait-il peint

avant Nendaz? C'est probable : on ne le voit pas improvisant brusquement sans préambule. Oui, mais s'il a peint avant Nendaz, où sont ses peintures? Elles ont été conservées ici parce qu'elles plaisaient au cœur populaire, elles auraient été conservées ailleurs pour les mêmes raisons. Admettons que pendant sa fuite il ait laissé ses couleurs tranquilles, mais avant de fuir il était bien installé quelque part? Qu'y faisait-il? De la peinture? Où est-elle? Où en a-t-on signalé de semblable à celle de Nendaz? Elle n'a pas pu disparaître en entier sans laisser la moindre trace?

Loin dans le nord, à Épinal, il y a un art qui ressemble à première vue à celui du Déserteur. Examiné de plus près, il en diffère totalement. L'imagerie d'Épinal est gravée sur bois et coloriée au pochoir; le Déserteur peint et ne grave pas. Plus près de sa manière serait un artisanat d'ex-voto qui existait au début du siècle à Liffol-le-Grand, près de Neufchâteau. On connaît un autre atelier de cet artisanat à Recey sous le plateau de Langres, un autre à Vaudeuvre près de Troyes. On m'en a signalé d'autres en Alsace autour de Colmar. Il y avait également sans doute des peintres d'ex-voto itinérants. École c'est beaucoup dire, mais les ex-voto qui sortent de l'atelier de Liffol-le-Grand et de celui de Vaudeuvre ont beaucoup de points communs avec la peinture de Nendaz. Il y a plus : « Le *Feuilleton de Paris,* journal de littérature amusante, illustré de très belles gravures » publie, dans son numéro du 15 mars 1848, plusieurs ex-voto (dont il ne donne pas, malheureusement, l'origine, mais l'article qui motive ces gravures parle de Liffol-le-Grand et de Vaudeuvre) et sur l'un d'eux, peint en remerciements de trois enfants sauvés du feu, nous trouvons *La prostituée de Babÿlonne,* avec la même orthographe que celle du Déserteur : *i* grec tréma et deux *n.* On croit toucher à quelque but. Il n'en est rien : comme on verra plus loin, cette orthographe de Babylone avec l'*i* grec tréma et les deux *n* est l'orthographe classique des ex-voto.

Loin dans le sud, dans le comté de Nice, on retrouve le travail de plusieurs ateliers de peintres en ex-voto. Je ne parlerai pas de ceux que tout le monde connaît qui sont célèbres, ils ne nous apprendraient rien. J'en signale simplement un dans l'église de Beuil où nous retrouvons l'orthographe spéciale pour Babylone, et deux autres à Entrevaux où nous retrouvons le bleu vert du fond du *Saint Georges* de Nendaz, sur également une représentation de saint Georges. J'ai reçu la reproduction en couleur d'un quatrième ex-voto qui a été photographié à Olmeto dans le sud de la Corse. Il a ceci de particulier qu'il est exactement dans les tons de l'*Ecce Homo* du Déserteur. Il représente un berger sauvé de la morve (maladie tellement mortelle que ce n'était sûrement pas la morve qu'il avait, pour y survivre). Il est couronné d'une couronne verte, il tient dans sa main le même roseau que le Christ. Les couleurs de son corset de bure, de son manteau, de sa barbe, de sa bouche, de ses yeux sont exactement semblables aux couleurs correspondantes dans l'*Ecce Homo* de Nendaz. La

tête est penchée dans le même sens, le béret dont il
est coiffé imite à s'y méprendre l'auréole du Christ
et, parallélisme complet, le petit tableau porte
en haut, à droite et à gauche de la tête, les
deux étoiles à huit pointes rouges, noires et jaunes.
Il ne manque au berger d'Olmeto qu'une certaine
grâce.

Tout cela ne prouve qu'une chose : il semble
bien qu'il existait un poncif dans tous les sens du
terme qui faisait que, nord ou sud, les personnages
d'ex-voto étaient représentés suivant une tradition
et il paraît que le Déserteur connaissait cette
tradition. Beaucoup de recherches pour un bien
maigre résultat. Nous ne savons toujours pas si
l'homme qui sort du bois comme un cerf vient du
nord ou du sud.

Ni ce qu'il fait. Quel est son crime (si crime il y
a !) : politique, passionnel, de droit commun ? A-t-il
conspiré, tué une femme, dévalisé à main armée ?
Ses mains sont blanches ; cette blancheur de la
main a été remarquée tout de suite par les paysans
du Valais. C'est donc un monsieur. De là, tout de
suite des idées politiques et de conspiration. Mais
quelle conspiration ? Est-ce qu'on a conspiré en
1850, et où ? Même autour du futur Badinguet tout
est calme pour le moment. La duchesse de Berry, le
général Lamarque ? C'est bien loin. Cugnet de Mon-
tarlot c'est encore plus loin. Les sociétés secrètes :
Dévorants et Hyrcaniens, le Grand Orient, Mus-
tapha le Persan, petits îlots de bonapartistes,
flaques et étangs de républicains, la Grande
Marianne, les Quatre Saisons, le Bonnet phrygien,

la Tante Aurore, les Fils de Bobèche, le Fil en
Quatre, le Lion dormant, etc. Est-ce qu'il a fait
partie de ces associations, petites et grandes bandes,
où il n'y avait pas de quoi fouetter un chat (pour
l'instant) et que la police tenait d'ailleurs en main
par de nombreux agents, provocateurs à l'occasion ?
A-t-il été visé et compromis à la suite précisément
d'une de ces provocations ? Il aurait fallu qu'il soit
une « huile » ou une « tête » pour être l'objet d'une
de ces entreprises. Mais alors il ne se serait pas
réfugié en Suisse pour y faire de la peinture. Et
voit-on une huile, même (ou surtout) républicaine
sans le sou ? Et capable de porter en son cœur les
délicates couleurs de Saint-Jacques en Galice ?

Les artisans peintres en ex-voto intitulaient la
profession « Peintre en piété ». Ils étaient généralement légitimistes et réunis dans un ordre de
compagnonnage dénommé « Les frères de la tabatière ». Tabatière dans le sens de « éternuer dans le
son » comme on disait que faisaient les têtes dans le
panier de la guillotine sous la Terreur. On voit bien
par cette étiquette et son image excessive que les
Peintres de la piété étaient incontestablement des
faibles, des naïfs, des paisibles et somme toute des
inoffensifs qui ne trompent personne et surtout pas
la police.

Ce n'est donc pas dans ce sens-là qu'il faut
chercher. Au surplus, l'image du Déserteur telle
que nous l'ont transmise ceux qui l'ont approché et
connu, n'est ni physiquement ni psychologique-
ment celle d'un conspirateur. Ou même d'un
simple politique.

Crime passionnel? A l'époque qui nous intéresse, les crimes passionnels laissaient des traces. On en parlait dans les journaux et pendant des mois. En prenant comme centre, d'abord Lyon, puis Colmar (à cause de l'accent alsacien du Déserteur), puis Avignon et en dépouillant la *Gazette des Tribunaux,* avis de recherche, causes célèbres, etc., dans un rayon de cent kilomètres, on ne trouve que six crimes passionnels dont le coupable a pris la fuite et n'a pas été retrouvé.

Il y en a en effet un du côté de Colmar, à Orbey. Mais il s'agit d'un braconnier qui noie dans un lavoir une blanchisseuse avec laquelle il vivait, puis il décampe. On suppose qu'il passe en Suisse. Son signalement : « blond, taillé en sifflet, trente ans » ne correspond pas avec celui du Déserteur. Trois crimes passionnels dans la ville de Lyon, trois dont les héros sont en fuite. Mais là encore, il s'agit, pour l'un, d'un canut qui étrangle une fille du point du jour, cinquante ans et boiteux ; on ne le suppose pas en Suisse, mais caché dans le Forez ; pour l'autre, c'est un clerc de notaire : il a tué une cliente de son patron, motif : l'intérêt, « petit, gros, myopie extrême » ; celui-là est passé en Suisse, mais encore une fois le signalement ne correspond pas, ni par exemple qu'il a une belle voix de basse-taille et aime à en faire profiter les assemblées. Le troisième Lyonnais donne au premier abord des émotions : il s'agit d'un homme dans la force de l'âge, « correct et bien élevé, passe inaperçu généralement », de plus il est peintre en soierie et il n'a tué personne : il a seulement, dans l'accès d'une colère de mouton,

gravement contusionné Mᵐᵉ Aurélie Pinche, la
patronne pour laquelle il travaillait. Il s'est affolé et
enfui. Il a bien fait, car Aurélie, rescapée, entre
dans une fureur noire et le fait poursuivre l'épée
dans les reins par la police. Est-il en Suisse, est-il
ailleurs ? On ne sait pas. Ce qu'on sait, c'est qu'il ne
peut pas être notre Déserteur, car il a femme et
enfant, et si la police ne le trouve pas, elle acquiert
très rapidement la certitude qu'il n'est pas loin,
qu'il travaille et qu'il envoie de l'argent à sa
famille ; peut-être même n'a-t-il pas quitté Lyon.

Dans les deux cas de crimes passionnels des
alentours d'Avignon, rien ne correspond avec notre
homme. Ce sont des crimes de bruns et de brutes.

Le Déserteur n'est donc pas non plus un
criminel passionnel. Il n'est pas un Cartouche ou
un Mandrin. C'est regrettable : ce serait beau,
après toute une vie de chaufferie et de Courrier de
Lyon, de le retrouver dans les raccards de Nendaz,
le pinceau à la main, la rose au bout du pinceau, en
train de peindre la sainte Marie. On ne s'improvise
pas déserteur ; on ne saute pas d'un seul coup dans
la vie d'un contemplatif et surtout dans la peau
d'un homme qui accepte la misère.

Cette acceptation de la misère explique tout. Le
peintre de Nendaz n'est pas un délinquant, c'est un
misérable. Comme tous les vrais misérables, ceux
qui ne le sont pas par occasion mais par destination,
il fuit la police parce qu'il n'a pas de papiers, parce
qu'il est sûr d'avoir tort ; il n'est à son aise que
caché et chez les humbles, chez ceux qui n'ont pas
un très long chemin spirituel à faire pour le

comprendre. La ville (de 1850), la bourgeoisie (de la même époque) ne conviennent pas aux misérables. On les fourre en prison ou dans des hospices pires que la prison; de toute façon on les bouscule. Le Déserteur passe le pas de Morgins. Il sort comme un cerf, tout éberlué, des forêts sur le versant nord du Valais. Et avant de le suivre sur le chemin qui va le conduire du pas de Morgins à la fosse du cimetière de Nendaz, constatons que finalement il a été excellemment nommé par les Valaisans : il est bien tout simplement un *déserteur*. Il déserte une certaine forme de société pour aller vivre dans une autre.

Qu'on se représente la montagne en 1850. Ce n'était pas comme maintenant une usine à skis avec autoroutes, champs d'aviation, hélicoptères, télésièges, remonte-pentes, funiculaires, caravanes de cars et hôtels vingt-cinq étoiles. C'était l'héroïsme sordide. On n'y venait pas, même en été, et ceux qui l'habitaient l'hiver y résidaient en marmottes. Il y avait des ours dans les forêts. Les chemins charretiers ne dépassaient pas la dernière maison du dernier hameau; encore étaient-ils à partir de l'automne et jusqu'à la fin du printemps des ruisseaux de boue et de bouse. Au-dessus de la limite des granges, il n'y avait que des sentiers à peine marqués, peu fréquentés. C'était le Tibet en pleine Europe. Dire les Alpes c'était évoquer Dante. Il n'y a qu'à voir les gravures de l'époque.

Certaines étaient dessinées de chic par des artistes
qui n'étaient jamais montés plus haut que les tours
de Notre-Dame et qui faisaient ainsi le portrait de
la légende. Tout voyageur, même s'il ne quittait pas
le coupé de la diligence (et il y fallait parfois, au-
dessus des précipices, un fameux courage), écrivait
à son retour sa relation de voyage, pleine de points
d'exclamations, de oh! de ah! de mon Dieu! et
d'hélas! Passer les Alpes, c'était passer de l'autre
côté. Il y avait des brigands sur les routes. Les
auberges coupaient les gorges et de toute façon les
bourses. Les cascades échevelées, le grommelle-
ment des rochers dans le vent, la voix de basse des
échos et ce ricanement mystérieux qui craque
toujours dans les déserts telluriques abasourdis-
saient l'étranger et hébétaient l'indigène. Le goitre
gonflait ses melons dans toutes les fontaines. On
vendait en Savoie un sel spécial, rouge, chimique-
ment iodé. C'était à la fois le pays de la pharmacopée et de la bouffonnerie : on cueillait des simples
et on était simple. La Vierge Marie y apparaissait
aux bergers. On y mangeait du pain de six mois
qu'il fallait fracasser à la hache. De tout l'hiver on
ne pouvait pas y enterrer les morts : on les gardait
pour l'été sur le toit des maisons, dans la neige.

Abondance était mal nommé. C'était un maigre
bourg noir qui n'avait abondance de rien. La route
qui venait de Thonon était à peine marquée, tout
juste possible pour des mulets, et c'était la seule
route d'accès. Pour n'accéder qu'à cinq rues
étroites, sans commerce sauf un épicier qui vendait
surtout du fil, et sans artisan sauf un bourrelier qui

à la rigueur pouvait rapetasser un soulier. Et à une abbaye de moines de Saint-Maurice-d'Agaune — qui ne sont pas considérés comme plaisantins et joyeux lurons. (Agaune — Acaunum, pierre en celte — était un défilé rocheux débouchant dans de fétides paluds. On y vénérait d'abord Mercure, dieu des voleurs.) D'Abondance au pas de Morgins un sentier de contrebandier. L'été une solide odeur de fumier imprégnait tout. L'hiver le gel faisait disparaître l'odeur, mais la lumière du jour n'était plus qu'une lueur de cave.

Nous avons cherché à Abondance des traces du passage du Déserteur : nous n'en avons pas trouvé. Ni à l'abbaye « louange perpétuelle des hommes et des peines » où il aurait eu halte, clients et motifs d'inspiration tout trouvés, ni chez les particuliers. C'était pourtant, à l'époque, tel que nous venons de le décrire, le refuge idéal pour un personnage de cet esprit. Les gendarmes ne faisaient pas souvent leurs tournées de ce côté-là. Ils y étaient mal vus par tout le monde, y compris les moines, la contrebande étant le péché mignon de chacun. On pouvait raisonnablement espérer un saint Georges, un saint Maurice, une icône quelconque. Rien. Et cependant s'il est passé par là, il a dû prendre un peu de repos avant d'enjamber la frontière. Il a probablement mendié, mais il n'a pas travaillé de son art. Il semblerait n'avoir pas trouvé un climat propice de ce côté-ci des Alpes.

Pas de trace à Morzine, à Samoëns, à Sixt, ni à Chamonix, ni à Saint-Gingolph, ni à Monthey. Il aurait pu venir en Valais par la vallée du Rhône ;

certains le croient, aucune trace dans la vallée du
Rhône. Il n'est sûrement pas allé à Sion. A y
réfléchir, cette absence de traces est étonnante.
Voilà un homme qui, une fois arrivé dans la région
de Nendaz, se met à peindre avec une habileté qui
dénote une habitude et, sauf à Nendaz, on ne
trouve rien de lui nulle part. Il n'a peint que dans
ce village de montagne du Valais : là et pas ailleurs.
Il a cependant trente-six ans quand il entre en
Suisse, il est dans la force de l'âge. On ne va pas
prétendre que jusqu'à trente-six ans il ne s'est pas
servi de ses pinceaux : or, pas de trace, il sort du
néant. Il est zéro de l'autre côté de l'Alpe. Il passe
le pas de Morgins et de ce côté-ci il est le peintre de
Nendaz! Il avait bien déjà ses couleurs dans son
sac, ou s'il n'avait pas de sac (car avec un
phénomène de sa trempe c'était bien possible) dans
sa poche. Et ce n'est pas à Abondance qu'il a pu se
procurer ces couleurs, ni après à Val-d'Illiez, ni à
Salvan, ni à Champex. Alors, où? Car il ne descend
pas dans la vallée, et on ne trouve pas de
marchands de couleurs, ou à défaut de droguistes
aux flancs de ces montagnes! Qu'il n'ait pas
commis de crime (et peut-être même de simple
délit — à part la pauvreté) passe encore, il y a bien
de par le monde quelques personnes qui n'ont pas
commis de crime, même politique, mais qu'il
émerge de la forêt par génération spontanée, qu'il
sorte ainsi du néant, voilà qui est insupportable. On
aimerait trouver une petite peinture quelque part,
une petite pierre sur laquelle il aurait essuyé des
pinceaux : rien, le néant total, le noir absolu. On ne

l'a jamais vu, il n'a jamais existé, il n'est jamais né avant le pas qui le fait sortir de la lisière des forêts au-dessus de Morgins.

A différents endroits de son histoire, il nous faudra revenir à ce « néant de France », à ce zéro dont maintenant nous le voyons sortir. Quand il nous semblera un peu trop facile à comprendre, un peu trop simple, un peu trop naïf, nous aurons besoin, pour le voir tel qu'il est, de nous rappeler le soin avec lequel il a su effacer sa piste, ou alors admettre le transport des dieux, ce qui, dans les deux cas, ajoute pas mal à la naïveté. Sous la candeur de ses coloris, sous la fraîcheur de ses émois, il ne faudra jamais oublier le noir d'où il vient, l'ombre qui l'a longtemps contenu.

A Morgins, il est au-dessus des brouillards du Rhône. De la laiteuse exhalaison du fleuve, en bas, il voit émerger la tête des hauts peupliers d'Italie qui accompagnent la route vers Martigny et au-delà, la pyramide qui marque le coude, l'infléchissement de la vallée, vers Sion et les hauts glaciers. De l'autre côté de la vallée, il a le « pays d'Enhaut » et l'amas cotonneux de ces nuages où luisent quelques humides parois de roches. Devant ses pas la dent du Midi, la montagne en perpétuel écroulement et qui aboie comme un renard, pendant que le dégel se gonfle dans ses roches délitées.

C'est un soir d'automne. Il fait froid. Il est trois heures de l'après-midi, le soleil est tombé, la lumière est belle, un petit vent remonte la vallée. A Morgins, on prépare la désalpe; les gens sont descendus des mayens depuis deux semaines au moins. On a commencé déjà à casser quelques noix et on s'apprête à en casser encore pendant toute cette longue soirée qui s'avance.

Notre homme profite du reste de jour pour gagner l'autre pays. Il est de belle prestance, et à ce moment-là, solide. Il s'est taillé un bâton tout neuf dans les frênes. Il est un peu étonné par cette eau rouge qui coule dans les ruisseaux, il ne sait pas qu'il y a des sources ferrugineuses dans les parages. Ce rouge insolite est vraiment le signe qu'il a passé une frontière autre que celle des États. Il s'en va à flanc de montagne vers le val d'Illiez.

Les prés n'ont pas encore revêtu leur pelage de froid. L'herbe ne s'est pas encore feutrée, elle est longue et fatigue encore le pas; les noyers ont perdu leurs feuilles et le petit vent aigrelet secoue les derniers plumets au bout des branches; les châtaigniers font encore la chattemite avec leur frondaison brune et craquante où le feu de l'hiver s'est mis; les érables sont rouge sang et dans le gris du soir leur pourpre gardant la lumière, ils éclatent dans les haies buissonneuses comme de grosses lampes à boule d'eau.

L'habitat du val d'Illiez est dispersé sur les pentes. Les fenêtres s'allument une à une. Le silence ayant gagné les hauteurs, on entend dans la vallée le roulement sourd d'un charroi qui descend vers Les Évouettes. Des chiens aboient, loin en bas, loin en haut, là-devant, au fond, du côté de Morgins qui commence à briller dans son nid.

Notre homme a-t-il mangé? On ne sait pas. On ne sait pas si cette sorte de peintre mange. De toute façon on sait qu'il fut accueilli un matin, aux mayens des Prabys. Il avait vraisemblablement passé la nuit dans le foin d'un raccard près de la Vièze dont les eaux ne grondaient plus, déjà saisies plus haut par le froid.

Il mangea du pain et du fromage avec un homme barbu. Il refusa le vin. Il se sentait bien. Il commença à penser qu'il y avait peut-être quelque part une sorte de patrie. Il eut une longue conversation avec le paysan des Prabys. Il s'exprimait fort bien, trop bien, avec le vocabulaire toujours inquiétant de ceux qui mènent à leurs pâtures de plus gros bestiaux que les vaches, et invisibles ; mais il en faut plus pour désarçonner un montagnard du val d'Illiez. Au contraire, à partir d'ici c'est le pays de la Vouivre, du fadet, des diablats, des folâtrons et de qui sait combien de « tourniquets » et de « lardoires » et de « synagogues » ? Le monde pastoral n'est jamais de tout repos. La vie contemplative fait descendre au fond de sacrés précipices. Il faut beaucoup de « dieux presque diables » pour vivre en compagnie des bêtes et des herbes. Qui précipite les troupeaux au-delà des clôtures les plus infranchissables ? Qui met le branle nocturne parmi les vaches et les lance affolées dans les pentes ? Qui change les chrétiens en loups ? On en a vu ! Alors ? La réponse ne peut être que dans ce langage « fleuri à l'envers » où il y a plus de verbe que de sens. Ainsi s'expriment ce matin d'octobre bouché de tous côtés par la brume le Déserteur et le paysan.

Les choses vont aller. Il faut marcher encore un peu le long de ce flanc de montagne et malgré le vacher qui voudrait bien, pendant cette journée sans horizon, confronter sa mythologie à celle de ce passant, le Déserteur se renseigne sur la route à tenir.

Où il va? Il n'en sait rien; droit devant lui. Droit devant lui, aujourd'hui qu'on est dans le coton, c'est un coup à se casser le nez — à moins qu'il y ait un biais. Il y en a un, bien sûr, il y en a toujours un quelque part. Il faudrait monter à Champéry. De là, il y a un col qui s'appelle Clusanfe; il mène aux Granges, et à Salvan.

Et notre homme monte à Champéry, et il monte aussi à Clusanfe et le voilà aux Granges (qui ne sont rien — mais il n'a besoin de rien) et le voilà près de Salvan (mais avec cette brume, il ne voit pas la moitié de ses misères) dans un canton où il faut tourner sept fois son pied avant de faire un pas. A tâter les bruits, avec les oreilles en éventail, on dirait qu'il y a des précipices un peu partout.

Il est tiré d'embarras par une vieille femme qui sort de la brume et le guide. Avec celle-là aussi, il parle « fleuri à l'envers » pendant qu'ils cheminent. Elle lui a donné un coin de son tablier à tenir.

C'est seulement dans l'après-midi qu'il verra des morceaux de pays : des mélèzes déjà roux qui ont perdu la moitié de leurs aiguilles, un fragment de glacier bleuâtre, un profond ravin, noir comme la nuit.

La vieille paysanne qui l'a mené à Salvan lui a déconseillé de monter vers Finhaut. Avec le temps qu'il fait et du moment qu'il n'est pas spécialement montagnard, elle l'a engagé à descendre à Martigny. Mais Martigny c'est la vallée, c'est le charroi de la poste, c'est à chaque relais une maréchaussée qui pose des questions. Il descend, mais pas jusqu'au fond : il passe la nuit aux Râpes. Là, on ne sait pas qui il rencontre ni comment il se débrouille pour s'abriter et manger. Un mystère de plus ou de moins n'entame pas notre homme : il est fait de mystères superposés.

Donc, aux Râpes aucun renseignement. Tout ce qu'on sait, c'est qu'il arrive à Salvan, un jour de brume intense, vers les midi, tenant le coin du tablier d'une vieille fromagère, qu'il passe près de la « pinte » sans s'arrêter, malgré un petit crachin, et qu'il prend à la descente la route de la vallée. Qu'il n'est pas allé jusqu'à Martigny n'est qu'une supposition, mais on ne l'imagine pas sur des chemins de grande communication : il est entré en Suisse en fraude ; s'il est entré en fraude, c'est qu'il avait des raisons ; ces raisons sont les mêmes qui doivent le garder loin des lieux de passages ordinaires.

Son arrêt aux Râpes est une hypothèse. Il n'a pas pu aller beaucoup plus loin ce jour-là. La conversation avec la vieille femme l'a rendu prudent. Le temps se gâte plutôt, tous ces rochers qui l'entourent crachent l'embrun. La nuit tombe à trois heures. Il sait qu'il a du côté d'amont des quantités d'ennuis : il a vu dans les déchirures du brouillard le visage rébarbatif de glaciers et d'aiguilles, et il n'aura pas toujours un coin de tablier à tenir pour le guider. Du côté d'aval non plus tout n'est pas rose : de ce côté-là, ce sont les hommes qui guettent

et le menacent. Il a sans doute beaucoup plus peur
des seconds que des premiers, c'est pourquoi il est
raisonnable d'imaginer qu'il s'est arrêté entre les
deux dangers. Il a dû chercher une grange et
s'accoiter. Il est fatigué aussi. Il a fait un peu plus
de dix lieues en deux jours et demi (sans compter
tout le trajet depuis Abondance et avant Abondance).

Si on s'attarde le long de ce chemin qui le mène à
Nendaz, c'est que ce déserteur a l'air de s'être
fabriqué une âme pendant ce temps-là ; car il reste
toujours à expliquer pourquoi il n'a pas laissé de
peinture de l'autre côté des Alpes. Le moindre
renseignement, la moindre rencontre, le paysage, le
temps qu'il fait, les bruits qu'il entend, les craintes
qu'il a, l'avenir qu'il entrevoit, tout, à ce moment-
là, a de l'importance. Si nous ne pouvons pas le
« faire » avec ces ingrédients, rien ne l'expliquera
jamais.

Au sortir de cette halte nocturne aux Râpes, le
Déserteur a une aventure qu'il a racontée plus tard
à Jules Dayen de Basse-Nendaz. Des Râpes il est
descendu tout naturellement à la route de Sem-
brancher. Mais c'est la grande voie de communication avec le val d'Aoste par le Saint-Bernard : elle
est parcourue en tout sens par des voitures, des
cavaliers, des charrettes, des piétons. Au surplus,
c'est mercredi, jour de poste avec l'Italie, et notre
homme est dépassé par le coche du courrier escorté
de trois gendarmes. Voilà qui lui glace les oreilles,
plus que la bise qui siffle dru. Cette bise a d'ailleurs
dépouillé tout le pays de son brouillard, le ciel est

bleu foncé et, malgré le froid vif, l'automne donne un de ses beaux jours, doré comme un abricot.

En traversant Les Valettes, il voit un chemin qui part sur sa droite, il se dépêche de le prendre. Il avait hâte de quitter cette grande route à maréchaussée, c'est ainsi qu'il est entré dans le val Ferret. Il en a gardé un souvenir très vivace, quasi obsédant. Il en a parlé plus tard à Jules Dayen, il en a également parlé un an ou deux avant sa mort à Marie Asperlin de Sion.

Dès qu'il est entré dans la coupure du val, la bise a cessé de le tarabuster. Il l'entend toujours siffler dans la hauteur, mais elle ne le prend plus de face, ni même elle ne fouille plus sous sa veste de camelot. Il est abrité par les mélèzes.

Il a à sa gauche des mamelons de pâture rase, ici déjà un peu jaunissante, un paysage très musclé, cependant plein de douceur et d'amabilité, dans ses replats et ses terrasses. Mais à sa droite, c'est ce qu'en 1850 on appelle l'enfer : de la roche, et même un mélange de cristal de roche et de granit, un fantastique château minéral très haut dans le ciel, aux angles, créneaux et aiguilles duquel flottent ruisseaux et cascades. La lumière du jour est semblable à celle qui joue en Italie ; tout est net, tout est propre, tout étincelle. Chaque objet a son orient : sur le liséré de la plus petite herbe court le même fil d'or que sur le ruissellement des eaux précipitées du haut du massif d'Argentières et du Trient. Même le froid est allègre et joyeux.

C'est un pays pauvre. Mais le Déserteur n'a pas besoin de richesses, au contraire. Les gens riches

ont la voix vinaigrée et le geste brusque. Il a peur
de leur compagnie; il y a toujours quelques
bicornes dans leurs alentours. Il ne se sent à l'aise
que dans les pays comme ici. Les champs de
céréales et de pommes de terre sont minuscules; le
foin est manifestement court et sans regain. Les
raccards sont en bois, montés sur pilotis et munis
de perches pour faire sécher les herbages. On a l'air
de faire flèche de tout bois.

A la sortie des mélèzes, le Déserteur a traversé de
petits vergers, à la mesure des éteules. Cette
« petite » propriété l'enchante. Puis c'est de nouveau la forêt de mélèzes. La route monte très
durement. De temps en temps à travers le feuillage
uni des mélèzes apparaît la vertigineuse construction des aiguilles, les étendards verdâtres des
glaciers. A côté de lui gronde le Durnand. Les
pâturages qu'il trouve à la sortie de la forêt
n'adoucissent pas la montée. Enfin il laisse le
Durnand qui s'en va vers la droite et, ivre du
soudain silence après avoir dépassé un petit ressaut,
il descend doucement dans la combe de Champex.

Il ne s'est pas arrêté dans le village. Depuis
longtemps, il a pris l'habitude de négliger les
grouillements de son estomac vide. Lui aussi il sait
vivre petit : il a encore dans sa poche un bout de
fromage et un quignon de pain d'avant-hier aux
mayens des Prabys. Il se cherche un abri et il
s'accoite en belle vue du petit lac. Il se souvient de
la vieille femme dont il a tenu le coin du tablier
pour se dépêtrer des précipices de Salvan. Elle lui a
parlé d'un lac où se cache la Vouivre et il se dit que

c'est sans doute celui-là. En tout cas, le lac reflète le Grand-Combin, et le reflet de la haute architecture de rochers construit dans les eaux le château à l'envers où le serpent à la queue de diamant peut bien exercer sa seigneurie. C'est dans cet abri qu'il mange son pain et son fromage, pendant que la bise qui frôle les eaux du petit lac fait trembler les murs du château de la Vouivre et mélange les bruns, les bleus, les verts, les blancs et même les noirs (qui sont une couleur, quoi qu'on en dise).

Profitons de ce temps lumineux pour dire à quoi ressemble le Déserteur. C'est un homme dans la force de l'âge entre trente-six et quarante ans, de belle prestance, de ton légèrement affecté, comme les compagnons qui ont un grade quelconque dans leur confrérie. Et grade, il suffit d'avoir une vertu populaire pour en être gratifié. Or, la vertu, le Déserteur a l'air d'en être une sorte de producteur naturel, on le devine tout de suite vertueux comme on est myope, fabricant de vertu comme fabricant de sueur et tout aussi naturellement. C'est par là qu'il donne entrée chez lui à tout ce qu'il regarde et surtout à ce qui touche les dieux. Ils sont ici mis au pluriel car, si le Déserteur n'a peint que le Christ et ses environs, il a fait instinctivement des chansons primitives sur un appareil de la légende celtique, il a conjuré des sorts, écrit des charmes et il s'est occupé de pharmacopée. Comme tous les vertueux, il est naïf. Il a les yeux marron. Enfin il porte la barbe (et elle est châtain), or, porter la barbe en 1850 est comme aujourd'hui (en 1966) fumer la pipe. Cela dénote une virilité solide et paisible. Ce

qui est faux — naturellement — car il n'est ni
solide ni paisible et il n'a que la virilité de sa vertu.
Mais cette barbe a un gros avantage : elle lui donne
un visage familier : neuf sur dix des montagnards
parmi lesquels il pérégrine portent la barbe ; neuf
sur dix également ont les yeux marron. On ne le
remarque pas, ou si on le remarque, c'est pour
penser qu'il est d'ici. Ce n'est que lorsqu'il parle
qu'il a l'air d'un étranger. D'abord il fait des
phrases avec des mots qu'on connaît, bien sûr, mais
qu'on n'emploie pas, ensuite il a un fort accent
qu'on qualifie à première vue d'alsacien, mais qui
peut fort bien être un accent savoyard. Les
dialectes paysans vers Cluses, Bonneville, Passy ont
la lenteur, le ton et la prononciation germanique
des diphtongues de ce qu'on appelle (à première
vue) l'accent alsacien. Surtout pour les oreilles de
gens qui n'ont pas vraiment l'habitude d'entendre
l'accent alsacien ; ce qui est le cas, dans le Valais, en
1850. Ajoutons encore que notre Déserteur est de
bonne taille, mais qu'il a les épaules un peu
voûtées, ce qui lui donne l'air d'un travailleur
manuel. Hélas, si on regarde ses mains, on ne sait
plus quoi penser : il a les mains blanches et fines.

Au moment où nous l'examinons, il est jeune et
gaillard. Il n'a peut-être pas toujours mangé à sa
faim, mais ils sont nombreux les compagnons du
trimard dans son cas. Il arrive à de bons ouvriers
qualifiés de sauter un repas sur deux. C'est ce qu'il
a fait ; parfois il a sauté les deux repas à la file. Il
n'en est pas mort. Il faut beaucoup pour tuer un
homme de cette façon. Il est maigre, mais résistant

à la fatigue et au jeûne. Libéré à l'extrême limite du travail de son estomac, il se sert presque tout le temps de son esprit : qui rêve dîne, comme celui qui dort. Ce régime, certes, ne prédispose pas à l'obésité. Mais, s'il avait du ventre, il ne pourrait pas courir comme un lapin. Il est taillé pour la fuite, pour la fuite devant tout. Il n'était pas nécessaire de chercher un motif particulier à son passage en Suisse : c'est un homme qui s'en va. Il ne s'arrêtera que lorsqu'il trouvera sur place une fuite en profondeur.

Il croit bien avoir trouvé cet endroit-là dans ce val Ferrèt. Non pas, peut-être, tout à fait au balcon de Champex, un peu trop en évidence, un peu trop ensoleillé, mais, après sa halte au bord du petit lac, il marche vers les hauteurs avoisinantes. Il remonte le cours de la Drance. Et d'abord tout lui confirme qu'il est arrivé à son but. Après s'être persuadé de plus en plus jusqu'à la fin du jour qu'il marche à travers un petit paradis terrestre, la nuit le surprend dans les bouleaux des Arlaches. Il est recueilli là par un brave homme, en compagnie duquel il a fait quelque cent mètres juste à l'entrée du village. Celui-là lui offre la soupe au lard et la couverture pour la nuit. Dans son exaltation du crépuscule, quand les derniers rayons de jour embellissaient encore son paradis, il ne s'était pas aperçu que le froid était devenu plus vif. Maintenant que l'écuelle de soupe au lard fume sous son nez pendant qu'il émiette dedans du gros pain de seigle, il est plein de reconnaissance pour cette famille à l'abri de laquelle il a eu permission de se mettre. La bise clapote contre les planches de la maison de bois. Il fait doux à l'intérieur, mais dehors il semble qu'un pandémonium s'est déchaîné : les ténèbres hennissent et les montagnes aboient de tous leurs échos.

Cette soirée et cette nuit sont mémorables. C'est la première et la dernière fois que le Déserteur consent à être l'hôte de quelqu'un et s'asseoit à un foyer. On lui a fait un lit avec des vieux sacs à côté du poêle. Il est très bien couché et il a chaud, mais il ne dort pas. Il écoute les bourrasques galoper dehors. Il devrait se féliciter d'être à l'abri : il n'est pas à son aise. Quand le vent s'éloigne, il entend la respiration régulière de l'homme et de la femme, et le petit garçon qui se tourne et murmure dans son berceau. Il a la fâcheuse impression d'être un corps étranger dans une mécanique qui n'a pas besoin de lui pour tourner rond, qui a même besoin qu'il s'en aille pour vivre normalement. Il est en trop, et il est peut-être parti de France parce qu'il avait déjà cette impression d'être en trop. Pour si paradoxal que ce sentiment ait l'air d'être à première vue, il se dit qu'il serait mieux à sa place au milieu du vent et du froid, dehors. Les éléments, même déchaînés, ont ceci de particulier qu'ils semblent (et qu'en fait ils sont) faits pour l'homme, quel qu'il soit : ils le terrifient, ils le glacent (ou ils le caressent), mais, précisément, cette terreur et ce froid n'existent que par rapport à l'être humain qui les subit ; il sait qu'il n'est pas oublié, qu'il est indispensable. Toutes les places sont prises dans l'univers, notamment celles qui sont à côté des poêles. Celles au milieu de la bise sont libres.

Le lendemain, le temps est sournois. Le vent s'est fait lourd, il descend râper jusqu'au fond ce val Ferret : il courbe les bouleaux, il retrousse en écume les eaux laiteuses de la Drance. Il est comme un rasoir, il balafre les visages et les mains. La lumière est louche, le ciel s'est noirci sans nuage : le bleu est simplement recouvert d'une sorte de suie, sans reflet. Les mélèzes sifflent, les bouleaux craquent, les sapins grondent.

C'est dans ce hourvari mélancolique que le Déserteur poursuit sa route dans le val Ferret. Il a vite froid, il a vite faim, il est enfin à son aise, c'est-à-dire chez lui. Mais, à mesure qu'il monte le long de la Drance, le paysage se fait de plus en plus minéral, les éléments jouent leur rôle dans un décor de plus en plus hostile à la personne humaine. Vers Prayon, le Déserteur hésite : cette recherche d'un lieu qui lui convienne, si elle se poursuit dans cette direction, n'est-ce pas la recherche pure et simple de la mort ? Le voilà devant le cirque de la Neuva ; le glacier est suspendu au-dessus de sa tête. Il va se forcer à lutter à la fois contre le vent qui frappe ses genoux, et son instinct de vivre qui écarte de son esprit les séductions infernales des sommets. Il ira (dira-t-il plus tard à Jules Dayen) jusqu'à Ferret. Mais là il s'abritera sous l'auvent de la chapelle, et il restera de longues heures prostré. Son paradis lui échappe. Il passera la nuit dans le foin le ventre vide, l'esprit terriblement actif.

Il sait maintenant pourquoi il y a peu d'amateurs pour les places au milieu de la bise. Il s'aperçoit que même dans celles-là il ne pourra pas s'installer. Il ne craint ni le froid ni la faim, mais il vient d'apprendre qu'il ne pourra pas résister au désespoir. Les gens ici ne vivent qu'à l'aide de la famille et du métier.

Au jour il rebroussa chemin. Il redescendit ce val Ferret dans une sorte de sommeil : un monde insaisissable l'entourait ; quand il fut de nouveau à Arlaches, il fit un grand détour dans les prés pour éviter la maison où il avait été reçu la veille au soir. Il ne sut pas dire à Jules Dayen ni à Marie Asperlin de Sion comment trois jours plus tard il se retrouva au Trétien, au-dessus de Salvan. Le fait est seulement qu'au sortir du val Ferret, l'instinct de conservation le poussa à revenir sur ses pas comme quelqu'un qui s'est trompé de chemin. Il reprenait machinalement la route de France.

Il se souvient à peine avoir été mort de fatigue et de faim. Il ne semble pas s'être nourri pendant ces trois jours. Quel temps faisait-il ? Il ne sait pas, il n'y avait plus de temps pour lui. Il entra dans l'église du Trétien. Il n'est pas même assuré qu'il entre volontairement dans cette chapelle : elle est à peine grande comme un raccard et elle y ressemble ; il est entré vraisemblablement dans une construction semblable à celles dans lesquelles il avait l'habitude de trouver du foin, il avait simplement besoin de se terrer et sans doute de mourir. Il se trouva que cette construction était une église.

C'était vers les trois heures de l'après-midi.

L'odeur de l'encens l'apaisa. Il se souvient de l'odeur de l'encens. C'est la première notion du monde qui lui revient après l'odeur de glace de Ferret.

A cette époque, l'église du Trétien était desservie par le curé de Salvan. Il montait au Trétien deux fois par semaine. C'était précisément son jour ou plutôt la fin de son jour : il allait repartir pour Salvan. Il fit avant son départ un petit tour dans l'église ; il y trouva cet homme exténué. Ce curé des montagnes, habitué à vivre avec de rudes hommes, comprit tout de suite que celui-ci était au bout de toutes ses forces, tant de celles qui résistent à la vie avec des muscles que de celles qui y résistent avec de l'âme. C'était donc son affaire.

Et c'est une affaire qu'il mena fort bien à terme. Malgré le creux de son ventre, le Déserteur se fit prier au-delà du possible pour accepter un quignon de pain ; par contre il écouta de fort bon appétit tout ce que le vieux prêtre (un peu affolé par la présence de cet hurluberlu à bout de forces) essayait de lui dire. Non seulement il écouta, mais il comprit. Non seulement il comprit, mais il outre-passa les bornes de la compréhension : il comprit même ce que le prêtre ne disait pas, n'aurait jamais dit, se serait bien gardé de dire. Les mots commen-cèrent à avoir deux sens : un qui était celui dont tout le monde se servait, l'autre qui appartenait au vocabulaire particulier dont le Déserteur seul usait pour se garder vivant.

Nous arrivons à la résolution d'un petit pro-blème. On a pu se demander jusqu'à maintenant si le Déserteur avait un sac quelconque : havresac ou baluchon, n'importe quoi, mais un bagage quel qu'il soit. Se baladait-il dans le Valais, le bâton à la main et l'autre main dans la poche, ou avait-il l'uniforme habituel du trimard ? Il avait l'uniforme habituel du trimard, le baluchon, les quelques objets dans un mouchoir lié en quatre, car c'est au Trétien qu'on trouve la première peinture du Déserteur. Il avait donc de quoi peindre : pinceaux et couleurs (qu'il n'a pas pu se procurer depuis que nous l'avons vu surgir des forêts au pas de Morgins). Sa silhouette commence à se dessiner.

Cette première peinture représente un saint Maurice. Ce n'est pas le *Saint Maurice d'Agaune, Martyr,* qu'il peindra par la suite à Nendaz. C'est un petit papier format cahier d'écolier. Saint Maurice y a le visage d'un Valaisan (de 1850) ordinaire : barbe fournie, moustaches épaisses, petits yeux rieurs, carrure imposante. Il n'est pas à cheval (car celui qu'il peindra plus tard est à cheval). C'est le portrait d'un bon paysan classique.

On imagine très bien le pourquoi et le comment d'un tel saint Maurice. Le Déserteur a refusé d'accompagner le prêtre jusqu'au presbytère. Il a fait comprendre à l'homme de Dieu qu'il ne peut plus, qu'il ne doit plus accepter l'hospitalité d'un foyer humain, qu'il y va de sa vie, que même le misérable décor d'un pauvre presbytère habité deux fois par semaine par un prêtre itinérant est un danger mortel pour lui. Depuis sa fuite du val Ferret il n'a été rasséréné ici que par l'impersonnalité du foyer de Dieu et par l'odeur de l'encens. Il ne demande qu'une grange, qu'un raccard, qu'un tas de foin, où se retrouvent précisément l'impersonnalité de la chapelle et l'odeur suave des herbes de la terre. Et le prêtre (qui est aux deux tiers paysan) a fort bien compris. C'est ce qu'il lui procure très facilement : il n'y a qu'à faire cinq ou six pas hors de l'église pour trouver en fait de raccard ce qui se fait de mieux et un foin d'odeur exquise. Le prêtre sait bien que le foin est un bon compagnon de nuit, que de ce côté-là le Déserteur ne sera pas à l'abandon; reste l'esprit. Mais pour l'esprit les choses se sont aussi ordonnées, comme il le constate quelques jours après en revenant au Trétien. Il avait laissé la chapelle ouverte et recommandé à l'homme de venir s'y réfugier pendant la journée. Il espérait en la grâce de Dieu. Il avait raison, elle avait opéré : l'homme a dessiné et peint un saint Maurice.

Cette première manifestation de l'art du Déserteur, qui se développera dès qu'il aura trouvé sa « résidence », n'est à ce moment-là qu'une raison de vivre. Elle restera bien, au fond, toujours une raison de vivre; mais elle aidera aussi ce personnage errant à faire son compte avec les puissances de derrière l'air. Le voilà donc en partie rassuré; à partir d'ici, il ne fuira plus en arrière, mais, et de toutes les façons, en avant.

Son séjour au Trétien fut d'une semaine environ. Il se requinquilla surtout l'âme, le physique n'avait pas été trop touché. C'était un colosse en bonne santé qui n'allait pas passer l'arme à gauche pour un jeûne un peu prolongé. L'âme, l'âme on ne pouvait en dire autant : c'est elle que la misère use le plus, mais l'âme après sept ou huit jours de repos dans une église qui étouffait le vent et ne laissait percevoir de l'automne qu'une ombre douce, s'était de nouveau organisée pour continuer. Il faut néanmoins tourner le dos aux montagnes. Il faut laisser les aiguilles et les dents, le Grand-Combin et les monts, blancs, bleus, roses au fond de l'horizon. Ne pas s'en approcher. Le prêtre parle de ces terrasses qui dominent le Rhône vers Saxon et Sion. C'est là qu'il lui faut aller.

Pour aller vers ces lieux bénis, il faut d'abord (si on veut éviter les montagnes) descendre dans la vallée jusqu'aux lisières de Martigny. Le Déserteur avoue au prêtre qu'il est déserteur, c'est-à-dire qu'il n'a pas de papiers. Plus encore que de nos jours, 1850 est l'époque du « papier d'identité »; qui veut voyager loin doit en être bardé : il en faut de toutes les sortes et de toutes les couleurs, il y faut des tampons de toutes les formes, et chacun sait, au surplus, que ces papiers ne sont presque jamais réclamés aux bourgeois, mais qu'il suffit d'une veste élimée, d'un pantalon rapiécé, d'une joue mal rasée, d'une barbe négligée (et c'est le cas) pour qu'on soit tarabusté de tous les côtés. Une absence totale de papiers : c'est la prison. Or, aller toucher Martigny, c'est aller toucher les murs de la gendarmerie.

Le curé de Salvan était un brave homme. Cette absence de papiers recommandait tout spécialement la brebis égarée à son bon cœur. « Je vais vous accompagner, dit-il. Je suis très connu dans la

région. Quand on me verra marcher avec vous le
bâton à la main, on considérera que je suis un
passeport suffisant et on ne vous demandera rien. »

Ainsi ils allèrent tous les deux du Trétien à
Salvan, puis à Vernayaz, à Martigny-Ville, à
Martigny-Bourg, où le curé fit prendre à son
homme le chemin du pas du Lin. « Par là-bas
devant, avait-il dit, vous trouverez une sorte de
balcon sur lequel vous pourrez vous tenir. Passez le
col et suivez les chemins, vous trouverez votre salut
à chaque pas. Ne le cherchez pas ailleurs qu'en
vous-même, mais je prêche un converti. » Il le
laissa aller de l'avant pendant qu'il retournait, lui,
dans sa paroisse.

Il avait parlé du salut, mais il n'avait pas parlé
des gendarmes. Le salut est plus facile à faire que
ce qu'on croit : Dieu est indulgence ; c'est le
gendarme qui « cherche des poux sur une tête de
marbre ».

L'automne avait fait trêve. La bourrasque qui
retroussait le ciel au-dessus du val Ferret s'était
apaisée. Le matin était si calme qu'on entendait
quelques volettements d'oiseaux. Le Déserteur
montait à travers la forêt de mélèzes. Le sous-bois
était tapissé d'une herbe fine qui avait conservé
tout son vermeil. Il faisait froid, mais le soleil
donnait de petits coups de langue brûlants. Les
choses commençaient à se remettre en place dans le
cœur du fuyard.

Il arriva au col du Lin en même temps qu'un
gendarme qui débouchait du sentier de Saxon. La
rencontre se fit sans grand dommage. Les deux

hommes firent même une lieue ensemble. Le
représentant de la loi allait au Villard. Le Déserteur
eut l'esprit de parler du curé de Salvan comme
d'un parent et on n'interpelle pas quelqu'un avec
qui on marche. Mais quand le bicorne s'en alla, sur
la gauche, descendant vers des chalets couverts
d'ardoises, le Déserteur, jambes coupées, dut s'asseoir au revers du talus.

Dieu est facile à contenter, mais les hommes! Il
allait être constamment aux abois! Il suffisait d'une
rencontre fortuite comme celle-ci pour qu'il soit
plongé tout vivant dans l'enfer, le vrai : celui des
lois. Il lui fallait trouver au plus vite un village où
se cacher et disparaître.

A partir d'ici ses traces sont semblables à celles
d'un renard affolé. Il passe la nuit dans une grange
à Isérables. Il ne sait pas que malgré les longs
détours qu'il a faits, il est venu juste dessous le
Villard dans lequel doit dormir le gendarme. Le
lendemain il passe sur les lisières de Nendaz, mais
il poursuit sa route, il va à Lavanthier, puis à
Thyon; il se terre pour la nuit à Mâche. Le
lendemain, il passe au-dessus d'Hérémence où il est
tenté de descendre au village. C'est dimanche. Il
entend chanter les cloches. Mais il imagine l'église
pleine de monde. Il suffirait d'un bourgeois mal
luné... Il va jusqu'aux Agettes. De là, il voit le fond
de la vallée et les fumées de Sion, il renâcle devant
ces lieux civilisés, il oblique à gauche; il passe cette
nuit aux mayens de Sion. Le lendemain il furète du
museau à Basse-Nendaz, il se cache, malgré le
grand jour clair. Il n'ose plus faire un pas. Chaque

fois que le chemin lui est masqué par un détour, il a peur de s'avancer et de se retrouver nez à nez avec un soldat de l'ordre. Le souvenir de la rencontre au carrefour du sentier de Saxon le paralyse. Vers le soir il se hasarde hors de sa cachette. Il monte dans les prés en se dissimulant le long des haies. Ce jour-là, la première neige a fait son apparition. Elle n'en est pas encore aux chutes lourdes, pour le moment, elle volette en poussière dans un soir d'un calme extraordinaire : pas un souffle d'air ; tant de silence qu'on entend le bruit léger que fait cette impalpable farine en tombant.

Il arrive un moment où celui qui se cache a besoin de se montrer, celui qui fuit veut faire face, celui qui se tait brusquement parle, celui qui craint affronte. Ce moment était arrivé pour le Déserteur. Est-ce la ronde affolée dans laquelle il a été entraîné par la crainte, après la rencontre du gendarme ? Est-ce la première neige ? Non, puisqu'il n'a pas peur du froid et du noir, mais peut-être que ce grand silence qui accompagne la neige est ce qui l'a décidé. Il entend craquer son propre pas, la poussière blanche qui s'accroche à ses vêtements dessine ses propres contours. Brusquement, il décide que c'est fini de fuir ; il s'approche délibérément des fenêtres éclairées de Haute-Nendaz.

Ici est-ce le hasard, ou a-t-il fait un choix ? Il n'est pas tout à fait à Haute-Nendaz, il est à Praz-Savioz, et celui à qui il va s'adresser tout de go, c'est le président de la commune. Si c'est hasard, ce hasard a bien fait les choses ; mais il n'est pas déraisonnable d'imaginer le Déserteur caché près

du mayen regardant, écoutant, essayant de se faire
une idée des hommes qu'il va être contraint
d'approcher. C'est une question de vie ou de mort
pour lui : qu'ils aient peur, qu'ils fassent appel à la
maréchaussée, et tout est perdu! qu'il s'agisse de
cœurs secs, d'avares, d'égoïstes et il est rejeté dans
les ténèbres.

Jean-Barthélemy Fragnière, président de la commune de Nendaz, était un bon vivant paisible. Sa
volupté était simple et consistait surtout en grosses
soupes familiales de toutes sortes, mais toutes
dégustées en paix. Du lard (de toutes sortes)
suffisait à ses luxures, quelles qu'elles soient, d'un
bout de l'an à l'autre, à condition qu'elles fussent
intercalées à date fixe dans le train-train des
travaux et des jours. Cet étranger grand et fort sorti
des forêts, dans ce crépuscule d'automne, et à la
première neige, lui posa des problèmes complexes.
Il n'en fut pas effrayé, il ne pensa pas du tout aux
gendarmes, il vit bien que ce qui pressait le plus
c'était de nourrir ce personnage manifestement
affamé, mais il comprit qu'il ne pourrait jamais plus
rien savourer tranquillement tant que ce personnage serait malheureux.

Sa première idée fut de mener l'étranger à sa
maison. L'autre refusa : il serait, dit-il, beaucoup
mieux dans le foin du raccard. Fragnière alla
chercher du pain, du lard, du vin, de la tomme et
une vieille capote de soldat qui servait parfois à
couvrir le mulet. Pour le fugitif c'était bombance.
Et bombance d'esprit la proximité des petits yeux
malins et gentils du président de la commune, et sa

bonne voix, ses gestes paysans sans fioritures, sa
tranquillité d'arbre. Le curé de Salvan avait été de
bon secours, mais le curé de Salvan restait par un
certain côté un pain azyme; ce président de
commune était du pain tout court.

Depuis qui sait combien de temps le Déserteur
avait le besoin de confiance? Trop de solitude, trop
de montagnes glacées, trop de routes incertaines, il
fallait enfin ouvrir son cœur à quelqu'un. Le
Déserteur dit qu'il s'appelait Charles-Frédéric
Brun. C'est bon de dire son nom à quelqu'un qui
vous inspire confiance : avoir un nom c'est une
preuve d'existence. Charles-Frédéric Brun, Français. Français, et il insiste tout de suite pour bien
mettre les choses au point (et apaiser le souci
principal qu'il a depuis Le Trétien), qui a peur des
gendarmes. — Pourquoi? Il dit la vraie raison : il
n'a pas de papiers, mais le président de la commune
est loin d'imaginer qu'une absence de papiers
suffise à donner la peur du gendarme, lui qui
depuis son enfance se promène de haut en bas et de
bas en haut, de Sion à Nendaz sans le moindre bout
de papier en poche et qui n'a pas peur des
gendarmes pour ça. Il n'est pas riche, ce président,
mais il est loin d'imaginer la misère du Déserteur,
et que, dans cette misère-là, on ne peut plus
compter que sur le crédit de la pitié. C'est de cette
minute et de cette peur du gendarme que naîtront
toutes les légendes du Déserteur. Il a peur du
gendarme, donc..., se dit le président et se diront
les autres par la suite. Peur du gendarme, donc il a
tué sa femme (qui le trompait), son capitaine (qui le

brutalisait), un tel (qui avait commencé à le battre), un tel autre (qui le menaçait). Les uns le verront sous les traits d'un conspirateur politique sans songer que les conspirateurs politiques ne sont jamais misérables et ne fuient jamais dans les montagnes sans au moins un rouleau de louis.

Quoi que se dise Fragnière ce soir-là (et peut-être que, tout de suite, il ne se dit pas grand-chose), il se dit surtout : « Quoi qu'il ait fait, cet homme n'est pas méchant, un méchant ne meurt pas de faim. Avant de mourir de faim un méchant fait le méchant. De toute façon, il n'est pas question que j'abandonne ce zèbre à son triste sort. C'est aussi important pour moi que pour lui. »

On a beau ne se délecter que de lard, quand c'est le cas, ce lard est aussi précieux qu'une rose de Chiraz.

Pour ce soir-là, en tout cas, voilà le dîner et le lit. Le froid n'a pas encore pénétré dans les raccards, le foin continue à y entretenir une douce tiédeur. On entend la neige un peu plus lourde que tout à l'heure râper le bois des murailles. La faim apaisée a donné elle aussi son contingent de tranquillité. Le président de la commune est là, assis dans le foin lui aussi. Charles-Frédéric Brun raconte une longue histoire de route, de nuit, de bois, d'errances, de montagnes, de bicornes, de bottes, de prison, de bourgs et de villages. Toute la matière de la future légende.

« Restez là », lui avait dit Jean-Barthélemy Fragnière. Il avait ainsi le vivre et le couvert. Mais il est plus facile de dire : « Restez là » que de le faire.

Il y a, pour rester là, mille rapports qu'il faut établir. Il y a, d'abord, évidemment, ceux de l'homme avec cette neige qui, le lendemain déjà, tombe plus épaisse et recouvre le sol ; mais dans ces rapports-là, le Déserteur (nous pouvons dire désormais Charles-Frédéric Brun) est habile. Il y a les rapports à établir avec les habitants du village ; pour ceux-là il est plein de bonne volonté ; mais moins habile.

Le premier jour se passa en adaptation. « Car chaque homme doit avoir un endroit où aller » et le Déserteur n'avait plus envie de marcher. La neige continuait à tomber, paisiblement, comme si elle aussi en avait pris son parti, et pour l'éternité. Il fallait voir ces gens chez lesquels il était tombé comme de la lune. Il les vit. Dès les premières chutes de neige, et quand elles annoncent l'hiver, la population des villages s'agite. Il faut aller vérifier mille choses et, ne serait-ce que pour le plaisir, c'est bon de bouger. Il les vit donc défiler le long des haies (qui n'avaient pas encore disparu dans le blanc général, mais se chargeaient lentement). D'autres qui fendaient du bois à la hache ; d'autres qui, simplement les mains dans les poches... avec cet air « désaffecté » des travailleurs qui ne travaillent pas ; d'autres qui charriaient du foin dans des bourras.

Comment se conduire avec ces gens-là ? Mais d'abord il allait faire un petit dessin pour ce président si gentil. C'est peu de chose. Il dessine un petit bedeau, il le coiffe d'un tricorne avec trois plumes : une verte, une rouge, une bleue. Il lui couvre les épaules d'une chape constellée de décorations. Tout compte fait il transforme son bedeau, il en fait un pèlerin avec son bourdon, son long bâton enrubanné, sa gourde, son livre de prière. Il lui met une barbe, bleue, non pas pour le symbole, mais parce qu'il sait, de métier, que les barbes blanches doivent se faire bleues et il voulait que son pèlerin-bedeau soit respectable sur les routes (comme il aurait aimé être respecté lui-même).

Il en est là quand Fragnière arrive avec du fromage et du pain. C'est tout de suite une poule qui a couvé un canard. Fragnière, comme tous les voluptueux paisibles et les bons (ils vont ensemble), a l'enthousiasme facile. Ces couleurs l'enchantent, ce petit bedeau lui plaît beaucoup. Il y a une vertu spéciale dans le choix de ce vert, de ce violet, de ces ors, il y est sensible.

Brun est en train de peindre (de « peinturer », dit-il) à l'aquarelle. Le mot ici n'est pas tout à fait exact, car il ne se sert pas d'eau pour délayer ses couleurs, il ne se sert pas non plus de palette ce jour-là pour essayer ses teintes, il se sert de sa salive et de sa main. Il suce son pinceau, il le passe sur ses tablettes de couleur, il essaie la couleur sur la paume de sa main gauche, il l'y travaille, si besoin est, avant de l'appliquer sur le papier.

Ces détails ne sont pas inutiles; ce sont ceux qui ont apprivoisé Fragnière : il a compris que voilà un travail manuel, semblable aux autres, semblable au travail qui est le sien tout le long des ans; que cet homme « sans papiers » est un « travailleur ». C'était un cap à passer. Le Déserteur est dans la force de l'âge, entre trente-six et quarante ans ; le président de la commune n'aurait jamais accepté de nourrir un oisif. Dans son idée quand il l'a accueilli, la veille, il se disait instinctivement que cet homme mettrait la main à la pâte dans ce village. Eh bien, voilà de quelle façon il va la mettre.

Le président, d'ailleurs, n'est pas fâché d'être ainsi au fait de ce qu'il va pouvoir dire dans cette commune qu'il préside, et à sa maison, qu'il ne préside pas, comme il se doit, car il y a une madame Fragnière. Il ne peut pas garder un homme (surtout de si grand format : volume et absence de papiers) dans son raccard à l'insu de tout le monde. Tout le monde va le savoir et comment le faire admettre ? Mme Fragnière, Marie-Jeanne Bournissay de son nom de jeune fille, préside son ménage et préside le président. On ne peut pas distraire un quignon de pain et un quart de fromage de ses placards sans qu'elle en soit avertie. Jean-Barthélemy s'apprêtait à lui raconter une craque quelconque, mais c'était difficile, il s'était creusé la tête sans réussir à s'arrêter à une solution raisonnable. Ce n'est pas du tout aisé d'expliquer à une ménagère qu'on va garder un étranger « sans papiers » dans la grange et que par-dessus le marché on va le nourrir. Maintenant, tout est clair, il n'y a qu'à dire ce qui est, il n'y a qu'à montrer cette « peinture » tout à fait orthodoxe avec son pèlerin, sa croix, sa chapelle, ses nœuds de roses très candides. Et qui sait si on ne peut pas aller plus loin ? Jean-Barthélemy interroge Charles-

Frédéric. Est-ce qu'il ne pourrait pas faire le portrait de la patronne née Marie-Jeanne Bournissay? Voilà qui enlèverait sûrement le morceau!

C'est facile, mais nous n'allons pas faire le portrait de Marie-Jeanne en crachant dans la paume de ma main. Il faut un vrai portrait, un chef-d'œuvre incontestable, comme celui qui sacre un compagnon. Il faut de la couleur à l'huile et quatre ou cinq pinceaux, en plus d'un bout de planche sur lequel on peindra. Voilà une entreprise capable de passionner Haute-Nendaz tout entier en cet hiver de 1850 (ou 51 ou 52, on ne sait quelle année, car il n'est pas certain que ce portrait ait été fait dès l'installation du Déserteur, mais quoi qu'il en soit, les motifs, les raisonnements et les circonstances ont dû être ceux qu'on indique ici).

Toujours la neige, l'hiver est venu, et par conséquent on a le temps de s'intéresser à ce portrait. Et qu'est-ce qu'il faudrait faire pour qu'il soit? La couleur à l'huile .et les pinceaux, il y a Mayoraz le fils, et Micheloud le père, qui doivent (chacun pour son compte) descendre à Sion; il n'y a qu'à les charger de la commission : il y a des couleurs chez le droguiste. Remarquez que Mayoraz le fils est peut-être même susceptible d'aller jusqu'à Lausanne, non pas pour les couleurs : pour son affaire qui ne se réglera peut-être pas à Sion. Si c'était le cas, il aurait plus le choix à Lausanne pour les couleurs. Le plus facile est de donner à l'un et à l'autre un papier avec le nom de ces sacrées couleurs et on va bien voir. D'autant que Micheloud le père remonte ce soir, si la neige ne s'obstine pas trop, et de toute façon demain matin au plus tard. Quant au bout de planche, il n'y a qu'à démolir ce coffre à pain et voilà un morceau de bon chêne bien lisse qui fera l'affaire. Il semble qu'on le voit déjà ce portrait.

Micheloud le père a remonté les couleurs. Voilà qui l'épate et qui épate aussi Fragnière et les quatre ou cinq Hauts-Nendards qui sont là sur le seuil de la grange du président à regarder faire ce loustic. Cette couleur est en poudre dans du papier et il faut la mélanger à de l'huile de lin, et c'est déjà tout un micmac bougrement intéressant à regarder faire ; et il ne faut pas être manchot de la comprenette pour faire tout ce trafic. On se rend compte que tout ça est dosé et que, tout compte fait, ce zèbre, sorti de la forêt et de la nuit, connaît son affaire. C'est un métier, somme toute, comme de faire un soulier, ou de traire, de faire un fromage, de tracer un labour, ou raboter une planche, planter un clou, etc. Ce que font les hommes. Ceci est donc un homme.

Car on n'est pas toujours très sûr de ce qui sort de la nuit et des forêts. Il y a des vagabonds, il y a des bêtes fauves à face humaine, il y a tout un déchet humain qui flotte dans les basses eaux des grands chemins ; il faut s'en méfier et surtout il ne faut pas les retenir à proximité de ces maisons où vivent des femmes, des filles, des enfants. Un homme qui connaît un métier et le pratique, c'est autre chose. Et celui-ci, de métier, est joli. Voilà sur la planche, où Charles-Frédéric Brun a préparé ses couleurs, de beaux petits tas de pâte bleu ciel, et rouge incarnat, et pourpre et blanc de zinc et jaune comme de l'or et vert couleur lézard, et c'est avec tout ça qu'il va peindre Marie-Jeanne! On aimerait voir comment il fait! On comprend, bien sûr, qu'on ne puisse pas le faire. On sait très bien que ces choses-là se font sans témoin. C'est un truc dans le genre de la messe, approximativement. Sans aller jusque-là, c'est comme toutes les choses dans lesquelles il faut de l'école : les mains doivent obéir à la tête, et la tête écoute à des portes sacrément bien fermées, il ne passe pas grande conversation à travers l'huis, il faut interpréter le murmure qu'on entend et en faire parole pour commander à la main. Enfin, toute une histoire! Ce n'est pas le premier venu qui est capable de ça.

Si on réfléchit : à voir avec quelle habileté ce zèbre a préparé ses couleurs et le sang-froid qu'il a pour promettre un portrait de Marie-Jeanne (pour la réalisation duquel il faudra bien d'autres habiletés), un homme qui a pris le temps d'acquérir toutes ces habiletés n'a pas dû avoir du temps de reste pour exercer la cruauté, ou le brigandage, ou le vol, ou les mauvaises actions en général, se dit-on pour bien se persuader qu'on n'a pas fait une mauvaise affaire en installant cet homme, sorti des forêts (et dont on ne sait rien), dans la grange de Fragnière. On ne peut pas avoir préparé ces petits tas de couleurs si beaux à voir et garder dans son cœur l'envie de faire le mal. D'autant que, pour faire le mal, il faut également des habiletés qui ne s'acquièrent que par l'habitude, et pour acquérir ces habitudes il faut du temps. S'il l'a employé (ce

temps) à apprendre à préparer les couleurs et à faire
le portrait de Marie-Jeanne, il n'a pas pu l'employer à apprendre à faire le mal. On ne s'en sort
pas ; on ne s'en sort guère ; on en est encore à la
période d'attente, d'approche, de poule qui a trouvé
un couteau.

Mais, pour le Déserteur, ou plus exactement
maintenant pour Charles-Frédéric Brun (car,
contradictoirement pendant qu'il a l'impression de
retrouver son nom propre, les Nendards lui
donnent le nom commun avec lequel il viendra
jusqu'à nous), les choses ont l'air de s'arranger. Il
n'a plus cette désastreuse impression d'être « promis au monde minéral », il redevient (ou peut-être
devient-il pour la première fois) membre d'une
communauté « en chair et en os ». Ces rudes
Valaisans sont loin d'imaginer toutes les déclarations d'amour que les viscères de l'étranger leur
font. Ce n'est pas du bout des lèvres qu'il aime ces
hommes barbus, ces femmes rougeaudes, ces filles
replètes, ces garçons abrupts : c'est à plein foie, à
pleine rate, à plein ventre et à plein gosier qu'il se
sent dans leur catégorie zoologique. Il n'est pas
méchant, l'avenir le dira, mais même s'il était
méchant, il s'identifie trop avec cette société
paysanne pour qu'il puisse exercer contre elle sa
méchanceté. Non, il est plein de festons et d'astra-
gales qu'il voudrait suspendre au faîte de toutes ces
misérables maisons de bois : il voudrait tout enru-
banner de rose, fleurir ces neiges livides et réchauf-
fer ces autans, donner à tout le monde le paradis
naïf qui s'émerveille en lui. Ils ne savent pas par

quelles noires nuits il a dû pérégriner lentement à
travers France et étranger avant de voir s'éclaircir
le ciel au-dessus de sa tête.

En fait de ciel éclairci, le ciel d'hiver qui
maintenant pèse sur le Valais est fort noir et fort
bas. Il y a longtemps que la dent de Nendaz, le
mont Rouge ont disparu dans les nuages. Une
brume grise couvre l'alpe de Thyon et les mayens
de Sion.

Comme il est bon par ces temps noirs d'être en
compagnie de ces couleurs préparées sur la
planche! Comme il est confortable de pouvoir se
raccrocher à ces bleus, ces rouges et ces jaunes et de
les employer à la fantaisie de son esprit! Certes, on
ne peut pas trop « divaguer » avec le visage de
Marie-Jeanne Fragnière née Bournissay, il faut le
copier au plus près; d'abord pour faire plaisir à ce
cher président si accueillant, et qui a pris la
première place dans le cœur du Déserteur, et aussi
parce que tout Haute-Nendaz attend la ressemblance. Ce n'est pas un public à qui on peut faire
prendre des vessies pour des lanternes. Si on met le
nom de Marie-Jeanne Bournissay femme à Légier
Fragnière sous l'effigie, il faut qu'elle soit ressem-
blante. D'ailleurs, Marie-Jeanne est jolie, enfin
fraîche, enfin comme on dit : elle a de beaux yeux.
Au contraire de ce qui se fait pour les belles dames
de la ville, il faut adoucir l'incarnat de ses joues : en
réalité, elle les a au naturel bien rouges, frottées
qu'elles sont depuis trente-six ans par l'air métallique des Alpes. Mais une fois adouci cet incarnat
est charmant. On va la coiffer comme elle l'est le

dimanche. Et comme si elle devait désormais vivre
dans un dimanche éternel on va lui mettre à la main
droite des scapulaires, à la main gauche un chape-
let, pour bien signifier que, peinture pour peinture,
il ne s'agit pas ici de l'œuvre du démon. Et la voilà,
dans des courtines et des rideaux, au milieu d'un
parterre de fleurs, d'ici une rose, de là des
pervenches, des capucines, des « inventions » où
vont jouer, pour le plaisir, les plus belles couleurs
de l'iris. Bien entendu tout a été fait « de chic ». Le
modèle n'a pas posé. On ne peut pas demander de
poser à une Marie-Jeanne Fragnière née Bournissay
qui a, certes, autre chose à faire dans les vingt-quatre
pauvres heures que Dieu lui donne chaque jour.
Mais il a suffi de la voir pour reproduire ses traits.
De chaque côté de son visage voilà dessinés les
monogrammes du Christ et de Marie. Et ici, il faut
ouvrir une parenthèse.

Ces monogrammes sont classiques. On les
trouve, de même forme, dans tous les ex-voto de la
chrétienté; jusqu'à Almeria, en Espagne, jusqu'à
Locorotondo, en Italie. Si le monogramme du
Christ n'est pas rare, celui de Marie aux lettres
enchevêtrées, tel qu'il est là sur le portrait, ne se
rencontre pas souvent, mais quand il se rencontre,
il est exactement semblable à celui que vient de
dessiner le Déserteur; notamment à Almeria, et
aussi à Notre-Dame de Laghet près de Nice. Nous
sommes en présence d'une tradition et d'une
tradition que le Déserteur connaît. A Notre-Dame
de Laghet, par exemple, on trouve ce monogramme
dans l'ex-voto que Colin Blanche dédia à la Vierge

pour le sauvetage de sa tartane, *Les Deux Sœurs* de Toulon. Cette peinture représente la tartane avec des marins dans la voilure et, au-dessus d'elle, le ciel entrouvert montre la Vierge Marie en gloire avec l'Enfant. Le nuage sur lequel elle pose ses pieds porte le même (exactement le même, superposable) monogramme que celui qui fleurit le mur au-dessus de l'épaule droite de Marie-Jeanne Bournissay. (Les peintures de Notre-Dame de Laghet sont sur verre.)

Tel qu'il est, ce portrait est fait pour plaire à tout le monde. Même Marie-Jeanne ne pourra pas s'en plaindre. Elle y est représentée en femme et même en maîtresse femme avec la fraîcheur de la jeune fille. Et que reprocher à ce personnage qui montre si ostensiblement les emblèmes de la piété? Le portrait fut tout de suite appelé à trôner chez les Fragnière. D'abord dans la chambre, car ce qui est beau doit aller dans la pièce dont on ne fait pas usage dans la journée, puis, tant on fut sollicité de le montrer, on l'accrocha dans la pièce commune. Tout le village vint l'admirer. C'était vraiment la femme du président. Marie-Jeanne fut flattée de cette promotion. Jusqu'à ce moment-là c'est Jean-Barthélemy qui avait eu les honneurs. Son tour était venu. Et grâce à qui? A ce... à cet homme, mystérieux il faut bien le dire, qui avait poussé à Haute-Nendaz comme un champignon, sans qu'on ait la moindre idée de sa provenance, de ses origines et de tout ce qui fait un voisin, un concitoyen, un compatriote. Étranger en tout : en nationalité, sûrement, à en juger par l'accent qu'il avait et parce qu'il ne cachait pas qu'il venait de France, mais étranger de métier, à preuve ce portrait, étranger de manières, tant il insistait pour refuser de s'abriter dans les maisons des chrétiens, étranger de construction à voir ce colosse et ses blanches mains. Car les femmes, d'abord, peut-être même les filles, puis les hommes, avec un peu de retard, remarquèrent qu'il avait les mains blanches. Et fines, c'est-à-dire intactes, sans cette peau de cuir et ces cals qu'imposent à nos mains les travaux des champs, la pratique du manche de la houe et de la hache. C'est manifestement un homme qui n'a jamais manié autre chose que les pinceaux, ou, qui sait? peut-être même des outils encore plus légers : la plume, ou la réflexion. Un notaire? Car, en fait de plumitif à Haute-Nendaz, on ne voit pas ce qu'on peut imaginer à part un notaire!

De toute façon, le portrait de Marie-Jeanne fait monter Charles-Frédéric Brun dans l'estime des Nendards. Le portrait certes n'y aurait pas suffi s'il n'y avait pas cet arrière-plan de notariat, ou de qui sait quoi, peut-être « pire », mais ces couleurs en forme de Marie-Jeanne vont aider à faire accepter ces mains blanches. On ne peut pas prétendre que les mains blanches soient en haute estime ici. On ne les voit qu'au bout des bras paresseux. Certes, on comprend qu'un prêtre ait les mains blanches; les outils qu'il manie et les poids qu'il soulève sont, on le sait, d'un autre ordre que ceux de la vie naturelle; on comprend le notaire aussi, qui pèse et soupèse le mot des écritures. C'est pourquoi on ne serait finalement pas étonné du tout d'apprendre un beau jour que cet homme sorti du bois est un notaire. C'est, en réalité, en quelque sorte une espèce de notaire : il pèse et soupèse les couleurs et les combinaisons, car, on ne me dira pas qu'on peut faire le portrait de Marie-Jeanne sans combinaisons.

On accepte donc les mains blanches ; et si on avait eu quelque chose à reprocher à ce Déserteur, ça aurait été précisément cette blancheur d'une partie de l'homme qui est plus un outil qu'un membre. Cette occupation n'est pas si facile que ça (c'est pourquoi on insiste). Cette blancheur est une marque d' « étrangeté » ; accepter l'étranger ça va tout seul, mais accepter l' « étrange » n'est pas à la portée de tout le monde. Il n'y a qu'à voir, par exemple, les images du chemin de croix de Notre-Dame-du-Bon-Conseil. Elle n'est pas loin cette chapelle de Notre-Dame-du-Bon-Conseil ; par Veysonnaz et le Chalet de l'Évêque, on en a pour trois heures de marche et on la trouve dans son bois de mélèzes. Ce n'est donc pas la première fois que des mains blanches et notariales ont laissé des images dans la région. Elles sont d'un nommé Tiepolo, ces images, un Vénitien de l'ancien temps. Eh bien, celui-ci, qu'on a maintenant dans la grange à Fragnière et qui vit dans le foin de notre président, c'est une sorte de Tiepolo. Les mains sont donc légitimement blanches, et il est temps de perdre les façons anciennes de partager le bien et le mal, et de se mettre un peu à réfléchir à la moderne. Le monde ne s'est pas fait qu'avec de rudes mains, il a aussi fallu des coloristes. D'ailleurs, cet homme n'a

pas que de blanches mains, il a également des
manières courtoises. Il est, comme on dit, bien
élevé, et ça ne trompe pas : les gibiers de potence
qui (il faut bien le reconnaître) ont également les
mains blanches ne sont ni courtois ni bien élevés.

Or, il a occupé les réflexions et les conversations
dans les maisons de Haute-Nendaz pendant de
longues soirées. Et sur les oreillers on s'est
demandé de mari à femme : Qu'est-ce que tu en
dis, et qu'est-ce que tu en penses ? Et il a fallu
démêler ce qu'on en pensait au milieu de quantités
de choses ; où il y avait néanmoins, toujours, le
portrait de Marie-Jeanne, en train de trôner dans
tous les esprits.

Ce premier hiver se passa fort bien. Charles-
Frédéric Brun s'était installé dans la grange du
président et vivait sa vie, c'est-à-dire « tirait des
plans sur la comète », suivant la formule consacrée,
à propos de ces gens qui ont souvent les yeux fixés
sur des points au-delà de tous les horizons. Quand
on dit installé, à propos de Charles-Frédéric Brun,
il ne faut pas voir du confort moderne. Il n'avait
même pas la couverture en papier journal du
clochard classique. Fragnière lui avait laissé la
vieille capote de soldat (qui avait servi de couverture au mulet pendant au moins dix ans) et un
point c'est tout. Non pas que Fragnière ait lésiné en
quoi que ce soit : il était allé jusqu'à offrir un
appentis derrière son propre corps de logis où on
aurait pu installer une sorte de lit ou de litière et un
poêle, mais le Déserteur avait tout refusé, comme il

refusait farouchement de passer un seuil quelconque.

Au moment du portrait, Marie-Jeanne, qui
voulait être « bien », avait proposé au Déserteur de
venir la voir dans sa cuisine. Elle était comme
toutes les femmes « qui refusent d'avoir du noir »
dans la peinture qui les représente. Sa proposition
n'avait pas été acceptée. Brun s'était contenté de
regarder Marie-Jeanne sur toutes les coutures, puis
il était retourné à sa grange (enfin, à la grange de
Fragnière). Par la suite, c'est vingt fois qu'un jour
ou l'autre, un tel ou un tel avait invité Brun à venir
boire un bol de lait chez lui, ou même un verre de
vin (mais la proposition du vin déclenchait des
moulins de bras très véhéments). Sinon du vin,
alors un bout de fromage à manger, sur le pouce,
s'il voulait, mais les pieds sous la table tout de
même. Et chaque fois, c'était non, très gentiment,
très poliment, mais fermement. Le bol de lait, il le
buvait volontiers, mais sur la porte, sur le seuil, le
bout de fromage, il le prenait avec plaisir et
gratitude, mais pour aller le manger dans son « chez
lui ».

Son installation (si on peut dire) était donc très
précaire. C'était en tout et pour tout son empreinte
dans le foin. Certes, on le sait, le foin est chaud et
même très chaud quand il fermente un peu (ce qui
saoule), mais s'en contenter quand le ciel est si dur
de gel qu'on entend craquer les glaciers dans les
hauteurs, ou quand la neige tombe si dru qu'elle
devient noire, ou quand le vent souffle si fort que
par les joints des planches passent de longues

aiguilles d'air pointu, il faut y être poussé par
quelque réflexion ou combinaison cordiale (se disent
tous ces braves Nendards qui ne quittent le coin de
l'âtre que pour aller se mettre à cheval sur des
chaises autour du poêle).

Si on s'attarde à décrire cet hiver (et il faudra
aller encore plus profond dans la description), c'est
que cet hiver prépare et rend possible le long séjour
du Déserteur dans ce village et spécialement dans
celui-ci. Ce n'était pas facile en 1850 de se faire
adopter par un village de montagne du Valais,
surtout pour un homme de grand format, mais de
format bâtard. Le paysan montagnard a son
orgueil, il a sa rudesse, il a sur la vie ses « comptes
faits ». Tout ce qui ne rentre pas dans ces comptes
n'est accepté que sous bénéfice d'inventaire. C'est
cet inventaire qu'on fait cet hiver-là. Au crédit,
bien sûr, en premier lieu, l'attitude du président de
la commune, c'est lui qui du premier coup cau-
tionne l'étranger (et l'étrange) mais la caution du
président n'aurait pas été suffisante (car le Déserteur va rester vingt ans ici, et y mourir) si d'autres
crédits n'étaient pas venus un peu de tous les côtés.
Brusquement, des mains de ce misérable sort le
portrait de Marie-Jeanne, voilà qui change tout :
maintenant, même sans la caution du président, on
l'adopterait (enfin on envisagerait une adoption
provisoire). La blancheur des mains n'est plus un
vice, on ne sait même pas jusqu'à quel point ce
n'est pas une vertu. On en parle, on se le fait
remarquer des uns aux autres, mais c'est pour
donner un sens au mystère qui entoure cet homme.

Un notaire! un notaire, c'est-à-dire cet homme à redingote, et qui manipule les lois comme le forgeron son fer rouge, un notaire qui a abandonné sa maison bourgeoise pour venir ici se tapir dans le foin et faire le portrait de Marie-Jeanne! Avouez que c'est quelque chose! Et quelque chose qu'on ne peut pas traiter par-dessous la jambe.

Il y avait un autre phénomène à Haute-Nendaz en 1850. Il s'agit d'un fils du pays, celui-là, un nommé Jacques Louis dit « le fou ». On était donc un peu habitué, même si cet homme-peinture n'était pas fou. Jacques Louis était aussi surnommé « le chercheur de mines ». Il ne cultivait pas la terre (pour ses patates et ses poireaux), il ne trayait pas les vaches, il ne fauchait pas le foin : il s'en allait dans la montagne avec une échelle et un marteau. Il montait à l'alpe de Cleuson, et il martelait le rocher à droite, à gauche, en haut, en bas. Il faisait ce travail par nuit noire. Il y avait donc là aussi du mystère, ce n'était par conséquent pas la première fois qu'on en faisait usage. Après ses expéditions à l'alpe de Cleuson, Jacques Louis descendait à Sion avec un plein sac de pierres. Il allait chez Duc, le pharmacien, acheter un liquide, on ne sait pas lequel, Duc tripotait ses fioles, mais quant à savoir ce que Jacques Louis en fait, de ce liquide, mystère! Pas impénétrable toutefois : des gens qui connaissent bien Jacques Louis prétendent avoir vu chez lui des lingots d'un métal jaune, brillant. On ne dit pas le mot jaune, brillant suffit et ça n'est pas du cuivre; Duc dit que son liquide ne peut pas servir pour le cuivre.

Des blagues? Eh non, pas des blagues! Jacques Louis a découvert une mine d'argent, une petite, mais une vraie, qu'on exploite industriellement; enfin : industriellement comme on peut le faire en 1850. Jacques Louis a découvert le filon et l'a donné, vous m'entendez bien, pas vendu, donné pour un costume de gros drap que l'ingénieur est allé lui acheter à Sion. Si ce n'est pas un phénomène, qu'est-ce que c'est?

Alors, vous savez, un de plus, un de moins, qu'est-ce que vous voulez que ça nous fasse? Disons simplement que notre peintre est bien tombé, quand il s'est arrêté chez nous. Trois lieues plus loin, il était peut-être perdu.

Ce premier hiver, tout au moins, on l'asticota. On vint le voir, on l'interrogea, on l'invita cent fois à venir prendre un petit air de feu (et, certains jours, c'était bien tentant). Il accueillit tout le monde, il ne répondit à aucune question, sauf par des biais, car il était poli et pas du tout sauvage et il refusa le feu quand il gelait à pierre fendre.

On venait parce qu'on aimait bien le portrait de Marie-Jeanne. On était loin de croire qu'il allait faire ainsi le portrait de tout le monde : la femme du président est la femme du président, mais on aurait aimé avoir un bout de n'importe quoi avec des couleurs dessus pour accrocher au mur. Envie qui ne faisait que croître et embellir dans ces jours noirs avec la nuit à trois heures de l'après-midi.

Nous n'avons pas tous, c'est entendu, un visage de femme de président mais nous avons tous un saint patron et pourquoi notre saint patron ne serait-il pas représenté à notre place? Cela donnerait des saint Jacques, des saint Maurice, des saint Georges, des saint Martin, des saint Légier, des saint Antoine, des sainte Élisabeth, on a tout le calendrier devant soi, sainte Marthe, sainte Anne. Les saints sont autant que les présidents. Ce ne serait pas de l'orgueil et ce serait un beau petit carré de couleur pour reposer la vue.

Ces instances, ces visites renouvelées, la longue station des enfants (malgré le froid) près de la grange dans l'espoir qu'ils allaient assister à l'utilisation des pinceaux magiques décidèrent le Déserteur à lever le camp. Un beau jour (Dieu qu'il était laid avec ses bourrasques glacées et ses neiges noires) on trouva la grange vide. Le Déserteur était parti. Il n'était pas allé loin. Il s'était établi un peu plus haut que le village, dans une cabane des bois plus désolée encore que le raccard de Fragnière, plus inhumaine, mais, à ce titre, précisément, plus conforme aux désirs du Déserteur. Cette fuite cependant (qui aurait pu compromettre la bonne opinion, qui faisait la bonne amitié et le bon voisinage) n'était pas une fin de non-recevoir à toutes ces demandes de peintures. Au contraire, il vint lui-même apporter à Maurice un tel un *Saint Maurice d'Agaune.*

Il était très beau. Peut-être éclipsait-il même le portrait de Marie-Jeanne. C'était l'opinion du Maurice un tel pour lequel il était peint. Pas plus important, certes, que le portrait de Marie-Jeanne qui était, en quelque sorte, la racine pivotante qui avait fixé le Déserteur dans le cœur de Haute-

Nendaz, mais ayant son importance, car il classait définitivement le peintre parmi ceux qui font respecter leur travail et leur caractère. Il travaillait volontiers, mais il voulait travailler sans témoin, à son aise, à son gré, chez lui. Ce mot pouvait faire sourire, appliqué à la baraque mal ficelée ouverte aux quatre vents, faisant eau de toute part, où il s'était réfugié, mais c'était bien d'un chez-lui qu'il s'agissait.

Car, pendant que le village adopte le Déserteur, le Déserteur adopte le village. De part et d'autre des milliers de petits et grands sentiments, émus et mis en branle par des milliers de minuscules circonstances fortuites, décident de la réussite ou de l'échec de cette adoption. Certes, Charles-Frédéric Brun a été attaché dès l'abord par l'accueil de Jean-Barthélemy Fragnière; cette générosité spontanée a tout de suite arrêté les pas du fuyard et apaisé son cœur, mais il n'était pas dit que cet arrêt serait une halte ou un établissement.

C'est par la suite que le Déserteur a eu envie de ne pas déserter cet endroit et cette société.

Brun pense que Fragnière a été très gentil. Non pas seulement en l'accueillant ce premier soir de fin d'automne avec une grange, du foin chaud, du fromage et du pain, mais en revenant avec du lard le matin suivant, ce qui indiquait plus que de la charité : une amitié à laquelle tous les déserteurs quels qu'ils soient sont sensibles, enfin, avec cette idée du portrait. Brun se rend très bien compte qu'il faut un courage de lion pour prendre des initiatives, et des initiatives insolites avec Marie-

Jeanne Fragnière née Bournissay, en tant que maîtresse de maison et surtout maîtresse de sa maison. Brun se dit que Fragnière n'a pas hésité à mettre en péril sa paix et sa tranquillité en s'attaquant ainsi d'emblée à sa moitié : si elle n'avait pas été d'accord, elle pouvait faire le diable à quatre. Il faut que Fragnière ait eu une grande confiance dans l'habileté du Déserteur pour jouer sa partie (et il avait misé son paradis sur terre) avec ce seul atout.

Il est bien certain que cette première victoire a entraîné les autres : les victoires successives qu'il a fallu remporter sur Jacques, Pierre, Paul pour en faire quelque chose de définitif sur tout Haute-Nendaz. J'aurais pu plaire, se dit Brun, au président et déplaire au reste de la commune. Il m'aurait fallu, alors, de nouveau plier bagage, et c'était la mort !

Il tient plus à la vie que ce que son mode de vie pourrait le faire croire. S'il accepte le froid, le dénuement, la solitude, c'est bien précisément parce qu'il veut vivre, sinon, il n'accepterait rien, il se laisserait aller comme il en a eu la tentation au fond du val Ferret ; s'il résiste, s'il peint le portrait de Marie-Jeanne et maintenant saint Maurice, c'est qu'il veut vivre.

Il le dit d'ailleurs, sinon de vive voix (car il parle le moins possible), mais dans sa peinture. On ne pense pas à des chevaux et à des étendards quand on n'a pas l'âme chevillée au corps. Il ne peint pas pour exprimer le monde ; ses tableaux sont de longs monologues qu'il adresse à ceux dont sa vie dépend. Monologues dans lesquels, à la fois, il parle franchement et suivant un poncif de « Bonne Presse »; dans lesquels il se livre et il se cache. Dans ce *Saint Maurice,* qui est d'Agaune parce qu'il est de Haute-Nendaz (ailleurs il aurait pu être saint Maurice nu et cru ou saint Maurice de Pierre-Sante ou n'importe quel saint Maurice), le Déserteur se livre par le cheval, par le drapeau, par le visage dans lequel est timidement reproduit le visage du « donateur »; il se cache sous le poncif de l'arbre, du bouquet, de la croix, du casque et de l'uniforme. Le casque est l'exacte reproduction du casque des « soldats du pape » qui accompagnent toutes les processions des paroisses riches, l'uniforme est celui des porteurs de dais aux archevêchés. L'arbre, le bouquet, le château fort : poncif; le cheval, le drapeau : le rêve du fuyard; le cheval pour aller vite et sans fatigue, le drapeau : le meilleur des passeports; on ne demande pas ses papiers à un cavalier qui brandit un drapeau. Quant au visage, où il faut voir le timide portrait du paysan de Haute-Nendaz à qui le *Saint Maurice* était destiné, il exprime la plus touchante volonté de vivre et de vivre enraciné, de ne plus fuir, d'être accepté, adopté, aimé, admis. « J'ai fui dans ma cabane pour ne plus être regardé comme une bête curieuse, mais je sens que je suis tellement dans vos mains que je vous représenterais même sous les traits des saints pour que vous m'acceptiez et que vous me trouviez beau. »

Les traqués (de 1850 — et de toutes les époques) ont à la fin des réflexes d'animaux domestiques : ils

font le beau pour qu'on les laisse tranquilles, pour
recevoir leur morceau de sucre (qui est parfois un
an, deux ans, et ici vingt ans de paix). Les
anarchistes les représentent dans une grandeur
héroïque ; eh non, ils ont de ces bassesses bien
naturelles, bien humaines, bien compréhensibles :
« Je te représenterai sous les traits d'un saint, s'il le
faut, mais fiche-moi la paix. » Tout ça dit d'ailleurs
avec beaucoup de gentillesse : une harmonie de
rose, de brun, de vert et de léger bleu d'acier.

Ainsi, au long des vingt ans qu'il va passer dans
ces cantons, jusqu'à sa mort, le Déserteur peindra
des portraits. Les gens ordinaires ont bien leur
propre portrait sur leurs passeports. Les gens
extraordinaires, ceux qui désertent, se réfugient
dans des cabanes et vivent de la merci du monde et
à la merci du monde, se font des passeports qui
portent le portrait de leurs protecteurs.

Regardons la variété des visages : *Saint Jean-
Baptiste* (près de sa « mer Morte » qui est un lac
d'herbage), *Saint Frédéric* (martyr), *Saint Jacques
Patron des Indes, Saint Michel Archange* (qui, dit
Brun, appartient à Nicolas-Michel Mayoraz de
Mâche), *Sainte Cécile, Sainte Philomène, Sainte
Catherine, Saint Martin Évêque, Saint Bernard,
Saint Jacques en Galice, Saint Joseph* (portant les
armes du charpentier), un autre *Saint Joseph*
(portant la houlette fleurie), le premier avec la
barbe ronde, le second avec la barbe à deux pointes,
Saint Jean, et un troisième *Saint Joseph* portant
l'Enfant Jésus près d'une stèle qui au premier
abord semble ornée d'une panoplie franc-maçonne,

accompagné cette fois du Joseph terrestre pour lequel il a été fait : Jacques-Joseph Fourny, en redingote à boutons d'or, chapeau gibus à cocarde, ne sont pas les habitants d'un quelconque paradis, mais les portraits des paysans de ce coin du Valais qui de 1850 à 1870 se sont promenés, ont travaillé, ont vécu entre Haute-Nendaz, les mayens de Sion, Veysonnaz, le Chalet de l'Évêque, Hérémence et l'alpe de Thyon. Voilà le visage des gens dont dépendent la sécurité et la vie de Charles-Frédéric Brun. Une observation un peu attentive fait retrouver dans cette « légende dorée » le visage des contemporains, comme on retrouve dans une épicerie de Sienne tel visage de fresque, ou dans la salopette d'un garagiste d'Arezzo tel seigneur de Piero della Francesca. Tous ces « saints » ont fait leur beurre dans ces pentes de montagnes au-dessus de Sion ; à un moment ou à un autre, ils ont détenu, ou le Déserteur s'est imaginé qu'ils détenaient, une once de pouvoir tout simplement peut-être parce qu'ils possédaient et revêtaient quelquefois une redingote à boutons d'or, et les voilà sanctifiés. Un jour de foire à Sion on voit tous ces visages, ces peintures ont été faites pour les conjurer.

L'œuvre de Charles-Frédéric Brun est un journal qu'il tient au jour le jour et qui raconte sa vie : qui raconte même parfois un peu de ce passé mystérieux d'où il est sorti sans crier gare. Tout ce que nous savons de ce passé, nous ne pouvons le savoir que de lui-même. Mais il en dit plus long qu'on ne croit.

Dans le portrait de Jacques-Joseph Fourny en

redingote à boutons d'or nous avons, sur le devant d'un autel supportant une énorme couronne, toute la panoplie du charpentier : l'équerre, le marteau, la scie, la tenaille, le compas, etc. Ces instruments sont placés dans un certain ordre. Or, c'est l'ordre formel dans lequel ils sont toujours placés chez les compagnons du devoir charpentier quand ils font faire leur blason de compagnonnage. Le Déserteur n'a pu que déserter d'un endroit où il avait connu cette particularité; c'est-à-dire tout simplement d'un atelier de peintres d'ex-voto : c'est à eux que les compagnons commandaient leur blason quand ils avaient satisfait à l'examen du « chef-d'œuvre ». On peut voir des blasons de compagnons charpentiers à Dijon, à Annecy, au Puy-en-Velay, à Sisteron, à Nice, à Roquesteron, dans la chapelle de Saint-Fiacre, près de Draguignan. On trouvera toujours les outils de la profession disposés dans le même ordre, celui dans lequel le Déserteur les a disposés dans le portrait de Jacques-Joseph Fourny, notamment l'équerre placée en angle droit avec le montant de la scie, le compas ouvert dans les branches des tenailles, et le nombre d'outils représentés : dix.

Il faut donc dire un mot, en passant, de ces ateliers de peintres d'ex-voto. Ils étaient itinérants, on les trouvait généralement près des sites de pèlerinage ou près de chapelles bien achalandées. Ils s'installaient sous des tentes, dans des grottes, s'il y en avait à proximité, et, à la belle saison, simplement sous les ombrages, ce qui était la meilleure situation, les chalands étant ainsi directement en contact avec le produit de l'atelier. Les patrons de ces sortes d'officines étaient des personnages un peu plus délurés que les autres et qui avaient fait ce qu'il fallait pour être dans les papiers des autorités ecclésiastiques de l'endroit. Certains donnaient des ristournes aux conseils de fabrique ou de la main à la main, au prêtre et surtout au bedeau. Les ouvriers travaillaient à la commande en plein air et vivaient d'ailleurs jour et nuit en plein air (ce qui peut être une explication à la façon de faire du Déserteur, qui lui aussi vit jour et nuit, été comme hiver, en plein air; en tout cas, jamais chez les gens, toujours dans des sortes de tanières).

A la mauvaise saison, l'atelier plie bagage, les ouvriers prennent le trimard; généralement au début ils restent en groupe par camaraderie, puis à mesure que le vent, la pluie, le froid et les jours courts rendent l'argent mignon, ils se disputent, ils se séparent et partent chacun de son côté. Ils vont généralement passer l'hiver chez la mère de leur compagnonnage. Ils font de menus travaux pour payer la pitance : blasons de confréries, meubles peints, enseignes historiées, ou (comme le Déserteur à Haute-Nendaz) des portraits. Dès que la fleur paraît aux champs, ils hument l'air du côté des sacristies. Parfois ils s'arrangent pour retourner à l'atelier qui les a déjà occupés, d'autres fois, amis du changement, ils s'en vont vers la chapelle d'un autre rebouteux céleste.

Cette profession ne ramasse pas le dessus du panier. Qui a l'esprit bourgeois se dirige vers des métiers stables, reconnus, ayant pignon sur rue :

charpentier, menuisier, imprimeur, etc.; ce filon
mène vers le mariage, l'établissement, le livret de
caisse d'épargne, les enfants, la famille. Les autres,
les aventuriers, les solitaires, les anarchistes, les
insociables, ceux qui généralement n'ont pas de
papiers et qu'on représente dans la bonne presse
« entre deux gendarmes » se font réparateurs de
porcelaine ou de parapluies, ramoneurs de chemi-
nées, porteurs d'eau, ou peintres d'ex-voto. Dès
qu'un délit se commet dans une commune, on ne
cherche pas midi à quatorze heures, on fourre au
bloc un de ces particuliers, n'importe lequel; ils
sont tous constamment en contravention, on ne
risque pas de se tromper. De là leur habituel côté
fuyard, leur marche oblique dès qu'ils peuvent lire
l'enseigne d'une « gendarmerie royale ». Ils n'ont
pas fait grand-chose, souvent ils n'ont absolument
rien fait, mais comme on leur reproche tout, les
plus faibles prennent des consciences de coupables.
Leur rêve est d'aller s'installer dans des endroits où
on ne les connaît pas.

C'est ce qu'a fait le Déserteur. Il n'a pas déserté
d'une armée. Si à l'âge qu'il a quand il saute le pas
de Morgins il est encore dans l'armée, il a dû
rengager; un rengagé est plus déluré que lui, il
connaît la musique, il sait parler aux gendarmes, il
n'a pas peur de la salle de police, et surtout il n'a
pas pu habituer ses doigts au maniement du
pinceau en poil de martre, les corps de garde n'y
prédisposent pas. Il a déserté d'une société; il a fui
la société bourgeoise; c'est bien le fait d'un timide,
comme on voit bien qu'il l'est. Les Valaisans qui le

baptisent Déserteur sur le simple aspect de sa dégaine ne se trompent pas.

Les « petits peintres de sacristie », comme les appelle Gérard de Nerval, ne se recrutent pas seulement parmi les sans-foyer, les va-de-la-gueule et les roublards ; la profession est encombrée d'anarchistes, de philosophes, de timides (précisément), de solitaires, de prêcheurs de carême, de disciples de Raspail, de botanistes, de théologiens du dimanche, ces derniers plus spécialement surnommés « fils d'archevêques ». On ne peint pas que l'ex-voto, on « fait des phrases », on explique le fond des choses, on « enchante » les maladies, on guérit les brûlures avec de la salive et un signe de croix, on délie les sorts que les sorcières ont jetés, on prépare des philtres herbacés et surtout on prêchi-prêchote : on met à de nombreuses sauces un vague souvenir des textes sacrés.

A la chapelle de Saint-Crognat, près de Saint-Étienne-de-Tinée, où chaque 18 avril se rendait un pèlerinage à usage de guérison du croup, on trouve sur les murs de la sacristie des panneaux de bois marouflés portant six ex-voto représentant des berceaux, des nourrices, des mères désespérées bouche ouverte sur des clameurs de détresse dominées et soulagées par ce « mal foutu » de saint Crognat (sauf votre respect) tout bétourné, chantourné et retourné, avec son bec-de-lièvre, sa bosse, ses genoux cagneux, ses bras en spirales et les quatre inscriptions que voici : D'abord : « Je ne me réjouis pas de la mort, dit le Seigneur. Ce qui me plaît c'est la prière et la vie des gens. » Au-dessous :

« Portez votre croix avec résignation comme j'ai porté la mienne. » Plus loin : « On ne danse pas dans la porte étroite. » Enfin sous l'inscription d'un petit ex-voto « en remerciement pour la guérison de Firmin-Jules Goliath, deux ans, le 2 février 1816 », la phrase suivante qui est très proche d'une de celles que le Déserteur écrira sur sa grande composition du ciel et de l'enfer : « La voie du salut est abandonnée parce qu'elle est couverte d'épines. »

Ce qui ne veut pas dire que le Déserteur est le même homme qui peignait à Saint-Étienne-de-Tinée : les ex-voto de Saint-Crognat sont de la méchante peinture sans intérêt, au surplus datée de 1783 à 1820 au plus tard, mais ce qui semble bien indiquer que dans un certain milieu (celui des peintres d'ex-voto) des traditions de métier se transmettaient de compagnon à compagnon et que le Déserteur connaissait ces traditions.

C'était donc, simplement (si on peut dire!), un « fils d'archevêque » timide qu'avait accueilli à Haute-Nendaz le président Jean-Barthélemy Fragnière.

Le premier hiver se passa donc comme on peut l'imaginer dans ce village sensibilisé par le portrait de Marie-Jeanne, découvrant, avec d'autant plus d'appétit que le blanc de la neige couvrait le pays, les magies de la couleur finement broyée toute pure et pour ce Déserteur timide affolé de gendarmerie, de maréchaussée de toutes sortes, fuyant en principe n'importe quel bipède de peur de lui voir un bicorne.

De cette époque datent, à part le portrait de la présidente, celui d'Antoine-François Genolet, qui a disparu, le *Saint Jean et Saint Joseph* peint le 3 février 1850 pour Jean-Joseph Théodul, une *Sainte Madeleine* dont on ne retrouve plus de traces, peinte, croit-on, pour Madeleine Lévrard, le *Saint Maurice d'Agaune,* le *Saint Martin,* et surtout le *Sainte Philomène et Sainte Catherine.*

Dans deux de ces peintures : le *Saint Jean et Saint Joseph* peint pour Jean-Joseph Théodul et le *Sainte Philomène et Sainte Catherine* peint sans doute pour Philomène-Catherine Mayoraz (la seule femme de Haute-Nendaz ayant, à ce moment-là, ces deux prénoms), on peut trouver l'origine d'une partie de la légende du Déserteur.

Les légendes naissent à partir de faits réels observés ou sentis, interprétés par des imaginations peu habituées à les observer ou à les sentir. Haute-Nendaz est, cet hiver, en présence, en particulier, de ces deux tableaux : *Saint Jean et Saint Joseph* et *Sainte Philomène et Sainte Catherine.* Dans ces deux ouvrages le Déserteur a donné aux couleurs des rapports hautement aristocratiques. Dans le premier ce sont les rapports des noirs et des rouges, des bleus et des jaunes avec un gris rose central pour unifier le tout ; dans le second les bleus et les verts s'appuient délicatement sur le jaune exquis du corsage de sainte Catherine. On peut tout employer comme un salaud, on peut tout employer comme un grand seigneur : les couleurs sont ici employées comme un grand seigneur. De là, dès que les paysans de Haute-Nendaz s'en rendent compte, à imaginer que c'est un grand seigneur il n'y a qu'un pas, que les Hauts-Nendards franchissent allégrement.

C'est ainsi, comme on le disait dès le début, que le Déserteur reste toute sa vie un personnage des *Misérables*. Parce qu'il choisit aristocratiquement ses rapports de couleurs, on l'imagine aristocrate. Il l'est bien sûr, mais d'âme seulement. L'âme ne suffit pas aux Hauts-Nendards. L'un d'entre eux qui a vécu quelque temps à Paris dira qu'il a vu le visage et la stature de Charles-Frédéric Brun dans un évêque aumônier à la cour de Charles X. Ce Haut-Nendard, Bornet de Beuson, avait servi dans l'armée. « Je suis sûr de ne pas me tromper », disait-il. Ceux qui sont sûrs de ne pas se tromper se trompent toujours. C'est le cas ici. Sinon il faudrait admirer une rare coïncidence : la rencontre du mercenaire et de l'évêque fuyard. Au surplus un évêque n'écrit pas Babylone avec un tréma sur l'*i* grec et deux *n* : s'il le fait, par malice, nous sommes en plein roman hugolien. Non, le Déserteur n'est pas un évêque; « fils d'archevêque » tant qu'on voudra, mais pas évêque à la cour de Charles X.

De toute évidence non plus, il n'est pas un assassin, ni passionnel, ni de droit commun, ni politique. Mais, il est beau de l'imaginer, quand la neige tombe, que la nuit est noire, que le vent gémit, que la montagne gronde, que le froid vous confine près de l'âtre et que le loup le plus horrible, c'est l'ennui.

S'ils pouvaient imaginer (les Hauts-Nendards) qu'on peut être misérable et aristocrate, et surtout

que l'aristocratie n'est pas un rang social mais la
qualité d'un cœur, tout serait dit ; mais ils ne le
peuvent pas et tout reste toujours à dire sur cet
homme aux mains blanches qui donne nos visages à
nos saints patrons avec de si belles couleurs.

Ce n'est pas qu'on ne cherche pas, on cherche, et
après l'évêque, ou assassin, qu'est-ce qu'on ne
trouve pas, pour expliquer ces mains blanches ! On
ne peut pas ne pas les voir, quand on regarde
peindre le Déserteur : c'est d'elles que tout semble
sortir. Il y a la tête, évidemment, qui dirige, mais ce
sont ces mains qui tiennent le pinceau et c'est le
pinceau qu'on regarde. Ce sont les seules mains
blanches de tout Haute-Nendaz (et même de plus
loin : on peut aller en chercher d'autres jusqu'à
Hérémence, sans avoir chance d'en trouver de
pareilles, sauf peut-être à Sion, et encore !). Ici,
même les femmes mettent la main à la pâte et c'est
une pâte assez dure pour mettre des cals sous tous
les doigts, quand il s'agit de rentrer le foin devant
un orage ou de tenir fermement la corde d'une
vache rétive. Pendant les vingt ans que le Déserteur
passera à Haute-Nendaz et dans les environs, il ne
mettra jamais la main à cette pâte paysanne et
montagnarde ; il n'aidera jamais personne, et, chose
étrange, personne ne le lui reprochera. On a vu du
premier coup (quand pour la première fois il a
préparé ses couleurs sous les yeux des gens du
village) que c'était un homme, et qui connaissait
son métier. Chacun son métier, dit le proverbe. Il
ne nous demande rien pour peindre tous nos saints
patrons portant nos visages, nous n'avons pas le

droit de lui demander de nous aider à rentrer le foin.

C'est un respect plus grand qu'on ne croit, qu'on lui porte ainsi. C'est une grande victoire de l'art, de l'esprit sur la matière. Il faut tirer son chapeau à ces Hauts-Nendards qui en plein XIXᵉ siècle (et Dieu sait s'il était attaché à la monnaie fiduciaire, ce siècle) donnent libéralement des droits magnifiques à l'artiste.

Peu à peu, avec ces victoires (qui ont l'air menues et ne le sont pas), le Déserteur gagnait non seulement son droit à la vie mais sa paix.

Depuis que nous sommes en train de le regarder vivre, le temps a marché, le premier hiver s'est terminé dans des tourmentes et des convulsions. La saison n'a pas changé sans mordre dans cet homme mal protégé, qui se sent mal protégé. Il a eu froid, il a eu faim. Il aurait pu facilement avoir chaud (ou tout au moins tiède) et manger deux fois par jour, il lui suffisait non pas de demander, mais d'accepter ce qui était offert de bon cœur. Il préférait souffrir ; vraisemblablement parce que souffrir lui paraissait être le paiement naturel de sa paix. Il a passé tout cet hiver dans la cabane des bois, du côté du Chalet de l'Évêque, sans chauffage et sans grand ravitaillement. De cette époque, en plus des œuvres déjà citées, datent surtout des portraits (et des portraits déguisés en saints : *Sainte Cécile*, *Saint Victor*, *Saint Jacques Patron des Indes*). Il en est encore à la période de séduction. Il séduit pour vivre. Il veut qu'on soit arrêté dans l'idée de le chasser, ou de le dénoncer à la gendarmerie ; et on s'arrêtera, si on se voit représenté en coquettes couleurs dans l'habit d'un saint.

Le printemps lui donne des galons. Voilà qu'il peut maintenant sortir de son trou, faire peau neuve et s'ébattre, déplier ses grandes jambes, agiter ses longs bras, redresser sa haute taille et s'en aller un peu à l'aventure. Oh, pas très loin! Il n'a pas envie de s'éloigner de son terrier; il faut qu'à la moindre alerte il puisse venir s'y réfugier; mais trotter un peu du côté de Vex, d'Hérémence, de Mâche, d'Évolène. Il a la joie d'être accueilli partout. N'exagérons pas cet accueil : on ne le fait pas passer sous des arcs de triomphe, on ne le reçoit pas avec la fanfare, mais on ne lance pas les chiens à ses trousses et on admet ses promenades. C'est parfait. On va plus loin : on lui donne la soupe; d'ici quelques jours on l'interpellera; quelques jours encore et on l'interpellera joyeusement. On sait qui il est, on sait ce qu'il fait, on connaît sa légende : évêque, ou baladin du monde occidental. On l'aime, si c'est l'aimer que de le tolérer (eh oui, pour lui c'est une sorte d'amour, et qui lui suffit bien).

Dans ces promenades, il n'a pas le repos qu'il faut pour peindre, mais il n'est pas fils d'archevêque pour rien; il n'a pas qu'une corde à son arc. Parfois c'est quelqu'un qui vient de se blesser avec une serpette et le Déserteur connaît un remède magnifique avec de l'alcool et de la fleur d'arnica; d'autres fois, c'est le remède des sept herbes qu'il faut appliquer, ou bien celui des racines de chardon ou de la poudre de bolets calcinés. Il connaît même (mais il ne faut en parler qu'entre nous) des mots qu'on prononce d'une certaine façon, et des quantités de choses (qu'on désire) s'accomplissent : avoir un amoureux, se marier dans l'année, faire dormir un enfant récalcitrant, enfin, aider le monde à tourner. Le Déserteur « fils d'archevêque » sait tout ça sur le bout du doigt. Et l'art vétérinaire au surplus, ce qui est cocagne chez ces paysans toujours très entrepris quand les bêtes — qui ne parlent pas — sont malades. Tout ce que l'art vétérinaire peut emprunter à la magie, le Déserteur le sait. Un empirique a forcément du succès dans le monde paysan. On prend l'habitude de voir avec plaisir la silhouette du Déserteur dans les chemins.

De ces années d'errances relatives dans les mayens de Sion, le val de Nendaz, d'Hérémence et d'Hérens datent les œuvres suivantes : *La Naissance de Notre Seigneur Jésus-Christ,* peinte à Bar en 1851 ; *Le Sacré Cœur de Jésus,* peint à Veysonnaz en 1852 ; *Sainte Marie, Mère de Dieu, Sainte Philomène,* peinte à Brignon en 1850 et qui sont les portraits de Marie Levrard et de Philomène-Catherine Tournier ; *La Sainte Famille, Jésus, Marie et Joseph,* à Saint-Léger, peinte en 1856, où pour la première fois le Déserteur installe sur une stèle, entre Marie et Joseph, le coq rouge qui, de tradition, se trouve dans toutes les Saintes Familles de peintres d'ex-voto. Ce « coq de saint Pierre » que par tradition philosophico-populaire les peintres d'ex-voto plaçaient dans la Sainte Famille, où il jouait, à la fois, le rôle du Saint-Esprit et celui de « clairon de traîtrise », le Déserteur le placera encore une fois, et alors près de saint Pierre, dans une sorte de Sainte Famille projetée dans le temps qu'il peindra pour Pierre-Joseph-Marie Bourdin du village de Mâche. On voit l'importance des prénoms qui déterminent ici carrément l'inspiration. Voici l'Enfant divin à côté de celui qui le reniera trois fois (il s'agit bien du coq du reniement, car le Saint-Esprit, avec sa forme, traditionnelle encore, de colombe crucifiée, est peint, comme il se doit, entre Joseph et Marie, un peu au-dessus de la droite du divin Enfant, dans un beau petit cumulus d'orage).

De la même époque, encore : *Sainte Élisabeth, Sainte Anne, Sainte Marguerite,* peinte pour Anne-Élisabeth Michelet-Loye, Haute-Nendaz, 1856 ; *Saint Jean-Baptiste et Saint Pierre, Saint Maurice d'Agaune,* Haute-Nendaz, 1856 ; *La Naissance du Sauveur du Monde et l'Adoration des Rois Mages,* peint à Brignon le 24 janvier 1859 dans le raccard de Firmin Genolet. Il fut payé par une soupe aux choux, du lard salé, du pain, un verre de vin et (le fait est unique dans la vie du Déserteur) trois tasses de café « noir » ; un *Saint Charles,* toujours à Brignon, en avril 1859, mais peint ailleurs que chez Genolet : il ne resta dans ce raccard que huit jours en janvier 1859, ayant été affolé par le passage de deux gendarmes de Sion, qui mirent le nez hors d'un brouillard à couper au couteau vers le soir du 30 janvier, par pur hasard.

De ces années bienheureuses date également une peinture profane à épisodes sur le thème de la célèbre complainte de Geneviève de Brabant : douze panneaux intitulés *L'Histoire de Geneviève, Comtesse de Brabant, Épouse du Comte Sifrois.* Pierre-Joseph Bourban et Anne-Marguerite Loye, son épouse, tous deux de Haute-Nendaz village au Cerisier, ont fait faire cette image dans leur maison, le 23 du mois de septembre, l'année du Seigneur 1857. On sait que le Déserteur, pendant les années 1861 et 1865, peignit d'autres sujets profanes, toujours sur les thèmes des complaintes, certaines de ces complaintes étant rimées par lui sur l'air de Fualdès. Il y avait la complainte du « pou et de l'araignée » (chanson de métier de la corporation des cordonniers en 1820), « L'assassinat horrible de la lavandière d'Angoulême » et probablement « La mystérieuse cantinière », complainte issue du corps de légende de Waterloo. Ces trois tableaux sont perdus, mais grâce à *L'Histoire de Geneviève, Comtesse de Brabant* qui nous reste, nous pouvons constater ce qui sépare la peinture du Déserteur de l'image d'Épinal.

Les différences sont fondamentales ; c'est tout à fait autre chose. Le seul point commun est que dans l'imagerie d'Épinal et chez le Déserteur l'histoire est racontée dans une succession de petits carrés. Pour l'essentiel rien n'est commun. L'image d'Épinal n'est pas peinte, elle est coloriée : si une robe est jaune, si une redingote est violette, si un pourpoint est rouge, si un arbre est vert, ils le sont sans nuances, sans détails, de façon égale, la couleur étant passée au pochoir. L'image du Déserteur est peinte : la robe de Geneviève a des plis, son voile de mariée est brodé d'un liséré de fleurs et sa couleur imite la transparence, etc., rien n'est passé au pochoir, tout est peint délicatement comme (toute proportion gardée) dans la miniature persane. C'était le propre du métier (et parfois, comme ici, de l'art) des peintres d'ex-voto. Le Déserteur n'est pas plus d'Épinal qu'il n'est persan. On avait cru, du fait des petits carrés, lui trouver une origine, mais non, il sort toujours de la même ombre.

Le voilà donc maintenant installé à demeure, comme on dit, dans ce val de Nendaz : mais sa demeure n'est jamais qu'un trou dans du foin ou une litière de paille, suivant la saison. Même en plein hiver, il ne s'approche jamais d'un foyer. Quand il dit qu'il peint *L'Histoire de Geneviève, Comtesse de Brabant* dans la maison de Pierre-Joseph Bourban et d'Anne-Marguerite Loye son épouse, il faut comprendre qu'il était dans leur grange sur la route de Mâche à Hérémence. On a beau l'inviter, il n'accepte jamais d'entrer dans les « maisons ». On dirait qu'il ne veut pas trop tirer sur la corde. Son raisonnement est peut-être le suivant : « Vous m'invitez aujourd'hui de bon cœur ; si j'acceptais, je prendrais vite l'habitude du confort et quand je serais habitué, l'habitude aurait fait disparaître le bon cœur. Ce n'est pas facile d'avoir toujours un étranger dans la maison et c'est par contre très facile de s'habituer à un bon feu quand il fait froid. Non. Restons à notre place. Ce que j'ai est déjà bien beau. Je n'en demande pas plus. Je reste au froid, vous restez chez vous, et les choses pourront durer ainsi. C'est tout ce que je désire. »

Peut-être aussi était-il un peu fou : il y a bien des stylites. Il fait, comme on vient de le voir, foisonner autour de lui saints et saintes, Vierges Marie, Enfants Jésus, mais il n'y a pas de Dieu dans tout ça, pas plus que dans les marmonnements d'une dévote, c'est une simple matière qu'il travaille, dans laquelle il trouve son équilibre comme le menuisier le trouve dans l'odeur du bois, et le cordonnier dans l'odeur du cuir. Il faut bien le dire, car on le verra souvent dans la campagne, les prés, et les bois, à genoux, les bras en croix en train de prier. Il ne faut jamais oublier l'époque. Au siècle dernier les marques extérieures de la piété étaient de bon ton, surtout dans la société provinciale, à plus forte raison quand cette société était à la fois provinciale et paysanne. On priait comme on saluait les notables. Ça n'allait pas plus loin. Les manifestations de piété du Déserteur ne vont pas plus loin, non plus. Elles signifient : « Je suis un brave garçon, je suis très bien élevé, je ne mets pas les pieds dans le plat. Vous pouvez m'accepter parmi vous ! »

C'est un brave garçon, mais il est un tout petit peu « perché à califourchon sur l'épicycle de Mercure » comme on disait au temps d'Henri IV. Il donnait aux gens des petits sacs en papier semblables aux scapulaires pour guérir un peu tout ou faire tomber sous le charme. Il écrivait des formules obscures mêlées de croix, de croix de Malte, de svastikas. Il chassait le diable avec le mot

« abracadabra » et l'image de la pyramide renversée. Il trouvait les voleurs et il les clouait sur le lieu de leur larcin avec des fumigations de bourrache. Il composait des électuaires avec des plumes calcinées, du soufre et du miel pour lutter contre les vertiges et le mal de dents. Toute une pharmacopée qui s'accorde mal avec une foi à vous jeter subitement à genoux les bras en croix dans les champs.

Il n'y a pas besoin de beaucoup le regarder pour s'apercevoir qu'au milieu de toute cette légende dorée de Haute-Nendaz qu'il peint presque sans reprendre haleine il reste laïque. Il n'y a qu'à voir son *Saint Jacques en Galice, Saint Joseph, Sainte Marie* qu'il peint pour Jacques Claivaz dans des couleurs et une composition très désinvoltes. Son *Saint Joseph* est particulièrement rigolard, son *Saint Jacques en Galice* est une caricature et la Vierge Marie une dame patronnesse. C'est tout à fait le style des « petits peintres de chapelle ». Tout à fait la manière aussi. L'habitude de travailler en bordure de l'église lui donne le nasillement et l'onction des bedeaux mais la libre pensée des « nourris dans le sérail ».

Nourri, il l'est fort peu. On lui donne de droite et de gauche, mais il ne demande jamais. Certes, on ne laisse pas une « image » impayée. C'est du fromage, c'est du jambon, c'est du pain, c'est de la soupe, c'est même de l'argent (peu) pour la couleur et les pinceaux (qu'on va toujours acheter à Sion), mais quand il n'y a pas d'image pour rappeler l'existence du Déserteur, on a plutôt tendance à l'oublier. Il suffit qu'il apparaisse, bien sûr, pour qu'on lui donne à manger à gogo, mais s'il n'apparaît pas, il n'a rien, et ce rien ne fait pas gras. Souvent il ira déterrer des racines pour se nourrir, les jours où sa timidité lui fait préférer les racines à l'approche des gens civilisés.

Des gens civilisés qui sortent à peine d'un temps où ils ont eu pas mal d'autres chats à fouetter. Depuis cinquante ans on se battait entre frères, le Bas-Valais contre le Haut-Valais; la guerre vient juste de finir. On ne fait pas la Suisse sans convulsions; on était donc convulsionnaire. Les soldats trottaient par les guérets, les étendards claquaient dans les clairières. Le général Dufour, commandant les troupes fédérales, était encore hier face à face avec les cinq mille hommes de De Kalbermatten. Si on a capitulé ce n'est pas faute de courage, c'est peut-être qu'une sorte de bon sens a fini (après cinquante ans) par éclaircir les regards et les cervelles. C'est un peu pourquoi, d'ailleurs, Charles-Frédéric Brun a pu se glisser si aisément en Valais, où trafiquent encore des charrois de troupes et de soldats débandés. C'est pourquoi aussi, malgré toute la bonté naturelle des Haut-Nendards, il y a au fond de leur bonté une lie de ces sentiments égoïstes que laisse la guerre derrière elle. On a accueilli le Déserteur, c'est bien, on s'en félicite; on le garde, c'est très bien; mais s'il faut en plus le prendre en tutelle, c'est une autre affaire. On a l'impression que cette guerre a terminé des temps anciens, que des temps nouveaux sont venus sur la terre. Il va falloir accorder ses gestes à ces temps nouveaux. Ça ne se fait pas tout seul. Dans l'effort que cette adaptation demande, on oublie parfois ce Déserteur : pas longtemps, un jour ou deux tout au plus.

Un jour ou deux, c'est beaucoup, surtout s'ils se répètent souvent, pour quelqu'un qui les passe le ventre vide; et qui vieillit; et qui vieillit plus vite que d'autres, en raison même de ces jeûnes et du froid et de l'inquiétude. Une fois, il allait à Hérémence. On lui avait demandé de venir peindre une *Adoration des Rois Mages* pour Marie-Élisabeth Gillioz. (Il ne la peindra pas cette fois-là, mais trois ans après, quand Marie-Élisabeth sera à Aproz.) Le voilà donc parti le baluchon sur l'épaule. Arrivé à Veysonnaz, des femmes et des enfants, puis des hommes l'arrêtent : « N'allez pas plus loin! lui dit-on. Les gendarmes vous cherchent. Ils sont montés de Sion, ce matin, ils ont fouillé partout. Ah! maintenant qu'on n'est plus dérangé par les soldats, on l'est par les gendarmes. Cachez-vous. » Et on lui offre cent cachettes dans les maisons, mais allez donc proposer une alcôve au renard qui a les chiens aux trousses. Il s'affole, il disparaît en courant dans les bois. Il passera trois jours on ne sait où, dans une grange, sous du foin, sous des rochers, dans les taillis, chez les ours, on ne sait pas. Quand on le revoit, il est blanc comme un navet, à bout de forces, affamé, énervé, sur le qui-vive, tremblant. Il met longtemps à s'en remettre.

Une autre fois, à Nendaz, il assistait à la messe, les gendarmes entrèrent et gardèrent la porte. Le curé s'arrangea pour lui cligner de l'œil, le fit passer

par la sacristie et mentit carrément à la maréchaussée. Il y a des fois où il faut savoir mériter l'enfer.

L'enfer (oh! pas celui de Dante, le vrai qui ne
fait pas d'esbroufe), l'enfer, le Déserteur le passait
sur terre. Un enfer d'inquiétude, d'incertitude;
toujours sur la corde raide, jamais assuré, non pas
du lendemain mais de l'heure qui vient. A chaque
instant une main emmanchée d'uniforme pouvait
sortir de l'ombre, au nom de la loi. La loi aux
regards de laquelle il n'avait que le tort d'être
misérable. Car, il faut encore ici le préciser, il n'a
pas l'étoffe ni d'un droit commun, ni d'un assassin,
ni d'un politique. Pendant les vingt ans qu'il passe
à Nendaz, on ne lui voit jamais ni ruse ni hypocrisie
(ses prières publiques ne sont que de l'automatisme
de défense vis-à-vis de la société en général), il ne
trafique de rien, ni de sentimentalité, ni de vertu, ni
même de sa simplicité, ce qu'il ferait sûrement si
elle était fausse. Non, s'il a fui la France et s'il
tremble à chaque instant ici, c'est qu'il est misérable, sans papiers, et destiné selon la loi à être la
proie du premier gendarme qui lui mettra la main à
l'épaule.

Après ces algarades, il ne se fixera plus nulle
part. Il reviendra toujours avec plaisir à Haute-
Nendaz, mais il ne restera jamais plus d'un jour
dans la même cabane. Tous les matins, il mettra
le baluchon à l'épaule, errant de Haute-Nendaz
à Beuson, de Beuson à Brignon, de Brignon à
Veysonnaz, de Veysonnaz aux mayens de Sion,
au Chalet de l'Évêque, à Notre-Dame-du-Bon-
Conseil, à Lavallaz, à Vex, aux Agettes, à l'alpe de

Thyon, Hérémence, Mâche, Évolène, les pentes du mont Rouge, les bois de mélèzes, les raccards perdus, les taillis; sans cesse en route, il déplace la cible pour fuir les coups.

Et de ce temps, il va toujours au seuil des bonnes gens peindre des saints et des événements de Dieu : la *Sainte Vierge Marie* pour Marie-Légère Délèze, femme de Jean-François; le *Saint Jean-Baptiste;* le *Jésus en Croix;* le *Saint Jacques Patron des Indes* pour Jacques-Barthélemy Bourban; le *Saint Michel Archange* pour Anne-Élisabeth Michelet; le *Saint Joseph dans le Désert;* la *Sainte Trinité,* datée de Mâche; la *Reine du Ciel et de la Terre,* datée d'Ayer; la *Tête de Mort* pour Jean-Joseph Sierro de Mâche le 4 juin 1852; les peintures sur bois de la chapelle de Pralong, aux mayens d'Hérémence le *Petit Saint Jean* pour Antoine Gaspard, Nendaz, commune d'Hérémence, le 12 décembre 1867 (il devait faire très froid ce jour-là).

Il perd peu à peu ses forces. Toujours en route toujours des pas. Il y a longtemps que les gendarmes de la vallée ne pensent plus à lui : il n'est pas un si grand personnage qu'il y ait nécessité de le traquer à mort; non, ils n'étaient venus sans doute que pour voir de près qui était ce « particulier ». Il se dérobe, eh bien, qu'il se dérobe, on n'en est pas à un trimardeur près! Mais lui a été lancé dans une fuite sans fin. Des pas, des pas, toujours des pas, de haut en bas et de bas en haut de ces terrasses valaisanes. Il ne s'arrêtera plus que pour mourir.

Mais avant de s'arrêter pour cette formalité indispensable il a encore pas mal de bons et de

mauvais jours à traverser. Les bons sont marqués
de loin en loin par des images qu'il colorie. Il a dû
être particulièrement bon celui qui fut consacré à
peindre la *Présentation de la Montagne d'Orseraz;*
c'est une de ses rares compositions profanes. Il y a
celle-là et deux autres dont on ne connaît que les
titres : *Le Vieux Soldat au Val des Dix* et *Tablards
de Vigne. Le Vieux Soldat* a été peint pour Jean-
Louis Pranet. Les *Tablards* pour Juliette-Marie
Piquet, à peut-être quatre ou cinq ans de distance
l'un de l'autre. *Le Soldat,* en 1913, était encore
visible dans un bistrot de Sierre ; puis, qu'est-ce
qu'on en a fait? Les *Tablards,* on sait qu'ils ont
existé, mais personne ne les a jamais vus. C'est
dommage car ces *Tablards* sont de l'autre côté de
la vallée. Charles-Frédéric Brun a-t-il jamais eu un
jour assez de courage pour traverser la vallée? Ce
serait intéressant de le savoir, mais on ne peut pas;
on ne sait même pas d'où était cette Juliette-Marie
Piquet (ni d'ailleurs Jean-Louis Pranet).

Avec la *Montagne d'Orseraz,* qui nous reste, nous
pouvons imaginer quels étaient les bonheurs que
goûtait le Déserteur dans les bons jours. Bonheurs
bucoliques, c'est Hésiode. Les vaches, les pâturages, les travaux quotidiens, le sapin, les troupeaux, le village, les montagnes et au-dessus le ciel
où les aigles prennent naturellement la forme
d'avions en piqué qu'on donne dans les « religiosi-
tés » au Saint-Esprit. Il goûtait donc la paix des
jours campagnards et il était sensible à leurs
modestes gloires. Il voyait donc au-delà des saints
simulacres et la réalité ne le rebutait pas. Il était

plus près des paysans que les paysans ne le
pensaient. Il usait simplement de l'organisation
agricole à la façon d'un aristocrate.

On imagine avec plaisir qu'il a eu souvent de
bons jours. Telle *Sainte Jeanne, Reine de France* (de
quelle Jeanne s'agit-il? la fameuse reine Jeanne?
mais elle ne l'était pas, de France! au surplus, elle
n'avait rien d'une sainte!), *Saint Maurice, Saint
Martin, Sainte Cécile* (et sa harpe), *Saint Frédéric*
(et sa plume de paon), les cocasses *Saint Jacques en
Galice, Saint Joseph, Sainte Marie* et surtout le
Saint Martin Évêque, Saint Jacques et Saint Jean,
daté de Beuson, 20 avril 1850, n'ont pas été peints
par un homme malheureux. Tout y respire la joie
tranquille, qui a le temps de fignoler fleurs,
cuirasses, étendards, manteaux, chevaux, housses
de selle, poignées de sabre, écharpes, robes de bure,
d'être le maître des beaux rouges et des beaux
noirs, des ors, des bruns, des bleus, des mauves et
de toute une petite floraison de prairie qui se
sacrifie aux pieds des chevaux. Il devait être installé au seuil de quelque Élisabeth-Madeleine, ou
Juliette-Louise, ou Mathilde-Noémie, s'activant du
pinceau, le nez au vent de quelque soupe au lard. Il
y avait quelque part, autour de lui, ou devant lui ou
derrière lui, un village avec ses chalets, ses hottes,
ses traîneaux, ses fumiers, ses purins, ses fontaines,
ses foins, son paisible ronronnement mêlé de
grincements d'essieux, d'abois de chiens, de
meuglements et de commandements. Ou le silence.
Qui est si beau quand on est, enfin, tranquille et
qu'on n'a peur de personne. Le soleil était haut, ou

bas, en train de monter ou en train de descendre, mais c'était une occupation journalière qui pouvait durer « la nuit des temps », sans limite gendarmière. Il devait y avoir par-ci par-là, en train de renifler et de s'essuyer le nez sur la manche, une ou deux bandes d'enfants fraîchement sortis de l'école, ou allant y entrer, et complétons l'image par le probable carillon de la petite cloche grêle d'une église minuscule en train de sonner on ne sait quoi : matines, ou vêpres, ou d'épeler le vocabulaire des signaux ecclésiastiques à destination des dévotes.

Il y avait de quoi tisser des guirlandes de roses, de violettes, de muguet, d'œillets, de passeroses, de zinnias, de capucines, de palmes de laurier, d'alise et de cerfeuil ; de quoi planter vingt cyprès d'Italie derrière un saint Jean-Baptiste montagnard, de quoi faire flotter les drapeaux au-dessus de saint Maurice, de quoi composer un dragon rigolard, à la fois renard, poule et serpent pour la pointe de lance de saint Georges. Toute misère a son soleil.

Le 4 juin 1852, Jean-Joseph Sierro est mort, *requiescat in pace*. C'est le moment d'être triste : eh bien, le Déserteur ne l'est pas, il ne l'est pas sur commande. Jean-Joseph Sierro est mort mais Charles-Frédéric Brun est bien vivant et il n'y a toujours pas de gendarme en vue. Alors, on est tout à fait incapable d'inventer un crâne convenable et des tibias acceptables : la tête de mort est une citrouille, les os en croix les bâtons flottants de La Fontaine (de près c'est quelque chose et de loin ce n'est rien). Il a beau accumuler autour de la tête de mort les sentences les plus sinistres, la joie (la plus sarcastique) éclate sur cette pierre tombale. Les halliers sont en fleur aux champs Élysées.

Par quoi sont marqués ses jours de misère et de malheur ? Par rien, d'abord. Ces jours-là, il ne peint pas, il reste terré dans son trou, sous le foin, ou bien il déambule sous le couvert, donc pas de trace de pinceau.

Quelquefois, par hasard, la peur ou le malheur (c'est la même chose pour lui) le prend pendant qu'il est en train de peindre ; alors on sait qu'il a été malheureux ce jour-là. Cela se voit à un manque d'élan, à un vide dans sa peinture. C'est rare, mais voyez le premier portrait : celui de Marie-Jeanne Bournissay, la femme du cher président, on y sent qu'il n'était pas encore à son aise. Pour le *Saint Léger Évêque* daté de Brignon-sur-Nendaz le 11 janvier 1869 (deux ans avant sa mort), il n'est pas non plus à son aise et, cette fois, cela ne vient pas de ce qu'il est dans une situation nouvelle comme pour son premier portrait puisqu'il y a déjà dix-neuf ans qu'il est au val de Nendaz, mais cela vient d'on ne sait quoi qui rôdait autour ou peut-être du mal qui va l'emporter bientôt.

Car il ne cesse de vivre dans des conditions d'une dureté inouïe. Parce qu'il le veut bien (ou parce qu'il n'a pas l'esprit de vouloir mieux), car on lui offre asile et table de tous côtés. Un jour d'hiver on le trouve raide comme la justice. Il est gelé des pieds à la tête, son sang ne circule plus, c'est à peine si son cœur bat, on ne sait même pas s'il respire encore. On l'emporte, on le couche dans un pétrin, on l'arrose d'eau chaude, on le frictionne, on le fait revenir à lui. Il revient mais il s'entête à coucher dehors, à rester dans sa situation d'errant et de belle étoile. Il reste parfois deux, trois jours sans manger, et quand il mange c'est de bric et de broc, des nourritures données qui parfois (souvent) ne conviennent pas à son estomac resserré. Enfin, il vit de façon malsaine. Et il a plus de soixante ans.

Il sent très bien que la mort s'approche. Souvent il reste terré, non plus parce qu'il a peur mais parce qu'il a à penser. Il se souvient du jour où François Délèze l'a rencontré près du hameau de Brignon. Le jeune notaire Délèze était le seul de la région à être abonné à un journal. Il y avait lu que le Gouvernement français avait voté l'amnistie pour tous les délits politiques. Les exilés volontaires avaient un délai de quinze jours pour rentrer en France.

Le délit de Charles-Frédéric Brun n'est jamais amnistié par aucune loi : c'était le délit de misère, son crime était d'être misérable. Après l'annonce de François Délèze, il avait essayé de se rendre à la frontière, non pas que la France soit si importante pour lui, mais parce qu'il y avait là, peut-être, l'occasion d'avoir des « papiers ». On prétend même que des démarches furent faites auprès du consulat de France à Sion, ou de l'ambassadeur résident, mais ces suppositions sont gratuites : il ne reste aucune trace de ces prétendues démarches dans les archives du consulat-ambassade. Il est donc allé tout simplement, pedibus comme d'habitude, jusqu'à la frontière ; il a expliqué sa situation aux douaniers et ceux-là, qui sont du peuple, qui savent bien que le délit de Charles-Frédéric Brun ne sera jamais pardonné par personne, le refoulent.

Et le voilà confiné pour toujours entre ces quatre murs : la misère, les gendarmes, la charité et la mort.

Qui l'atteint en 1871 à Veysonnaz chez un fermier où cette fois il a bien fallu qu'il accepte un lit. C'est le 9 mars. Il est comme une lampe à qui l'huile manque. Il ne souffre pas ; il s'en va, tout simplement. Il a trouvé tout seul sa porte de sortie. Au diable les gouvernements et les gendarmes, ce cœur qui ralentit son mouvement confectionne tout seul la plus merveilleuse des amnisties avec les moyens du bord. Quelle magnifique tanière que la mort ! Et comme il s'y sent à l'abri ! Comme il a enfin le temps de penser aux choses importantes. Et parmi celles-là il y en a une qui lui tient à cœur : c'est de remercier avant de partir celui qui le premier l'a accueilli ici : le président Fragnière, le mari de Marie-Jeanne Bournissay. On le fait appeler, il arrive. Ce sont des remerciements très émouvants. On n'a pas l'impression d'avoir tant fait pour lui que de mériter qu'au seuil de la mort il s'en souvienne et avec tant de gratitude. On voudrait avoir fait plus. Quelle gloire pour ce Déserteur qui s'en va. Qui est parti.

Il était trop mystérieux pour qu'il n'y ait pas quelques remous à la surface des ténèbres où il plongeait. Il y a une tradition. Il a donné avant de partir sa dernière œuvre à Fragnière : un crucifix. Ce crucifix aurait fait des miracles. Quand on transporta le cercueil du Déserteur de Veysonnaz à

Basse-Nendaz, où se trouvait alors le seul cimetière de toutes les agglomérations, quatre paysans portèrent ce cercueil sur l'épaule. Mais il était grand ce Déserteur, et il fallut charger le cercueil sur un mulet. Devant la chapelle de Sainte-Agathe, le mulet refusa de passer outre. Les mulets ont souvent de ces revertigots; ici on préféra voir quelque malice divine. Comme la bête s'obstinait, les hommes se mirent en devoir de la remplacer, ils reprirent le cercueil sur leurs épaules. Alors la petite cloche de l'église se mit à sonner toute seule et le cercueil devint léger comme une plume de pigeon.

Bienheureux les pauvres, car ils verront Dieu. C'était bien le moins pour celui-là.

Février 1966.

La pierre

Le premier homme qui a eu peur a ramassé une pierre. Dès que l'esprit est venu, on a taillé des sarcophages dans le rocher. Dans notre siècle de voyages interplanétaires, ceux qui envisagent sérieusement d'aller dans la Lune avec ces instruments si parfaits de la technique moderne qu'on appelle des fusées s'inquiètent des rencontres de ces fusées avec les pierres errantes du ciel. Nous mangeons de la pierre dans certains médicaments. Nous faisons sortir de la pierre l'acier des charrues (dont, à l'origine, le soc était de pierre), celui des locomotives et, naturellement, celui des canons (dont les boulets étaient encore en pierre au début des temps historiques). Les villes (même Rome) sont en pierre. Celui sur lequel l'Église est construite s'appelle Pierre. La muraille de Chine, les remparts d'Avignon, la tour de Belem sont en pierre comme l'étaient le colosse de Rhodes, le phare d'Alexandrie, le tombeau d'Artémise, et tant d'autres merveilles.

Qu'on cherche ce qui n'est pas la pierre : on n'en

sort pas. Tout en vient, tout en est, tout en sort; on y retourne. Les nuages noirs, que les récentes découvertes montrent maintenant au sein ou sur les bords des nébuleuses, sont les nuages de poussière d'une sorte de chantier de démolition ou de construction à l'échelle cosmique. Si l'on sait à cette échelle-là que la fin des gaz compressés et refroidis est la pierre, on en arrive à se dire que l'air lui-même... Et nous, dont il est dit que nous sommes poussière!

Il y en a trop! Eh! quoi, nous voilà tendres et friables, et si fragiles que d'un accroc à notre peau, que d'un trou de la grosseur d'un sou, notre sang et notre vie s'écoulent, et nous avons été jetés dans un monde de pierre! Qu'il ne soit tout au moins pas question de ce rocher métaphysique que roulait Ixion; restons dans ce monde que nous voyons maintenant physiquement incompréhensif. Qu'allons-nous faire, comment nous comporter, comment aimer, comment trahir, comment combiner nos petits paradis terrestres? « Don Juan, tu m'as invité à souper avec toi. Me voilà! »

« Je ne l'aurais jamais cru, dit Don Juan, mais je ferai ce que je pourrai. »

Je me souviens d'un admirable aqueduc. Il n'était pas célèbre; il n'était pas dans un site historique; il n'apportait pas une source d'or à une ville impératrice. C'était un très banal aqueduc, quoique du temps des Romains toutefois, comme il

se doit pour un aqueduc bien né. Il enjambait les
pins, les yeuses, les bosquets, les jardins potagers,
les fermes, les aires, les chemins, la voie ferrée. Il
escaladait les collines, descendait dans les vallons,
sautait les ravins, remontait vers les hauteurs,
s'enfuyait sur place. Les quelques jambes qui lui
manquaient ne le gênaient pas. Au contraire, de
l'autre côté de la brèche parfois assez large, il
renaissait avec une continuité formelle d'intention.
Il témoignait de notre aptitude à voyager sans
bouger de place. Le paysage acceptait cet immense
appareil comme un paysage de Poussin accepte un
cyclope. Le Colisée fournit toutes les chambres des
hôtels de Rome en rugissements de lions et en cris
de chrétiens. Il y a dans les Andes, sur les hauts
plateaux de Tiahuanaco, une porte du soleil qui ne
sert évidemment à rien. Brusquement, toutefois,
dans ce désert, sa vanité devient succulente. Ce
sont d'énormes blocs de pierre soigneusement polis.
D'où leur vient ce poli admirable? D'un long
amour de ces hommes des plateaux avec ces pierres.
Autour, aucune végétation : une aire dénudée sur
laquelle le soleil se foule lui-même. Sur deux blocs
dressés, on a posé une lourde architrave sculptée.
On se demande quels ont été les moyens employés.
Encore de l'amour, mille bras lentement dressés, de
la fatigue ajoutée pendant longtemps à de la fatigue.
Sur ces plateaux déserts restent des traces d'une
longue fidélité d'hommes simples à la pierre. Sans
doute cette porte donnait-elle accès à un temple. Le
temple a disparu en totalité (sauf la porte) comme
escamoté ou dissous par quelque acide. Volatilisé

en poussière; peut-être est-il, pour les astronomes de Sirius, un peu de ces nuages opaques qui doivent obscurcir notre galaxie.

A chaque instant, quand on parle de la pierre, on regarde le ciel. On peut en effet le comparer à une meule. Il y a au Mexique une meule, haute de cinq mètres, épaisse de deux. Elle est posée contre un mur cyclopéen. C'est le terme même qu'on emploie (et qui témoigne de notre naïf étonnement) pour désigner ces énormes murailles incaïques faites de blocs surhumains, jointoyés sans ciment ni mortier. Les joints de chaque bloc ont été polis pendant des années avec une patience et un soin jaloux. Les blocs ont été ensuite posés les uns au-dessus des autres et c'est l'extraordinaire précision du poli, joint à l'énorme poids de la pierre qui donne à la construction son admirable solidité, son étanchéité au temps et à la destruction. Nous ne savons pas non plus comment on a pu faire dans ces temps sans machine pour organiser ces entassements de pierres si énormes que leur maniement poserait de graves problèmes de technique même à notre époque. Des millions d'hommes se sont passionnés pendant des siècles pour faire ce travail. Ces réflexions pourraient être à l'origine d'une étude exhaustive sur les moyens de distraction et en tout cas sur la pierre en tant que remède contre l'ennui. Il est de fait qu'un maçon professionnel — je ne dis pas de maintenant mais d'il y a seulement vingt ans, quand il construisait une cloison en mettant des briques l'une sur l'autre — s'il se trouvait un beau dimanche devant le mur cyclo-

péen, il dirait sûrement avec un peu de blague :
« Eh bien ! ceux-là, ils se sont bien amusés. » A mon
avis, cela n'est pas si loin de la réalité. On parle
d'esclavage à propos de la construction des pyramides et des murailles incaïques. Il y avait peut-
être un peu d'esclavage mais il y avait sans doute
beaucoup d'amusement et la certitude supérieurement amusante celle-là, de construire pour l'éternité. (On ne se distrait jamais aussi bien qu'à la
poursuite de l'éternité.) C'est pourquoi, sur cette
meule du Mexique qui est appuyée contre le mur
cyclopéen, on a gravé les secondes, les minutes, les
heures, les jours, les ans, les siècles, les millions de
siècles et les signes d'un zodiaque particulier. C'est,
pourrait-on dire, une sorte de montre gigantesque.
C'est, en tout cas, un instrument destiné à tenir
compte du temps qui passe. Si bien qu'il n'est pas
tellement illogique d'être venu à cette meule de
pierre phénoménale en parlant d'abord du ciel.
D'autant que lorsqu'on connaît le ciel pur tel qu'il
est dans les pays du Sud, ou simplement en
Provence l'été, on sait qu'il peut être d'une dureté
de pierre. Certains matins je le vois, propre comme
un sou neuf, débarrassé de nuages d'un bord à
l'autre de l'horizon. Le soleil saute dans cette arène
d'un bond. Cette voûte prend le vernis des pierres
polies. Rien de jour en jour n'en altère l'éclat.
Comparé à la meule du calendrier mexicain, le ciel
est dépouillé de signification et d'espoir.

J'avais sur ma table une pierre tombée du ciel,
un morceau d'aérolithe. Elle me servait de presse-
papiers. Je l'ai montrée à un enfant. Il a ouvert des

yeux si ronds que je n'ai pas résisté au plaisir de la lui donner. Comme il fallait dire quelque chose, je lui ai dit que c'était un morceau d'étoile. Depuis, il couche avec. C'est un petit garçon des premiers âges du monde. Il a beau aller à des écoles techniques, il a entre les mains un morceau d'étoile et il couche avec. On me dit qu'il la place tous les soirs (il y a plus d'un an que je lui ai fait ce cadeau) sur sa table de chevet, sous la lampe, et qu'il la regarde tant qu'il peut tenir ses yeux ouverts. Quand il ne peut plus, il a encore la force de sortir un bras des couvertures, il prend la pierre (elle est grosse comme mes deux poings) et il la fourre sous son oreiller. Ce qui est au surplus très inconfortable. Moi, j'ai gardé cette pierre sept ou huit ans. Je n'allais pas jusqu'à la coucher avec moi mais je la prenais quelquefois dans mes mains. J'étais chaque fois étonné de son poids. Elle était recouverte d'un joli vernis produit par la fusion pendant sa chute, quand elle avait traversé notre atmosphère. Au fond, qui sait si elle est vraiment tombée du ciel? C'est ce que je me demande. Celui qui me l'a donnée est, certes, un homme de confiance, mais...

Les premières heures du sommeil sont propices à la vie imaginative. Bien couché au chaud, allégé de mon poids par les premières bouffées du sommeil, je fais le contraire du petit garçon (ou la même chose). Je songe avec horreur à l'aventure des spéléologues. C'est, à la lettre, excursionner à l'intérieur de la pierre. Si j'avais démesuré cette pierre du ciel quand je la tenais dans mes mains (elle était toute pertuisée de petits trous) ou si je

m'étais démesuré moi-même, j'aurais eu, à l'échelle
de Dieu le Père (quand il consent à se rapetisser),
l'aventure des spéléologues. Ils entrent par de petits
trous, suspendus à des fils, et ils se font descendre
par des treuils dans l'intérieur de la terre, une
énorme pierre du ciel, somme toute. Une fois au
fond, ils y ont une vie vermiculaire. Ils rampent, ils
se glissent de trou en trou, cernés de toute part et
de façon très étroite par le rocher. Ils arrivent dans
de vastes cavités, ils plongent dans des siphons. Le
souvenir d'un de ces siphons reste encore dans ma
mémoire comme y reste le souvenir des choses
horribles et sans grandeur : la roulette du dentiste,
l'ouverture d'un panaris, etc. La chose s'est passée
en Suisse, à Vallorbe pour tout dire. Ce devait être
aux environs de 1933. J'écrivais, je crois, *Le Chant
du Monde*. On m'avait aménagé le grenier de la
maison et j'y avais installé une sorte de bureau de
travail. De la lucarne, je voyais la dent de Vaulion
et les forêts qui entourent la source de l'Orbe.
J'étais avec ma vieille cousine Antoinette qui nous
recevait, ma femme et ma fille aînée, Aline. Nous
n'avions, à ce moment-là, qu'un enfant. On le
soignait comme une pièce de musée. Un matin,
affolement général ; l'enfant est rouge comme un
coq, brûlant et fait une fièvre de cheval. La maison
était une grande villa à deux kilomètres de Vallorbe. On court jusqu'à une petite épicerie qui était
à cinq cents mètres de chez nous. On téléphone au
docteur, il arrive. Je me souviens très bien de lui.
C'était un vieux monsieur charmant. Il regarde
Aline sur toutes les coutures. C'est une angine

banale, sans complications possibles. Soulagement.
Le docteur inspirait confiance, l'image même de ces
vieux docteurs parfaits, comme on en voit dans les
romans. A cette époque, j'avais la passion de
chasser le papillon. J'avais donc sur ma table des
étendoirs, un flacon de chasse à cyanure, des
pinces, un grand filet vert : enfin des armes
parlantes. Le docteur engage la conversation sur les
papillons et me dit : « Est-ce que vous avez des
papillons de grotte ? » Non, je n'en avais pas et, qui
plus est, j'ignorais l'existence des papillons de
grotte. Exclamation et description de ces fameux
papillons de grotte. Cinq minutes après, bien
entendu, je mourais d'envie de posséder un échan-
tillon de cette beauté zoologique. « C'est facile, me
dit cet homme aimable, montez dans ma voiture, je
connais près d'ici une grotte où il y en a. » La
description qu'il m'avait faite de cette faune souter-
raine était si brillante que j'avais passé sur l'horreur
que provoque généralement en moi le mot grotte.
Pendant que nous roulions en voiture, je consacrai
malgré tout quelques minutes à essayer de me
représenter ce que pouvait bien être la grotte où
nous allions. J'arrivai à la conclusion rassurante que
ce devait être, somme toute, une sorte de cave et
que je n'aurais qu'à me tenir soigneusement à
l'entrée. « Une sorte de péristyle », me disais-je. Le
docteur arrêta sa voiture en plein bois. Pas de
péristyle. « Venez, venez », me dit-il. Nous mon-
tons à travers les sapins. « C'est là », dit-il en
regardant à ses pieds. C'était un trou de renard.
« Bien, dis-je avec un petit sourire guilleret, et

comment fait-on pour entrer ? » C'était un docteur
dépourvu de tout sens de l'humour et, quand il
faisait quelque chose, il le faisait jusqu'au bout. Il
avait déjà enlevé sa veste et son gilet. « Vous allez
voir, dit-il, suivez-moi. » Et il ajouta : « Je passe
devant car il y a certaines précautions à prendre. »
Il était déjà engagé jusqu'aux épaules dans le trou.
Il eut un remords et il revint à la lumière du jour.
« Faites exactement comme moi, me dit-il. Le
couloir d'entrée est étroit. J'y passe à peine (il était
maigre comme un fil) et c'est un siphon. — Qu'est-
ce qu'un siphon ? lui demandai-je. — Eh bien,
voilà, dit-il. Il faut s'engager tête première et vous
vous laissez descendre sur deux mètres environ,
deux mètres cinquante. Au fond, vous engagez
votre tête dans un trou et, en forçant des coudes sur
les parois, vous vous engagez dans un boyau
horizontal qui peut avoir de un mètre à un mètre et
demi. Pendant la reptation horizontale, il faut
absolument que, par une révolution en pas de vis,
vous arriviez à vous coucher sur le dos. Le reste est
de l'enfantillage. Vous allez arriver dans un autre
puits vertical où, engagé sur le dos, il ne vous
restera plus qu'à ramoner sur à peu près trois
mètres pour prendre pied dans la cavité centrale. »
Et, là-dessus, ayant dit, il se mit en mesure de faire,
sans laisser le temps à ma gorge serrée d'articuler la
moindre protestation. Je le vis disparaître, centimètre à centimètre, dans le trou de renard. Ses
pieds s'agitèrent encore un instant en signe d'adieu.
Je compte parmi les heures les plus cruelles de mon
existence celles que je passai devant ce trou béant.

Il avait, à la lettre, dévoré mon docteur sous mes
yeux et, selon toute apparence, il était en train de le
digérer. Des borborygmes étranges manifestaient
de cette digestion. Au bout d'un quart d'heure de
ce supplice, j'entendis sortir une voix de ces
entrailles. C'était le digéré qui m'appelait. Il avait
été convenu — ou, plus exactement, il avait convenu
tout seul — qu'il m'appellerait une fois arrivé
de l'autre côté et que ce serait le signal de le
suivre. J'aime beaucoup les docteurs, surtout quand
ils sont, comme celui-là, des pères Noël au petit
pied, avec de bonnes petites barbiches. Mais cet
amour ne me pousse pas aux folies de la passion
ou de la témérité. Je lui fis savoir par le tru-
chement de l'œsophage qui l'avait englouti et
servait, en l'occurrence, de tuyau acoustique, que
je me refusais formellement à quitter la lumière
du jour. « Pourquoi? me demanda-t-il. — Eh
bien! parce que je ne me sens aucune aptitude
à ramoner vos puits verticaux et à ramper de
façon hélicoïdale. » En réalité, j'avais la frousse,
une frousse qui me tenait à la gorge comme chaque fois que, simplement, j'imagine être coincé
dans un boyau étroit. (Ce sont les cauchemars que
je fais chaque fois que j'ai trop mangé le soir.)
« C'est dommage, me dit-il. — Pourquoi? Que
voyez-vous? — Je ne vois absolument rien, dit-il.
J'ai laissé ma petite lampe électrique dans le
gousset de mon gilet, mais vous manquez quelque
chose, vous savez. Je suis assis sur une petite
sellette, mes pieds pendent dans le vide. On ne sait
plus du tout où l'on est. » Ce ne sont certainement

pas des déclarations de ce genre qui vont me décider à plonger dans les entrailles de la terre. Bref, l'aventure se termina sans dommage et, au bout d'une demi-heure (car il eut quelque difficulté lui-même à exécuter la reptation hélicoïdale, au retour), il fut rendu à la lumière du jour. Il n'avait pas rapporté de papillons de grotte, mais j'avais acquis des terreurs nouvelles et le seul fait d'avoir écrit cette histoire me promet quelques sommeils difficiles dans les nuits qui vont suivre. Il suffit que je m'imagine dans cette situation incommode du ramoneur de siphons souterrains pour que je me mette à ruer comme un mulet dans mon lit. Car, naturellement, c'est toujours quand je suis très douillettement sur le point de m'endormir que la nuit se resserre autour de moi comme de la pierre, ne me laissant plus qu'un tout petit pertuis dans lequel il faut que je rampe.

Je trouve mon docteur bien imprudent. Certes, il y a assez d'horreur dans le fait d'être enfermé dans un tuyau de pierre, mais mes terreurs viennent d'un jeu de l'esprit qui démontre la possibilité d'horreurs bien supérieures. Je vois très bien chaque jour dans mon journal illustré, à l'époque de ces performances, des hommes casqués en train de circuler, lampe au poing, dans des cavités monstrueuses, pleines de cathédrales de calcaire, ou se glisser, lampe au casque, dans des boyaux à peine plus larges qu'un boa. La pierre ne les tue jamais que comme un instrument contondant : soit que le spéléologue, dont la ficelle se casse, tombe sur les rochers ; soit que le rocher, se détachant de quelque voûte, tombe sur le spéléologue. Le reste du temps, la pierre, si l'on peut dire, *n'agit pas.* N'agit pas de son propre chef. Si nous regardons ces photographies d'hommes circulant dans les entrailles de la Terre sans être saisis d'horreur et si eux-mêmes y circulent en toute sécurité, c'est qu'eux et nous avons la certitude de l'inertie de la pierre, de son indifférence, dirions-nous. De son indifférence obligée, puisqu'elle est inerte. Matière inerte, sans volonté, sans mouvement. Qu'est-ce que nous en savons, au juste? Nous avons tous vu au cinéma des films accélérés sur la germination d'une graine, ou les efforts d'une vrille de vigne vers son tuteur. Nous n'avons pas peur d'une graine ou d'une vrille de vigne et, quand nous avons à exprimer l'idée d'une destruction de l'humanité, nous pensons à Gengis Khan ou à la bombe H plutôt qu'à une graine ou à une vrille de vigne. Si nous avons besoin d'exprimer l'idée d'une pensée intelligente, réfléchie, susceptible de cruauté froide, nous pensons à l'homme. Et cependant, revoyons ce film accéléré. Qui n'a pas senti un frisson d'horreur devant ces tentacules agités et manifestement *en pleine intelligence?* Qui n'a pas tressailli devant cette force, *en pleine intelligence* également, qui fait éclater la graine et pousse cette pointe de lance, obstinée et délirante de force qu'est le bourgeon d'herbe? Si tout cela se passait dans la nature comme sur l'écran, nous nous garderions des vignes comme des pieuvres, et des grains de blé comme des tigres. Or, tout cela se passe dans la nature comme sur l'écran mais plus lentement. Si lentement que nous ne nous en apercevons pas. Imaginons un appareil cinématographique patient qui cinématographierait pendant cent ans, sans arrêt, mille ans, sans arrêt, dix mille ans, un bloc de granit. Est-ce que le déroulement accéléré du film ne montrerait pas brusquement les gestes et l'intelligence du granit? Est-ce que l'homme ne se trouverait pas tout d'un coup dans la situation d'avoir à se garder du granit comme d'un tigre? La turquoise meurt. Dans certaines conditions — notamment je crois quand elle est en compagnie trop longtemps avec du cuivre — la turquoise meurt. Et quand elle est morte elle pâlit, elle perd sa couleur, elle devient vert-de-gris. On prétendra que mourir est un mot et désigne ici une simple combinaison chimique. Mais, pour nous aussi, mourir est un mot et ne désigne peut-être qu'une simple combinaison chimique.

De toute façon, si je faisais de la spéléologie (ce qu'à Dieu ne plaise!), je me demanderais si le boyau dans lequel je rampe ne va pas sécréter quelque acide; si la caverne où retentissent mes pas ne va pas, peu à peu, m'imbiber d'un suc gastrique ou si, à l'instar de la turquoise qui meurt, les calcaires que je foule ne vont pas se mettre à vivre ou, plus exactement, à me faire comprendre qu'ils vivent.

Car je trouve qu'on a toujours un peu trop confiance dans l'inertie des pierres; qu'on les traite avec trop de mépris. Les plantes, on a fini par convenir qu'il y avait là de la vie, même un liquide semblable à du sang. On n'en est pas encore à parler de leur sensibilité mais il n'y a pas si longtemps qu'on déniait toute sensibilité aux animaux; ça viendra. Pour les pierres, on conserve encore une grande assurance. On fait en toute tranquillité n'importe quoi à une pierre : on la scie, on la martèle, on la taille, on la fait éclater, on la broie, on la malaxe. Peut-être que tout ça doit se payer? Les tailleurs de pierre seraient pleins de remords; les lapidaires trembleraient dans leurs bottes; les carriers rentreraient chez eux en serrant les fesses; les sculpteurs se boucheraient les yeux de leurs mains. Les journaux seraient obligés, l'été, d'inaugurer la rubrique des spéléologues digérés : trois spéléologues digérés par le gouffre Armand. Une grande partie du genre humain finirait sous forme de porphyre, de serpentine, de quartz ou de simples galets. Les maçons auraient à payer de lourdes dettes concentrationnaires. On n'oserait plus jeter la moindre pierre à un chien, non plus pour le chien mais pour la pierre. On finirait, sans doute, par jeter des chiens aux pierres.

C'est évidemment propos pour rire mais on ne sait jamais et, de toute façon, avons-nous une connaissance quelconque des vraies raisons de notre vie et par conséquent du vrai visage de l'univers? Qui le connaît, qui l'a vu? Puisque, pour le connaître, nous n'avons que nos cinq sens sujets à caution et notre intelligence sujette des sens. Même avec ces faibles moyens nous connaissons l'eau sous trois formes : solide, liquide et vapeur. Le granit, le porphyre, l'albâtre, le marbre ne sont peut-être qu'une des formes de cette matière? Il y a peut-être ailleurs des fleuves de granit et des océans de marbre. En quoi peuvent être faites, alors, les îles de ces océans de marbre ? Car nous avons beau être bouleversés d'horreur à l'idée d'être digérés par la pierre, nous nous noyons sans rémission si nous n'avons pas une île solide sur laquelle prendre pied.

Toutes ces réflexions sur la pierre sont dominées par le rêve. Sans rêve, pour en revenir à la connaissance du monde, que pouvons-nous en comprendre ? La science est un rêve codifié par des lois qui permettent de reproduire certaines circonstances du rêve. Je peux me renfourner au chaud sous mes couvertures de chaque soir pour avoir du monde une connaissance subjective qui a bien sa valeur. Là, bien tranquilles, combien de fois n'avons-nous pas pensé au désespoir de l'homme perdu en mer ? Au large et seul : toute l'aventure stupéfiante des *Kon Tiki* et des Bombard. Mais, pour deux noms qui viennent sous la plume (il y a aussi les deux canots du capitaine Bligh après la révolte du *Bounty,* mais le capitaine Bligh était en compagnie de matelots fidèles et il les commandait férocement pour faire vivre leur espoir et le sien), pour deux noms ou trois qui viennent sous la plume, combien de marins, combien de capitaines qui n'ont laissé aucun nom après ces aventures, des angoisses infinies qui se sont terminées par la mort anonyme ?

Le perdu en mer est le rêve le plus savoureux que puisse faire l'homme gourmand de métaphysique et qui s'endort dans le bien-être total. Ne lésinons pas sur les confessions de nos turpitudes :

c'est moi, toi, vous, nous l'avons tous fait. Tout va bien, notre sort est possible, les soucis sont réglés, la panse pleine, le portefeuille garni, la femme satisfaite, nous aussi; il ne pleut pas dans la chambre; le bruit de la bourrasque ne frappe qu'aux volets; le lit est chaud; l'admirable sommeil s'approche : nous pensons à un homme perdu en mer. Et comme il est hypothétique, nous n'hésitons pas à le placer en perdition totale. Au large, seul, même pas de radeau ou de barrique flottante, pas le moindre espar à quoi se raccrocher. Il ne survit que parce qu'il a encore un peu de force physique et il nage sans espoir. La mort est une question de minutes. Il est seul dans l'immensité (comme dans l'éternité). Qu'il nage vers la droite, la gauche, le nord, le sud, l'est ou l'ouest, c'est kif-kif (on aime bien alors employer cette locution vulgaire : cela fait *homme*). Il dépense ses forces en pure perte. D'accord. Mais lui, alors, à quoi pense-t-il? Mettons-nous à sa place. C'est d'ailleurs ce que nous faisons pour augmenter notre plaisir. Lui pense à une île. Il pense à quelque chose de solide sur quoi prendre pied. Que la présence d'un granit émergeant lui serait agréable! Au fond, nous n'existons que parce que des nuées (des granits, des porphyres, des quartz à l'état gazeux) se sont solidifiées en une île ronde dans le ciel.

J'ai été longtemps amoureux d'une île. Il s'agit de l'île de Tristan da Cunha qui est dans une solitude effroyable de l'Atlantique Sud, entre l'Afrique et la Terre de Feu. C'est l'époque où je lisais avec passion le *Journal* de Cook, celui de

Dumont d'Urville, celui de Vancouver, etc. Un de
mes amis, capitaine au long cours qui m'avait
souvent invité à l'accompagner sur son cargo —
mais je n'avais jamais eu le temps de me payer ce
luxe — me parla des *Instructions nautiques*. La
lecture des *Instructions nautiques* fut pour moi une
découverte. Il s'agissait au fond de quoi dans ma
passion pour ces lectures ? Eh bien, voilà. On vit
solitaire, aux prises avec une œuvre ; on n'en
éprouve pas moins une grande curiosité pour le
monde. Or, il faut choisir. Un livre se fait assis. Il
faut donc rester assis devant une table. Si bien
qu'écrire vous prive des joies de la découverte
véritable. Vous priverait s'il n'y avait pas un moyen
d'expression qui fait venir à vous la montagne ou la
mer. Pour la montagne, j'ai quelques poèmes
tibétains ; pour la mer, j'ai les *Instructions nautiques*.
Toutes les côtes de tous les continents sont
décrites, mètre par mètre. Une tête de rocher d'un
mètre carré émergeant dans un port à barque de
Nouvelle-Zélande y est notée et décrite. Le
déplacement de la moindre plaque de goémon dans
une baie perdue de Juan Fernandez est suivi. Le
profil de l'atoll le plus plat y est dessiné. Le palmier
seul sur la grève et même l'élancement d'un
bambou est signalé, comme est signalée la touque
de fer-blanc abandonnée sur une plage du Pacifique
et la carcasse de chameau sur les dunes du Rio de
l'Oro. Les profondeurs de la mer et du ciel, les
courants et les vents, les amers et les hauts-fonds,
les détroits, les golfes, les havres sûrs et les
mouillages dangereux, jusqu'à la présence du pas-

teur dans les petites maisons étincelantes ou celle des cannibales dans les fermes des couloirs magellaniques, toutes les grandeurs et toutes les mesquineries de la mer y sont consignées. On la voit telle qu'elle est, on la respire, on la sent. Je ne sais pas jusqu'à quel point la lecture des *Instructions nautiques* ne pourrait pas remplacer le gobage des huîtres, recommandé à ceux qui sont menacés de goitre, tant on y respire d'iode.

Bien entendu, pour les capitaines, l'usage de ces *Instructions* est bien différent et, en fait, elles sont publiées pour l'usage des capitaines. Mais, d'après mon ami, les capitaines ne les lisent jamais. Ils connaissent le trajet qu'ils font comme leur poche et les bouquins ne leur apprendraient rien. Bien mieux, ces *Instructions*-là, c'est eux qui les écrivent. Ils signalent les changements d'aspect de tel récif, de tel profil qui expliquent comment ils s'y prennent pour embouquer tel port rudimentaire ou se mettre sous le vent de telle terre. Mon ami les lisait parce qu'il est poète.

Donc, me voilà avec ces fameuses *Instructions*. Je vais naturellement tout de suite à Tahiti, puis aux Touamotous, les îles du Vent, les îles Sous-le-Vent, les atolls; je me paye une débauche de lagons couleur de saphir et de cargos chargés de coprah. Je me balade, bien entendu, du côté de l'île de Pâques; j'y fais escale; je vais voir les statues qui en avaient déjà mis plein la vue à Pierre Loti; je vais au Chili (à Antofagasta, notamment. Ce n'est pas beau). Je vais au Pérou, à la Terre de Feu, à la ville la plus au sud du monde : à Punta Arenas dont le nom ne devrait même pas être écrit dans ces pages, repoussé avec mépris de notre propos puisque c'est la seule ville du monde dont les maisons ne sont pas construites en pierre, dit-on, mais en bouteilles de whisky. C'est également, paraît-il, la ville où il y a le plus de pompiers et les plus beaux. Tous les mois, on fait une fête des pompiers. Cela vient de ce que Punta Arenas a brûlé dix fois en entier (je parle par ouï-dire). J'assiste donc à une fête de ces pompiers ; je me documente sur tempêtes, cyclones, coups de vent, blizzards et nuées de l'Antarctique en passant le cap Horn, et je pique vers le Cap. Mais l'homme propose et Dieu dispose. J'en suis au fascicule nº 389, page 235, quand la volonté du rédacteur, semblable à ces courants extraordinairement doués de volonté surhumaine qu'on trouve chez Jules Verne, me fait remonter des solitudes de l'Atlantique Sud et, à trois mille kilomètres des côtes, à trois mille kilomètres de toute côte, devrais-je dire, me plante devant Tristan da Cunha. Ça, mes amis, chapeau bas : c'est de la pierre ! C'est de la pierre et c'est exactement de la pierre de cette sorte que rêverait le nageur perdu au large de tout s'il avait le loisir de rêver.

Des falaises tranchantes comme des couteaux, noires comme de la suie, émergent brusquement de fonds de 4 500 mètres et montent d'un seul élan jusqu'à 3 000 mètres dans le ciel. Imaginez la surprise ! Solitude totale sur plusieurs milliers de kilomètres, tout autour ; pas la plus petite parcelle de terre ferme ; pas gros comme l'ongle du petit doigt. Rien où l'homme puisse s'accrocher, sauf les

bateaux. Des fonds à pic tout autour de l'île (sauf
sur un point où se trouve une toute petite grève ;
notre nageur pourrait aborder), à pic, et à pic sur
plusieurs milliers de mètres, des abîmes grouillants
de monstres extraordinaires. C'est dans cette profondeur que gîte le Squid, ce calmar géant dont les
cachalots se nourrissent. On a trouvé dans l'estomac de certains cachalots des lambeaux de squid
portant des ventouses larges comme des couvercles
de barrique, ce qui laisse présumer que ce mignon
céphalopode avait des tentacules de la grosseur
d'un autobus et de plus de cent mètres de long. On
juge des borborygmes nocturnes d'un océan hanté
par de tels monstres, même quand le vent est
tombé.

C'est donc à une île parfaite que nous avons
affaire. Et la vigueur avec laquelle elle surgit des
fonds de la mer en fait une manifestation précieuse
de ce que peut être la pierre quand elle se mêle
d'apparaître avec grandeur. A l'île de Pâques, il y
avait évidemment les statues qui posaient des
énigmes en rapport avec l'homme. Il y avait ces
chemins pavés de grandes dalles et descendant sous
la mer. Ici, la roche, d'une fierté sans égale, ne s'est
laissée sculpter que par le vent. Selon que, de cinq
à six milles en mer on la regarde du nord, du sud,
de l'est, de l'ouest, par temps clair ou sous les
rideaux de la pluie, elle a le visage de votre peine,
de vos malheurs, de vos soucis, de vos espoirs, de
vos rêves. Des corvettes anglaises y ont vu Napo-
léon. Sainte-Hélène est à quatre mille kilomètres
nord-est.

On trouvera peut-être que je parle de pierres étranges, mais toutes les pierres sont étranges par leur inertie, et dès qu'on les imagine douées d'une volonté qui a besoin de siècles (ou de cataclysmes) pour s'exprimer. Il a bien fallu que Tristan da Cunha sorte de la mer et jaillisse puisque de simples *Instructions nautiques* (qui sont le livre le plus sérieux du monde) suffisent actuellement à nous mettre en présence de ce jaillissement. Il a bien fallu qu'à un moment donné un bourgeon s'ouvre au fond de la mer et que la pointe de Tristan da Cunha sorte de ce bourgeon.

L'île s'est-elle élevée peu à peu à travers les eaux, ou brusquement? Et si c'est peu à peu, d'un mouvement qu'il faudrait des siècles de patience pour surprendre, peut-être est-elle toujours en train de surgir, peut-être dans cent milliards d'années y aura-t-il à cet endroit-là une colonne dantesque sur laquelle reposeront les jardins du ciel? Et si c'est brusquement, imaginons alors la spectaculaire entrée de théâtre de la pierre au milieu des océans. Dans les deux cas, nous ne sommes pas très loin de notre nageur perdu au large de l'éternité.

Les hommes ramassent toujours une pierre quand ils ont peur. Ils la plantent au milieu d'une lande : c'est un dolmen. Ils la plantent au milieu des sables : c'est un obélisque. Mesurer le mystère et le temps, quelle consolation! Samuel Butler parle de grandes statues parlantes qui, en Nouvelle-Zélande, gardent le col qui donne accès aux terres d'un pays inconnu. Le colosse de Memnon chante dès qu'il est touché par la rosée du désert. Tout alpiniste sait que les parois de serpentine font entendre dans certaines occasions une sorte de gazouillis semblable à celui d'une volée de pinsons. Les mineurs habitués à la mine, et surtout à l'ancien travail de mine qui se faisait à la barre et au pic, et les ouvriers spécialisés de l'avancée dans le creusement des tunnels connaissent très bien le phénomène qu'on appelle « le petit mineur ». Ce n'est pas un fantôme. C'est pire. Il se produit à l'extrême avancée d'une taille, à l'endroit où l'homme qui attaque la pierre est seul ; on entend un ricanement puis le bruit d'outils qui seraient jetés en désordre par terre, bruits de barres, de pics renversés. L'ouvrier regarde. Il a sa barre à la main et sa pioche est bien tranquille à ses pieds et personne n'a pu rire : il est seul. Le bruit se renouvelle. Certains ouvriers s'enfuient alors, la légende prétendant que « le petit mineur » ricane toujours avant les grandes catastrophes souterraines.

D'autres pierres suent. C'est évidemment de l'eau, mais d'où vient-elle ? Car je connais une de ces pierres qui suent et elle n'est adossée à aucun talus. Pour rendre le phénomène parfaitement miraculeux, on l'a posée au-dessus du sol, sur une table. Certes, il n'y a pas de miracle. Il n'y a qu'une sorte d'amour de la pierre pour l'humidité de l'air. Elle l'attire, elle la prend, elle s'en rend maîtresse, elle la restitue sous forme de larme. Ce n'est pas la larme qui est merveille à mon goût : c'est cette faculté de préhension, cette sorte d'amour. Car, tout est vite dit en parlant de physique et de chimie. Sait-on si quelque savant chez les microbes ou les virus filtrants ne parle pas aussi de physique et de chimie en constatant les altérations des cellules de la grosse Margot en train d'aimer? Il ne s'agit pas ici d'une pierre poreuse, ce serait trop facile. Il s'agit d'une variété de malachite vulgaire à grain très serré, si serré qu'il prend, si on le travaille, un poli semblable à du verre. Rien ne semble plus indifférent au monde que cette surface lisse, vraiment imperturbable. On peut la regarder à la loupe; on n'y distingue partout que cette indifférence fermée de la paroi lisse comme du verre. Elle cache bien son jeu car, de tout ce temps où vous la regardez, où vous parlez de sa fermeture, de son cœur verrouillé, elle aime, elle est en train d'aimer passionnément l'humidité de l'air.

Quelquefois, en ouvrant un rocher compact à la masse, en le faisant éclater à la mine, il ouvre son cœur, ou plus exactement un de ses cœurs. On trouve alors un très vieil animal mort, prisonnier. Je ne parle pas des empreintes de poissons, de coquilles et de plantes. Ceci est une autre histoire. Non, il s'agit d'un insecte ou d'un petit mammifère. (Il nous est permis de supposer que quelque part un rocher recèle un énorme insecte ou un mammouth.) C'est un scarabée ou une sauterelle, une musaraigne d'il y a cent mille ans, roulée sur elle-même comme une momie d'Inca, ou, comme il est démontré dans les livres de médecine, que les enfants sont accroupis dans le ventre de leur mère. Si on pense au moment où la prison s'est refermée sur l'être vivant, on a le vertige. On l'a plus encore si l'on réfléchit qu'il s'agit simplement, peut-être, d'un de ces petits drames entre deux êtres vivants, comme la vie en fourmille. Et, quoi qu'on pense, on est en droit de se demander quel animal est au sein de chaque roche, même si, brisée en poussière, elle ne dévoile aucune momie. De quoi est fait le noir translucide du silex, le rouge du rubis, le feu du diamant? Pour le charbon, nous le savons bien : son goudron est fait de sève. Peut-être que le sang des héros devient le vert de l'émeraude? Mais l'émeraude ne court pas les rues, les héros non plus. Le simple galet pose le même problème. Il est le sang de qui? Peu à peu nous abandonnons l'idée de l'inertie ou, plus exactement, nous nous faisons de l'action des êtres une idée chinoise. Le mouvement n'est pas l'action. L'anthropomorphisme réduit l'univers aux dimensions d'une glace de Venise. Pour affronter les bêtes, l'homme prend son fusil; pour affronter les hommes, il prend la bombe H. Mais pour affronter Stonehenge ou les alignements de Carnac, il prendra quoi? Il n'a d'armes que dans la plus allègre inconscience.

Cependant, l'homme soupçonne quelque chose, comme Tristan da Cunha soupçonne le calmar géant dans les abîmes de la mer où il est isolé. Il a dessiné sur la paroi des cavernes, il a chargé ses parois d'un message. Il a dessiné ses désirs et ses ambitions sur la pierre. C'était un aide-mémoire. Il disait : « Moi j'oublie, mais toi, n'oublie pas. Quand je suis devant le bison, l'auroch, le mammouth ou le tigre à dents de sabre, j'oublie mon désir pour penser que j'ai envie de vivre et très souvent je détale. N'oublie pas que je veux les tuer pour les manger ; que, bien que je sois l'homme du Néanderthal ou même le vieil ancêtre du désert de Gobi dont les Américains ont perdu la mâchoire en se battant contre les Japonais, je ne pense pas qu'à manger. Ou plutôt je pense si naturellement à manger que cela ne s'appelle plus penser. Par contre, quand j'ai abattu une dizaine de quintaux d'éléphant ou quand j'ai été coincé au fond d'un trou par un de ces félins qui ont des dents en cimeterre de Turc et que je m'en suis sorti, alors je pense, je pense et je hurle en même temps et ma pensée est ce hurlement qui dit que je suis resté vivant : donc, le plus fort. » Il voulait avoir ce petit discours constamment sous les yeux et il le dessinait sur les parois de sa caverne.

Un jour, il a essayé de gratter une pierre. De là, la *Victoire* de Samothrace, la *Vénus* de Milo, pour ne parler que de marbre. Il y a plus. Le tigre à dents de sabre lui-même s'était peu à peu usé dans le roulement et le roulement de la terre. Pris entre la terre et le ciel, usé jusqu'à n'être plus que ce tigre mexicain, ce puma, ce petit lion à peine capable de grimper aux cactus pour fuir la galopade et les défenses des sangliers sauvages : un félin à peine capable de découdre un fox-terrier. Mais, représenté en pierre, en onyx, d'ailleurs — ce qui n'est pas la première pierre venue —, il était cent milliards de fois plus fort, plus cruel que le pauvre mastodonte à cimeterre turc. Le tigre en onyx était installé sur une estrade, au pied de pyramides étranges, s'élevant dans la forêt. Et au sommet de cette pyramide était une pierre creuse semblable à une baignoire et, de cette pierre creuse sortaient des tuyaux de pierre descendant jusqu'à la tête du tigre en onyx. Avec un petit couteau d'obsidienne on égorgeait, là-haut dans la baignoire, dix, vingt, cent, mille, dix mille, cent mille hommes jeunes, frais, roses, pleins de vie et pleins de ces pensées magnifiques, semblables — toutes proportions gardées — à celles que le Néanderthal, Cro-Magnon et autres ancêtres avaient dessinées sur la paroi des cavernes. Leur sang ruisselait jusqu'au tigre en onyx, le baignait, le recouvrait, le noyait, mais il en émergeait toujours, inchangé, semblable à lui-même, éternel, révéré et divin. Quel charmant petit tigre, quel roi des tigres! Si les schistes marneux de quelque Sibérie s'ouvraient, si le silex de quelque Gobi éclatait, si les parois de serpentine de l'Himalaya s'effondraient un beau jour, livrant à nos yeux toutes ces familles troglodytes de monstres à dents de sabre momifiés, je ne serais pas plus effrayé que par le petit tigre en onyx qui est bien sage, maintenant, au musée de Mexico. Bien sage pour avoir passé la consigne de sa baignoire, de ses canalisations et de ses égorgements à d'autres minéraux qu'on ne prend plus désormais la peine de sculpter en forme de tigre, mais qu'on dissocie, qu'on désintègre, qu'on réintègre, qu'on fait passer par la machine à libérer d'un seul coup les forces accumulées par de lentes actions, pendant des milliards d'années.

On est forcé d'arriver à ces minéraux sournois, laids comme des poux, pleins de mensonge, d'hy-

pocrisie et de perversité. Il n'y a qu'à faire
confiance à l'homme. Il cherche, il trouve. Il est
curieux et rien ne le dégoûte. On étonnerait
beaucoup le Pentagone en disant que les recherches
nucléaires ont commencé le jour où le premier
homme, grattant la pierre, a réussi à lui donner une
apparence humaine ou, plus totalement encore, a
réussi à lui donner l'aspect d'une forme vivante.
Quelquefois, elle l'a toute seule. On trouve parfois
sur les plateaux, où se succèdent sur des roches
nues la chaleur et le gel alternés, des pierres
éclatées ou rongées de pluie (ou les deux) qui ont
l'apparence d'une forme vivante : profils ou visages,
grotesques ou divins, serpents, chevaux, poissons,
oiseaux. Le hasard est un grand maître. Le tigre en
onyx est venu de là. De là, Zeus. (C'était un signe.)
Sans cette marche à suivre, pas de Pygmalion. Il y a
une belle Chartreuse de Parme à écrire : celle où
Clélia Conti est un bloc de granit.

On s'étonne de la disparition des sculpteurs dans
la société moderne. C'est qu'ils ont été remplacés
par les savants de l'industrie nucléaire. Les propos
des deux sont les mêmes ; les seconds s'y prennent
seulement d'un autre biais. Les premiers avaient la
naïveté des paradis ; les autres sont d'ailleurs tout
aussi naïfs. Ils n'ont inventé que de prendre la
pierre d'un autre bout.

Au seuil du temple de Kandaruya Mahadeva, un
petit Mongol aux yeux bridés, ou peut-être un de
ces Hindous maigres qui ne vivent que par le regard,
a sculpté un lion, ou, plus exactement, une femme
au lion. La femme est une petite divinité grasse,

une petite paysanne dodue, une femme à prince, bien nourrie, ample de fesses et de hanches, souple de corps, très suavement joufflue : ce qu'on appelle une caille, un mélange vraiment intime de comestible et de volupté (comestible étant pris dans le sens où le prennent les commerçants qui marquent le mot « Comestibles » au-dessus de leur porte). Le lion est un énorme lion à qui le poli de la pierre a donné de la majesté ; un lion qui ne sent pas mauvais de la gueule ; dont le poil est semblable à la plus belle soie, dont les griffes sont ornementales, qui n'a de bauge nulle part (sauf dans le crâne du petit Mongol ou de l'Hindou maigre à qui on donnerait le bon Dieu sans confession) ; un lion très supérieurement paternel et humain et qui ouvre une gueule monstrueuse. La femme refuse, accepte, se débat, s'abandonne, recule et se précipite. Elle n'a pas encore décollé son gros derrière (et qui a l'air de peser lourd) de la terre. Elle rejette la tête en arrière aussi loin qu'elle peut, mais elle offre sa poitrine et ses reins se creusent de façon suave. Le lion l'a saisie simplement par la main et la tire vers lui.

Le petit Mongol (ou l'Hindou maigre) a dû être très content. Il devait s'arranger pour passer de temps en temps sur la place du temple. Se voyait-il sous la forme du lion ? Cela ne fait aucun doute. Mais il est certain qu'une partie de son âme était restée prisonnière de cette forme de femme en pierre.

Si j'ai parlé du temple de Kandaruya Mahadeva, c'est que ses ruines s'élèvent dans une partie de l'Inde très riche en sculptures qui parlent du dieu des corps. Trente temples se dressent au milieu de la brousse. Ils sont recouverts de délicates scènes amoureuses. C'est tout ce qui reste de ce qui fut au Xᵉ siècle la capitale du royaume de Jahoti. Ces lieux couverts de bambous et d'herbe à tigre, ces marécages hantés de cobras et de boues nauséabondes, ces lianes, ces arbres gigantesques semblables à des potences à serpents, qui dirait qu'ils ont été le berceau d'amours exactement aussi tendres, aussi cruelles, aussi égoïstes que les nôtres ? Quand l'explosion atomique préfigure devant nous la fin de notre monde de pierre et nous montre comment tout commence, elle contient, tout en le détruisant, le petit Mongol aux yeux bridés qui sculptera, dans on ne sait quel élément minéral d'on ne sait quel Sirius, une femme au lion, exactement semblable en esprit à celle qui résiste et qui cède, devant le temple de Kandaruya Mahadeva.

Qu'il s'agisse d'atteindre les dieux par l'amour ou par la colère, c'est de pierre que se servent les hommes. Ils ont d'abord entassé Pélion sur Ossa. L'aventure ne les a pas guéris ; et c'est de pierre qu'était faite la tour de Babel. L'entreprise n'était pas tout à fait dépourvue de logique et d'efficacité puisqu'il a fallu que la divinité ait recours à la confusion des langues pour se tenir à l'abri.

Tout le catalogue des passions a été exprimé avec de la pierre. Le monde chrétien a utilisé plus de pierres que de prières pour s'élever vers Dieu. Toutes les basiliques, les cathédrales, les chapelles, les plus humbles oratoires sont festonnés de feuillages de pierre et habités par une foule innombrable de saints et de saintes. Les scènes de la vie la plus humble sont devenues les ornements du temple. Les besognes rurales, les chasses, les chevauchées, les errances des pèlerins, les haltes dans les vergers, les gestes des bonnes femmes soignant dans les hospices, les lépreux agitant leurs cliquettes, les villes surgissant des horizons, les diables surgissant des cœurs, les bosquets pleins de litanies, les visages pleins de malice, les timidités, les mensonges, les hypocrisies, les larges figures béates des bonnes gens dont un démon soulève la robe, les chevaliers sans peur et sans reproche mais pourrissant sous leurs armures, les squelettes qui crèvent les chairs, la beauté qui fond comme du sucre, les mille souffrances de Job, que la vie la plus simple contient, sont exprimés en pierre, ornent l'énorme vaisseau de pierre où, dans une logette de pierre, repose le symbole de Dieu. C'est un hommage total et complet. Là, plus encore que dans la pierre, s'exprime la vérité de la condition humaine; là, les turpitudes ne sont pas voilées. Là, elles s'étalent, elles servent de glorification. Elles disent: nous existons et nous sommes horribles, comme vous voyez, mais nous savons que Dieu est un docteur sans répugnance et que, voyant notre mal, il le guérira; ou il l'acceptera, car l'homme n'a pas beaucoup changé depuis l'époque où, sur la pierre de sa caverne et avec la pointe de pierre de sa hache, il dessinait le bison percé de flèches, le bison devant lequel il avait détalé et qu'il aurait bien voulu tuer.

Sur un des chapiteaux de l'église de Payerne on voit trois bons paysans à cheveux raides sortant d'un bois de sapins. Le bois de sapins est traversé par une rivière. Les bons paysans n'ont pas les pieds posés sur la terre ferme d'un champ mais sur le dos mouvant d'un monstre bicéphale. En dehors de tout symbole religieux, cette scène est la représentation des sentiments du sculpteur. Il a pensé, avant toute chose, à la représentation de ses sentiments et des formes vivantes. Nous savons qu'il connaît la forêt où serpente la rivière et qu'il a eu la sensation de poser son pied sur un monstre en le posant sur la terre. Qu'il ait voulu représenter des mages, ou des prophètes, ou des saints, le fait est qu'il s'est servi de ses propres sentiments et des sentiments de ses copains ; qu'il a mis les présents : les livres et les sceptres, entre les mains de ses camarades et entre les siennes ; qu'il a représenté son corps à lui, son costume à lui, le corps et le costume des compagnons qui buvaient le coup avec lui dans cette scène sacrée. Il a construit sa petite Babel personnelle pour atteindre Dieu qui va trop vite, qui est trop gros, trop effrayant, Dieu qu'il n'a pas atteint en réalité et auquel il pense et qu'il désire pendant les nuits de sa caverne.

Un autre chapiteau de la même église de Payerne (je m'attache à cette église car il y a eu là — comme il y a eu un petit Mongol dans le temple de Kandaruya Mahadeva — il y a eu là un Suisse qui n'a écouté personne et qui s'est représenté lui-même. Lui-même : j'entends sa vie et la vie de Payerne au XIe siècle), un autre chapiteau de

Payerne montre une Vierge à l'enfant. Cette Vierge est privée de toute séduction banale. C'est une femme quelconque à part ses longs cheveux dont elle s'est enveloppée jusqu'aux pieds ; mais toutes les femmes ont de longs cheveux. Elle n'est pas jolie comme le seront les Vierges italiennes et françaises, ni gracieuse. Son visage n'a pas le contentement sévère des Vierges heureuses d'avoir donné le sein au fils de Dieu. C'est une bonne femme un peu ahurie qui tient dans ses bras un énorme enfant à tête de vieillard. Le Suisse de Payerne avait dû voir cent fois dans son XIe siècle des femmes pauvres, accroupies au bord des chemins, tenant des enfants dans leurs bras ; peut-être n'étaient-elles vêtues, elles aussi, que de haillons et de longs cheveux ? « Et pourquoi, s'est-il dit, une de celles-là ne serait pas choisie pour porter le fils de Dieu ? Avant même que de naître, il connaîtra la misère humaine. »

Ainsi, dans une époque où il n'était pas encore question de confier aux physiciens et aux chimistes le soin de faire exploser l'atome, un simple petit Mongol, un Suisse débonnaire au cœur naïf et anarchiste, avec quelques pierres donnaient au monde de l'âme un branle qui ne s'est pas arrêté...

Un autre chapiteau de Payerne représente les quatre grands prophètes portant sur leurs épaules les quatre grands évangélistes. La pierre même dans laquelle le symbole est sculpté donne une intensité dramatique bouleversante à la scène. Les quatre personnages portant les quatre autres sur leurs épaules sortent du chapiteau comme d'une

caverne de la terre. Dans les moments de l'humanité où tout se détruit pour se reconstruire, les
hommes éprouvent le besoin d'en élever d'autres
(les meilleurs, ou ceux qu'ils croient les meilleurs)
sur leurs épaules. C'est ce grave moment qui est ici
perpétué pour nous dire qu'à chaque instant nous
sommes détruits et reconstruits et qu'il n'y a de
recours qu'en ces chefs, ces maîtres. Ces chefs, ces
maîtres qui sont de bonnes gens de Payerne, pas plus
malins que les autres, pas plus beaux, mais tristes
et éperdus de la mission qui leur a été confiée. Ils
sont même tellement de Payerne qu'ils abolissent
tout l'Orient d'où vient l'histoire. La pierre ici a
pris la place d'un cœur humain et ce cœur desséché
depuis des siècles continue à lancer du sang et de
l'espoir dans nos artères.

Qu'on poursuive un bison ou un dieu, on a des
peurs horribles et des sursauts de courage ; ces
derniers, c'est à l'abri qu'on les éprouve. Sur le
terrain de chasse, on se sent faible et nu. Quand le
monstre charge, on fuit. On n'en est pas fier.
D'autant moins qu'on sait le bison ou le dieu
vulnérable et qu'on finira bien par l'immobiliser
d'une flèche ou d'une pierre, qu'il achèvera sa
course en enrichissant notre chair, notre sang, notre
esprit. Mais cette fois encore on a échoué ; la
terreur qu'il inspire a été la plus forte. Elle n'est
plus la plus forte depuis qu'on est à l'abri. Alors,
l'homme préhistorique de Lascaux, le petit Mongol
ou le Suisse de Payerne dessinent sur la pierre ou
sculptent dans de la pierre les formes, et même
l'esprit de leurs désirs.

Les paysans de Payerne élevés à la dignité de messagers éternels rejoignent les prophètes de la cathédrale de Borgo San Donnino, le masque de Saint-Philibert de Tournus, le vigneron dans sa cuve du tympan d'Autun. La pierre a mis en majesté les humbles gestes de leur métier, de leur vie quotidienne. Rien n'est plus ordinaire que de fouler des raisins dans la cuve. On a vu cent fois des vignerons en train de le faire. On n'a jamais, devant ce spectacle (cependant plus riche en formes et en couleurs que sa représentation sculptée), on n'a jamais pensé à l'humanité foulée par la mort. On ne s'est pas dit : « C'est moi qui suis dans cette cuve et c'est Dieu qui me foule. » Devant le médaillon du tympan d'Autun, on y pense. On ne pense même qu'à ça et pas du tout au vin et à la bonne odeur des vendanges et à l'admirable lumière de l'automne.

Le lion du temple de Kandaruya Mahadeva ne peut être tué d'aucune flèche. Il est, quoique tout nu, cuirassé de toute la violence des passions du petit Mongol (ou de l'Hindou maigre) et même la balle blindée et explosive des chasseurs d'éléphants ne pourrait pas interrompre la gentillesse cruelle avec laquelle il tire la femme vers sa gueule. La pierre a donné une forme tangible à la permanence de la cruauté sans remords, à la légalité universelle du meurtre nécessaire. On a beau imaginer le spectacle des grandes profondeurs de l'océan, des fosses au fond desquelles le romantisme moderne (qui a toujours besoin de dragons) suppose que les monstres se dévorent, l'œil du bathyscaphe ne découvrira pas de scène plus effrayante que celle de la femme au lion. Comme pour le vendangeur d'Autun — qui n'était pas un vendangeur mais la mort, mais le dieu cruel — à partir du moment où il a été sculpté en pierre, le lion de Kandaruya Mahadeva n'est pas un lion : il a les yeux d'un sage et sa griffe est comme la main grasse et très soignée d'un pape des papes. Il a même un collier autour du cou ; ses poils lui font comme un justaucorps ; ses pattes antérieures ont des manches de poils ornées de boutons ; ses cuisses et ses membres postérieurs semblent porter culotte. Et surtout, il est lion débarrassé par la pierre de toute jungle, de toute lionne, de tout chasseur. C'est moi, c'est nous, dans nos exercices de haute école.

Et les paysans de Payerne sortent du bois. Je suppose qu'à l'époque où ils ont été sculptés, on pouvait dire qu'ils étaient Pierre, Jacques ou Paul, fils d'un tel et un tel. On devait pouvoir même dire de quel bois ils sortaient, par quelle lisière, sur le champ de qui ils se tenaient, bien que ce champ ait été sculpté en forme de dragon bicéphale. Car il ne s'agit pas d'attributs pour déterminer leur puissance. Le vigneron d'Autun est un simple vigneron bien exact et les paysans de Payerne sont des paysans bien exacts. Il ne s'agit que de la majesté que donne la pierre.

(Il y a des gens qui sont très respectueux devant leur buste. Et pourtant, ils se connaissent.) Les trois paysans sortent du bois, non plus dans le paysage de Payerne mais sur le chapiteau de leur église et on sait qu'ils ne sortent pas pour rien, qu'ils ne viennent pas de chercher des champignons ou de faire un tour. Ils portent des sceptres et des cassettes, mais le bâton qu'on ramasse peut ressembler à un sceptre et quelques champignons pliés dans un mouchoir peuvent donner l'illusion d'une cassette. Non, s'ils sont en majesté, si personne n'a plus envie de les appeler Pierre, Jacques, Paul, fils d'un tel et un tel, malgré la ressemblance, c'est qu'ils sont en pierre, au sommet d'une colonne de pierre, soutenant des voûtes de pierre. L'église elle-même! Ce n'est pas elle qui leur donne cette majesté : c'est eux qui donnent la majesté à l'église.

Ainsi pour les sourires de Reims, les rois maigres et les reines filiformes de Chartres et de Bourges, les bergers de Sainte-Marie du Capitole de Cologne, les acrobates de Lérida, les saintes femmes d'Arles, le gisant du Prince-Noir de la cathédrale de Canterbury ; ainsi pour la Vierge de Verrocchio, au Bargello de Florence, qui est le portrait d'une femme que les Florentins du XVe siècle rencontraient dans la rue (qui pour nous est la Vierge), et le bébé qu'elle tient dans ses bras était le sien, ou peut-être celui d'une amie, ou simplement un enfant quelconque qu'on faisait poser. (Et maintenant il est le fils de Dieu.)

Évidemment, c'est se servir de la pierre à la façon des enfants. Un jour que je descendais les Apennins, vers Sienne, il faisait un temps glacial. Je me suis arrêté dans une misérable auberge au bord de la route pour demander du café. J'étais encore dans les hauteurs et cette auberge n'était qu'une ferme sur laquelle on avait écrit le mot : albergo. Il n'y avait pas de café et, à l'idée d'en faire, on leva les bras au ciel. « Il n'y avait pas de machine », me dit-on. En Italie, sans machine, pas de café. On connaît assez ces machines. Le brouillard froid qui m'avait enveloppé jusque-là et qui continuait à emplir les vitres de la fenêtre me donna l'audace de proposer de faire du café en mettant simplement une casserole sur le feu de l'âtre. Le paysan montagnard qui était l'aubergiste me rit au nez, me considéra comme un attardé, se refusa formellement à employer ces moyens de sauvage et me proposa un verre de vin qu'en désespoir de cause j'acceptai. Pendant qu'il me décrivait le sort cruel d'un homme du XXe siècle privé de café jusqu'à la fin de ses jours parce qu'il n'avait pas l'argent pour se procurer un percolateur à manomètre, je regardais une petite fille qui jouait à mes pieds. Elle jouait à la poupée avec une pierre. Elle en avait choisi une longue qui semblait avoir un corps et qui avait une tête depuis qu'avec un crayon elle avait dessiné des yeux et une bouche. Elle avait habillé la pierre avec des étoffes ; elle lui avait même mis un bonnet. Cela suffisait à la distraire, à la soulager de ce sentiment maternel qui occupe toutes les petites filles. C'est ce que font les sculpteurs.

Dès qu'un chimiste pénètre dans l'intérieur de la pierre, non plus à la façon de mon médecin vallorbais, en ramonant des siphons, mais par l'analyse, il ne s'agit plus de sentiment ; ou peut-être d'un seul : de l'orgueil d'être homme. Je ne vois pour ma part aucune raison d'orgueil dans ma position vis-à-vis de l'univers et ce que nous appelons notre science (la somme de toutes nos connaissances) me paraît bien limitée. Si les créations de la science des hommes nous épatent, c'est que nous sommes faciles à épater. De tout temps il y a eu des gens qui n'ont pas voulu jouer à la poupée. Ils croyaient être de trop grands garçons. Quand le Suisse débonnaire de Payerne sculptait les chapiteaux de son église à coups de marteau, il devait y avoir quelque part un autre Suisse moins débonnaire qui, comme tout le monde, recherchait la pierre philosophale.

Ces gens moins débonnaires que les sculpteurs (et dont le propos était à l'origine le même : charger la pierre d'une mission de remplacement) avaient, si l'on en croit les iconographes, de grandes barbes et des yeux cruels. Leur attirail était bien différent de l'attirail du sculpteur. Pendant que le travail de celui-ci s'exerçait au grand air, au milieu même de la lumière et pendant qu'on chantait, c'est-à-dire en pleine sérénité d'âme, l'alchimiste se calfeutrait dans des caves profondes, verrouillait porte sur porte entre le monde des apparences et le souterrain où il exerçait son art, et son outil le plus précieux était son inquiétude. Au lieu de marteaux, de ciseaux, de compagnons, il se servait de cornues, de filtres, d'athanors et de solitude.

C'était une autre famille d'esprit et qui prenait la pierre par un autre bout. Le besoin de divertissement de cette famille d'esprit et son besoin d'expression ne pouvaient pas se satisfaire des trois paysans de Payerne sortant du bois. Elle poursuivait d'autres monstres que des bisons ou des dieux. Elle considérait la matière — la pierre — comme une condensation d'énergies non spirituelles, et, ce qui la divertissait, c'était de rechercher les moyens de libérer cette énergie. Malgré l'iconographie dont j'ai parlé tout à l'heure et que tout le monde connaît, ils étaient loin d'être de vieux fous barbus, entourés de cornues et de hiboux empaillés.

Ils étaient partis fort raisonnablement des premières pages de notre essai. Ils savaient (comme nous le savons) que la pierre est d'abord le gaz des lointaines nébuleuses et qu'elle a pris corps après de nombreuses déflagrations. Déflagrations qui ont brusquement enfermé dans du soufre, du granit, du porphyre, du plomb, du marbre, une prodigieuse énergie qui, prisonnière, lui donne son aspect de pierre inerte.

Pendant que les uns voyaient leur bonheur à sculpter dans cette pierre inerte les paysans de Payerne ou le lion à la femme, eux, se désintéressant totalement de ces libérations de forces spirituelles, cherchaient à libérer les forces mêmes de l'univers.

On voit que cette façon de se distraire, de charger la pierre d'une mission de remplacement, n'est pas très éloignée des recherches des plus grands physiciens modernes. C'est un peu comme s'ils s'étaient dit : « Au lieu de dessiner le bison sur le rocher de la caverne, je vais charger ce rocher d'aller lui-même et à ma place me chercher ce bison. »

D'après ce qu'on en sait, ou qu'on croit en

savoir, ils se servaient, pour libérer cette énergie, de moyens empiriques. Pour moi dont le propos n'est pas de faire le départ entre la valeur comparée de Nicolas Flamel et d'Albert Einstein, l'emploi de ces moyens empiriques ne m'offusque guère. Ce qui importe, c'est que je montre bien à quel point l'homme de tous les temps est un compagnon formel de la pierre. Nous savons à présent que la totale désintégration d'un verre d'eau suffirait à détruire une ville ou à alimenter en énergie une fusée intersidérale. La bombe H ne désintègre que quelques gouttes d'eau. La désintégration d'un silex gros comme le poing ferait vraisemblablement éclater la terre. C'était donc véritablement un jeu de prince et nous devons bénir les moyens empiriques.

Ces apprentis sorciers manipulaient ainsi, sous de petits volumes, des milliards de tonnes de dynamite. Ils fourraient tout ça dans des forges ardentes et tiraient le soufflet avec ardeur et sérénité. Rien ne se produisait évidemment. Il faut plus qu'une forge ; il faut surtout un esprit différent pour libérer l'énergie de la matière.

Toutefois, une partie de la vérité a dû se montrer à eux au cours de ces exercices dont certains, à l'échelle individuelle heureusement, ont été meurtriers. Il faut remarquer en passant que le plus ancien texte alchimique connu est d'origine chinoise et remonte à quatre mille ans. Il est conservé au British Museum. Des textes égyptiens de même ancienneté ont été également découverts. C'est dire qu'il y a toujours eu, de tout temps, des gens débonnaires et d'autres qui le sont moins.

De vieilles gravures des xve et xvie siècles montrent des alchimistes au travail, en haillons et au milieu de décombres inimaginables. Certains foyers de forge brûlaient sans interruption pendant cent ans, se transmettaient de père en fils, dévoraient pâturages, domaines, châteaux, familles, forêts. A ce point de vue, c'était réussi; la matière du monde se transformait en fumée. Cela s'appelait le « grand œuvre ». Alexandre Sethon — héritier (si l'on peut dire) d'un athanor provenant de Robert Figière qui lui-même l'avait reçu vivant (c'est-à-dire posé sur un foyer qui ne devait pas s'éteindre) des mains séniles de Jacques de Saint-Charles —, Alexandre Sethon se ruina complètement pour entretenir, sous quatre kilogrammes de porphyre mélangés à de la fleur de soufre, un foyer qui ne s'était pas éteint une seconde, pendant deux cent treize ans. Naturellement, il ne sortait rien de ces athanor; enfin, rien de comparable sur le moment aux trois paysans de Payerne. Ajoutons qu'Alexandre Sethon fut martyrisé et mis à mort sans rien révéler.

Cet Alexandre Sethon que, dans le dictionnaire alchimiste, on nomme Scotus, semblait cependant s'être donné pour mission de révéler à l'Europe les effets de la pierre philosophale, tout en se réservant le secret de sa préparation, si bien que, s'il ne sortait de ces athanor rien de comparable aux trois paysans de Payerne, il sortait néanmoins, semble-t-il, quelque chose. Ce quelque chose s'appelait flamme alchimique et les transformations que subissait la pierre s'appelaient anoblissement. On n'est pas très loin de Payerne, comme on le voit. Il s'agit toujours de sortir de notre condition humaine et de faire le dieu, d'être plus fort que ce qu'on est, d'utiliser notre intelligence, propos que l'homme a toujours réalisé en se servant de pierre (le plus naïf ayant simplement, au début, ramassé et jeté une pierre et ainsi projeté sa force plus loin que les atteintes de son bras).

Nicolas Flamel, Scotus, Albert le Grand, Simojon de Saint-Didier, Raymond Lulle ne faisaient pas autre chose que chercher à acquérir des forces supérieures à celles de leurs muscles. Comme toutes les entreprises poursuivies avec obstination et mystère, entreprises, au surplus, auxquelles il fallait tout se donner et tout donner, ces recherches tournaient à la religion : religion basée sur la transformation de la matière en énergie. Cela était appelé l'Étroite Voye. Ces grands seigneurs de la pierre furent témoins au cours de leurs travaux de phénomènes terrifiants. L'extraordinaire impression produite sur les premiers alchimistes par la révélation de la puissance de la matière a été tellement forte qu'ils préférèrent garder l'anonymat. D'une façon cocasse, on peut dire qu'ils ne voulaient pas signer de leur nom une probable fin du monde.

Ils craignaient encore plus (si l'on peut dire). Albert le Grand, dans son livre *De Alchemia,* met en garde les adeptes de l'Étroite Voye contre les dangers qu'ils courent en société. « Si tu as le malheur de t'introduire auprès des princes et des

rois, dit-il, ils ne cesseront pas de te demander :
" Eh bien! maître, comment va l'œuvre? Quand
verrons-nous, enfin, quelque chose de bon? " Et
dans leur impatience d'en attendre la fin, ils t'ap-
pelleront filou, vaurien, etc., et te causeront toutes
sortes de désagréments. Et si tu n'arrives pas à
bonne fin, tu ressentiras tout l'effet de leur colère.
Si tu réussis, au contraire, ils te garderont chez eux
dans une captivité perpétuelle, dans l'intention de
te faire travailler à leur profit. »

Bien que ce texte semble avoir prévu l'époque
moderne où des politiques ennemies se volent l'une
à l'autre leurs savants nucléaires, il ne s'agissait
encore que des prodromes et prolégomènes de la
désintégration atomique et des bombes A, B, C, D,
E, F, G. Les esprits encore naïfs ne poursuivaient
que la fabrication de l'or. On comprend néanmoins
qu'en cas de réussite, un monarque avait tout
avantage à fourrer son savant dans un cul-de-basse-
fosse bien profond pour qu'il n'aille pas donner de
l'or (nerf de la guerre et de beaucoup de choses)
aux copains, ou se faire roi lui-même, grâce à cette
fontaine inépuisable de puissance. On voit que,
sans aller jusqu'à la bombe H, les alchimistes
allaient assez loin.

On prétend que saint Vincent de Paul était
alchimiste. Il raconte lui-même dans une de ses
lettres comment il fut initié durant sa captivité en
pays ·barbaresque. Vendu comme esclave à un
alchimiste arabe qui l'employait comme garçon de
laboratoire, cet alchimiste le mit au courant de ses
travaux après qu'il eut fait serment de ne jamais

utiliser ces secrets que pour le bien. Cette restriction est l'équivalent des articles de journaux actuels sur l'utilisation pacifique de la désintégration atomique. Saint Vincent de Paul, rentré en France, fabriqua de l'or, dit-on, pour le bénéfice de ses bonnes œuvres jusqu'à ce qu'affluent les dons populaires : ce qui ne se produisit qu'assez tard.

Cette pierre philosophale était donc capable de détruire et de reconstruire les royaumes. Pour nous, simples pioupious de l'humanité, la fabrication de l'or nous paraît une industrie agréable : à condition toutefois que nous soyons seuls à en fabriquer. Car, si tout le monde se met à l'ouvrage, le jeu n'en vaudra plus la chandelle. Mais si nous sommes seuls, si nous avons dans un placard une petite bonbonne sur un petit réchaud, un tube qui laisse goutter des louis d'or, ça arrange bien les affaires.

La transmutation des éléments comprise de cette façon a toujours été considérée par les alchimistes comme un résultat secondaire, valable seulement par la démonstration qu'il apporte. L'alchimie, disent-ils, imite la nature et va beaucoup plus loin. Ainsi, on a fabriqué récemment du plutonium que la nature ne connaît pas. Une pierre nouvelle faite par l'homme. Il ne se contente plus d'en ramasser ; il a tellement peur qu'il en fabrique.

Cet art de se rassurer à l'aide de la recherche scientifique s'appelle Art royal et Art sacerdotal. J'ai voulu montrer qu'il est impossible de séparer la matière de l'esprit et que la pierre — la valeur de la pierre, l'importance de la pierre — est à la base de la plus subtile des philosophies. Il y a dans ces recherches autant d'intelligence, de beauté, de cruauté, de turpitudes que dans les aveux naïfs de la femme au lion; il y a autant de foi, sinon du même ordre que dans les paysans de Payerne. Et quand je dis sinon du même ordre j'ai tort car, qui imposera jamais des limites à Dieu? Il est assez vaste pour recevoir toutes les fois. Celle de l'alchimiste va en aussi droite ligne que l'autre. Elle ne peut pas aller ailleurs.

Il n'y a que la différence de la surface à la profondeur. On peut imaginer d'autres familles d'esprit qui prendraient la pierre par d'autres bouts, mais ils prendraient toujours la pierre, la matière sur laquelle nous sommes posés au milieu du ciel. C'est la seule chose qui soit à notre disposition. Perdus en mer, sculpteurs de lions ou de paysans, ramoneurs de siphons, nous ne pouvons pas ignorer que la pile atomique n'est qu'un simple arrangement dans l'espace de barres d'uranium et de graphite, qui n'utilise aucun courant, aucun autre élément extérieur. Il n'est pas impossible de concevoir que d'autres combinaisons infiniment plus simples libèrent également l'énergie. Quand j'avais peur d'un suc gastrique sécrété par les parois des grottes et finissant par digérer les spéléologues, je n'étais pas plus bête qu'un autre. On ne peut pas rester impunément plus d'une minute en présence des radiations de la bombe au cobalt. Qu'arriverait-il s'il était aussi facile de s'occuper de la profondeur de la pierre que de s'occuper de sa surface? S'il y avait autant de savants atomiques que de tailleurs de pierre?

Qu'arriverait-il le jour où ces combinaisons seraient à la portée de tous? Nous sommes loin de l'inertie. Nous commençons à trembler. La pierre devient plus effrayante qu'une famille de tigres. Les cañons du Colorado donnent un autre vertige. Nous nous demandons quelle force monstrueuse dort dans les hauteurs de l'Himalaya. Est-ce toujours le froid qui tue l'alpiniste pendu à ses crochets? Est-ce le froid qui dévore les mains et les pieds des vainqueurs des 8 000 mètres? Les orages magnétiques, la foudre qui éclate dans le ciel serein de haute montagne vient-elle du ciel ou de la terre? L'angoisse qui étreint les cœurs les plus courageux dans les paysages essentiellement telluriques vient d'où? Ces paysages, à l'encontre de ce qui se passe pour le cœur profond des forêts, sont clairs et baignés de lumière : il ne s'agit donc pas d'une complicité de l'ombre et des ténèbres.

Les arts de surface expriment donc les passions humaines en les représentant. La pierre se transforme en symbole. La puissance qu'elle représente est la puissance de l'homme. Les arts de profondeur expriment la passion de la pierre. La pierre se transforme en énergie. Elle ajoute sa puissance à la puissance de l'homme. Tout serait bien si la puissance de l'homme était capable de rester maîtresse dans cette alliance. Or, elle ne l'est pas. Il y a une telle disproportion entre les deux forces qui s'ajoutent que la force de l'homme dépassé n'est plus maîtresse de soumettre les passions de la pierre. On peut prévoir que les arts de profondeur finiront par créer un lion si admirable qu'il ne se contentera plus de tirer gentiment vers sa gueule suave la petite femme à prince dont les fesses sont si lourdes, mais qu'il dévorera notre monde d'un seul rugissement. Les astronomes voient chaque jour dans leurs lunettes des spectacles de ce genre. Les novae, les étoiles nouvelles qui surgissent brusquement et flambent dans un canton du ciel et dont la passion lumineuse dure un ou deux jours, sont des lions de l'art de profondeur. Ce qu'au début de cet essai nous considérions comme de l'inertie, a bec et ongles, et muscles et passion, mais, ceci étant dit, tout n'est pas dit. Demain, peut-être, d'autres familles d'esprit, prenant la pierre par d'autres bouts, arriveront à la faire agir dans des sens que nous sommes incapables d'imaginer. Les artistes des arts de profondeur qui sont amenés à mépriser les artistes des arts de surface seront peut-être méprisés un jour et considérés comme des enfants par des artistes nouveaux. Les terreurs qui nous saisissent devant les alignements de Carnac, de Stonehenge viennent peut-être d'un instinct très sûr. Nous savons déjà que les boulets de pierre que les bombardes turques jetaient contre les murs de Constantinople étaient des bombes qu'on ne savait pas encore amorcer. Les pyramides sont peut-être des mines magnétiques dont, par bonheur, nous n'avons pas encore su chatouiller l'amorce. Le tigre d'onyx sur lequel les petits Mayas faisaient ruisseler le sang de milliers de victimes va peut-être un beau jour pulvériser le musée de Mexico, le Mexique et creuser un abîme entre les deux Amériques. Et si la porte du Soleil, des déserts de l'Altiplano Andino, ouvrait vraiment sur le soleil! Nous qui croyions au début qu'elle n'ouvrait sur rien!

Certes, quand il faudra trembler devant une pierre à briquet, la vie sera détestable. Et comme la vie ne peut pas être détestable par définition, nous trouverons bien des biais. Nous en avons trouvé jusqu'ici. Pour un quarteron de savants nucléaires qui finissent par parler un langage qu'ils sont seuls à comprendre, nous, le *vulgum pecus*, nous utilisons la pierre comme de bons enfants; et vogue la galère!

Quand on arrive à Sienne par la route de Rome, on voit surgir, au-dessus des oliviers gris, une ville rousse hérissée de tours. Il y a les clochers des églises et les tours que les particuliers faisaient élever pour manifester la puissance de leur maison. Dès qu'il s'agissait d'avoir le pas sur le quidam qui vous regardait d'un drôle d'air, dans la rue, vous convoquiez votre maçon et vous lui disiez : « Élève-moi donc ma tour de quelques mètres; que ce type-là sache bien, non seulement que je suis quelqu'un mais encore que, si fantaisie me prenait, je pourrais, de là-haut, cracher sur sa tombe. » Pendant ce temps, le quidam lui-même, effrayé du regard qu'il avait rencontré dans vos yeux, s'empressait de prévenir son entrepreneur. « Ajoutez donc quelques mètres de muraille à ma tour. Il y a un type qui m'a regardé d'un drôle d'air et je ne voudrais pas que cette chose-là se reproduise. » A la suite de quoi, on déchargeait, devant les deux portes, des tombereaux de pierres, et des maçons ennemis commençaient à élever les tours ennemies qui, maintenant, il faut le reconnaître, font très bien dans le paysage. Il s'agit ici de l'utilisation de la pierre dans la politique. Car la plus haute tour haussait dans le ciel l'homme le plus puissant.

J'aime beaucoup l'architecture profane. Mon grand plaisir est de me promener dans un pays étranger et d'acheter des maisons. Il faut naturellement que ces maisons soient habitables mais les palais conviennent et, bien que j'aie pris soin de penser que j'aimerais surtout l'architecture profane, certaines églises et même certaines cathédrales ont été l'objet de ces achats. Pas des tas, néanmoins : églises et cathédrales posent des problèmes de chauffage difficiles à résoudre. Je suis alors tenté d'abandonner le costume moderne qui n'entoure pas assez les hanches (si l'on doit habiter sous de vastes voûtes froides) et de prendre la robe de bure, surtout celle à capuchon. Cela entraîne vraiment trop loin. Aussi, faut-il que je sois poussé par un désir irrésistible — c'est-à-dire, faut-il que l'édifice religieux soit d'une beauté rare pour que je me laisse aller à acheter une cathédrale, ou même une église de moyenne importance. Je crois qu'en tout et pour tout j'en ai acheté trois et que je m'en tiendrai là. J'en ai une à Viterbe, derrière la place aux morts ; j'en ai une à Rome (c'est une des deux qui encadrent l'ouverture du Corso sur la Piazza del Popolo : celle de droite. Celle-là, on pourrait y vivre en redingote, à condition que la redingote soit ce qu'elle doit être et qu'elle était au début, la riding-coat) et la troisième (achetée l'été dernier) est l'église de Quirico d'Orcia, un bourg entre Rome et Sienne. On voit qu'il ne s'agit pas de folie des grandeurs et que j'ai eu le bon sens de ne pas perdre mon temps et mon argent à me mettre sur les bras le dôme de Milan.

Elles sont toutes les trois dans les mêmes parages. Viterbe est à cent kilomètres de Rome et Quirico à cent kilomètres de Viterbe. Ce sont distances faciles à couvrir avec une auto, et même il y a des cars qui font le service. Si bien que, lorsque je me déciderai à aller habiter une de mes acquisitions, les autres pourront augmenter mon confortable sans trop modifier mon atmosphère. Très certainement, ce sera l'église de Quirico d'Orcia qui sera ma maison proprement dite; l'église du Corso devenant alors mon pied-à-terre à Rome et celle de Viterbe l'intermédiaire, pour les jours où, le ciel étant trop blanc, je craindrai de m'enfoncer plus avant dans les montagnes.

Quirico d'Orcia étant un bourg d'à peine quelques milliers d'habitants, il ne faut pas croire que j'ai acheté par souci d'économie. Pas du tout : quelques milliers d'habitants suffisent, s'ils ont du goût, pour avoir et conserver une fort belle église. Celle-là n'est pas époustouflante, entendons-nous. Elle est à peine marquée dans les guides. Je me méfie d'ailleurs des guides. Ils font une réclame extraordinaire pour certaines églises, allant jusqu'à marquer les dates approximativement d'origine et même le nom des peintres qui ont badigeonné — fort bien, quelquefois, je le reconnais — les murs.

Quand il s'agit d'acheter, et surtout d'acheter pour y vivre, tout ça n'est que de l'attrape-nigaud.

L'église de Quirico d'Orcia a, dans un espace restreint, un entrecroisement de voûtes basses, à la Piranèse, et de ponts volants dans lesquels, en laissant les grandes portes ouvertes, le soleil vient découper de belles ombres. C'est évidemment un séjour d'été. L'hiver, il faudrait fermer et mettre un poêle. J'ai peur que le poêle fasse triste, mais l'été, et, comme je le répète, les grandes portes ouvertes, c'est la gaieté dans la gravité : ce à quoi je suis le plus sensible. Une grande table, posée sous ses voûtes, serait la table de travail idéale. Le jeu des voûtes suggère à la fois l'envol et l'immobilité : tout ce qu'il faut pour goûter profondément la joie des fauteuils. Le degré de fraîcheur que j'ai vérifié (et par vent de sirocco du sud) est admirable. Il y a de petites ogives où l'on peut placer un pot à tabac à rafraîchir, et, de temps en temps, quand j'aurai envie de prendre un peu de distraction, il me suffira de venir faire quelques pas sur la place, jusqu'à une porte du village, à quinze mètres exactement de mes grandes portes et par où l'on domine un immense pays d'ocre rouge chargé d'oliviers qui, par contraste avec la couleur de la terre, ont des feuillages couleur de bronze. Sur la petite placette, il y a un bistrot tenu par deux femmes très aimables. Quand il me sera permis de les appeler par leurs prénoms — ce qui, en tout bien tout honneur, ne peut pas manquer de se produire quelques jours après mon installation — il me suffira, du fond de mes voûtes, de crier gentiment un de ces prénoms pour que je voie arriver une de ces deux femmes m'apportant verre de bière fraîche et mousseuse ou vin de pays. Je prendrai d'ailleurs mes repas à ce petit bistrot et sur la terrasse, à deux pas de chez moi. Et quand je me serai bien rôti, quel plaisir d'aller retrouver mes papiers et mes livres dans ces ombres rondes et lumineuses où la plus petite anémone, la plus humble jatte, la plus modeste bouteille de verre vert et la plus pauvre lunette de fer composeront une de ces adorables natures mortes que Carlo Crivelli peint en marge de ses Vierges.

Avant d'acheter, évidemment, j'ai tout visité. J'ai repéré l'endroit où je placerai une partie de mes livres (une partie, car il faudra en garder pour constituer la bibliothèque de Viterbe et même celle de Rome). J'ai vu dans quel coin je mettrai mon lit et j'ai pris les dimensions de l'embrasure où il faudra installer une sorte de banquette confortable, destinée au repos et à la méditation de mes visiteurs. On a beau dire : c'est mieux que de loger chez l'habitant. Chez l'habitant, il y a toujours quelque chose qui ne colle pas. L'habitant, avec beaucoup d'égoïsme, fait sa maison pour lui. Les maisons ne sont rien d'autre que l'équivalent d'une pierre creusée. Comme il serait trop difficile d'y creuser des vides exacts, on préfère reconstituer la pierre autour des vides préalablement déterminés mais, au fond, cela revient au même. Or, l'habitant détermine la forme et le volume du vide habitable suivant ses conceptions du bonheur. Il est rare qu'elles coïncident avec vos propres conceptions.

C'est pourquoi je préfère acheter, qu'on débarrasse les lieux et que je m'installe à mon gré. Libre à moi d'utiliser ensuite à ma fantaisie et au mieux des exigences de mon bonheur. Ce qui était le salon devient ma chambre à coucher ; ce qui était la salle commune devient mon lieu de retraite ; la cuisine est parfois transformée en cabinet de travail et la bibliothèque en penderie.

Ainsi, cette église de Viterbe — qui a été une folie, car en réalité la possession d'un pied-à-terre entre Rome et Quirico d'Orcia ne s'imposait pas ; d'autant que, si je n'hésite jamais à acheter une maison, j'hésite toujours à acheter une auto et que, pour faire arrêter le car Rome-Sienne à Viterbe, il faut la croix et la bannière et notamment les bonnes grâces du chauffeur — ainsi donc, cette église de Viterbe, je l'ai achetée à cause d'une galerie de pierre, ajourée comme une dentelle, qui entoure un jardin en terrasse, grand comme un mouchoir de poche. Ce n'est pas un cloître, ou, si c'en est un, c'est un cloître pour une personne. Vous me direz que, dans ces cas-là, on fait des sacrifices. J'en ai fait, car la pièce qui donne sur ce petit cloître est vraiment de dimensions un peu exagérées. Elle doit faire soixante mètres de long sur vingt de large et neuf mètres de hauteur de plafond. Les grands sentiments n'y sont pas gênés, bien sûr ; ils sont même un peu provoqués, mais j'ai assez l'expérience de la vie pour savoir qu'en règle générale, on utilise surtout les sentiments moyens. Et puis le chauffage ! Je vois très bien ma table installée dans l'embrasure profonde d'une des treize fenêtres, hautes de six mètres et larges de trois, qui donnent sur l'admirable place des morts. J'ai pensé également à un paravent qui pourrait peut-être concentrer vers moi la chaleur d'un brasero, mais, outre que le paravent me paraît être une solution de facilité, reste le complexe d'infériorité que l'on inflige à ses visiteurs en les obligeant à parcourir une vingtaine de mètres avant d'atteindre le coin où l'on peut entamer une conversation intime. Il est vrai que, le sol étant de terre battue et non pas de dalles vernies et glissantes, je cours moins le risque d'être pris pour un mégalomane; mais le danger subsiste.

C'est vous dire que j'ai pensé à tout et les choses étaient en balance quand j'ai vu, comme si je le voyais pour la première fois, l'escalier que j'avais gravi pour atteindre cette vaste salle. J'ai vu cet escalier à l'envers, c'est-à-dire d'en haut. Je me suis empressé de le descendre pour le contempler d'en bas. C'est lui qui a emporté la décision. On ne pouvait plus hésiter. Il donne aux proportions de l'ensemble une suavité exquise; il met en place l'arche des portes; il m'a montré une foule de détails que je croyais secondaires : bref, il n'était plus question de résister. Je n'habiterai peut-être jamais l'église de Viterbe mais le fait de savoir qu'elle est à moi me rassure.

On dit souvent d'un tel ou d'un tel qu'il a la maladie de la pierre. Non pas qu'il soit dans la triste obligation de se faire « tailler », comme disait feu M. le duc de Saint-Simon, mais parce qu'il a la passion des maisons, constructions et architectures.

Quand on ne l'a pas comme moi, on se ruine vite et souvent pour des résultats bien médiocres. Faire construire exige un esprit confiant et une propension à soumettre ses désirs aux réalités. Tandis qu'en choisissant sur pièces existantes, comme je le fais, on ne court pas de risques. C'est l'eau à la bouche qui vous fait manger. Les petits inconvénients dont je viens de parler : les dimensions de la vaste pièce, ces problèmes de chauffage dont j'ai l'air de faire toute une affaire (pure coquetterie d'un âge avancé) ne sont rien à côté des joies de la possession d'une chose parfaite.

Et quand je dis parfaite, c'est parfois question d'imperfection. Ce ne sont pas toujours les nombres exacts qui font le bonheur. Il y a, sur les bords du Tibre, et presque côte à côte, deux petits temples, un rond, celui de la Fortune virile ; un rectangulaire, celui di Giove Capitolino, qui sont des merveilles d'exactitude ; à se lever la nuit pour revenir les contempler. Le plaisir qu'ils me donnent est sans mesure. Je n'ai jamais eu envie de les acheter. Les posséder n'augmenterait pas ma joie. Je n'ai pas envie d'acheter certains vers de Racine ou certaines phrases de Mozart. Les posséder en propre me gênerait. Je n'aurais de cesse avant de les mettre dans le domaine public.

Tandis que l'église de droite, à l'entrée du Corso : Santa Maria dei Miracoli (l'autre est Santa Maria del Popolo ; je préfère les Miracoli à cause d'une certaine couleur de la lumière et aussi parce qu'étant moins dans l'axe de la Piazza del Popolo, cette vaste conque pavée luit d'un plus bel iris aux

heures chaudes de l'après-midi), Santa Maria dei
Miracoli a emporté mon adhésion tout de suite. Or,
à Rome, on ne la regarde même pas. Il y a des
milliers d'églises plus belles. Il y a des milliers
d'églises qui vous arrachent des cris d'admiration
— que dis-je? des gémissements d'admiration. On
se damnerait pour des églises de cette sorte et, à la
lettre, je crois, on s'est damné pour elles. Leur
beauté résulte parfois d'une telle économie de
moyens qu'il n'est pas possible qu'elles ne soient
pas l'œuvre même du malin le plus malin. Je n'ai
jamais été sollicité par elles autrement que, comme
je viens de le dire, par les petits temples parfaits.
Jamais je ne me suis dit : « Il faut que tu achètes
ça ! »

En ce qui concerne Santa Maria dei Miracoli, j'ai
cédé à une petite bouffée délirante : c'est moins
l'église que j'ai achetée que la vue qu'on a de cette
église. J'ai eu le coup de foudre pour la Piazza del
Popolo. J'étais arrivé là un matin de bonne heure.
L'air est composé de telle façon sur cette place que
j'entendais les reniflements de volupté d'un cheval
de calèche qui buvait au bassin de la fontaine, à
plus de cent pas de moi. Le plus léger grondement
des pins du Pincio résonnait dans cette conque de
pavés et de murs comme dans la caisse d'une
timbale. L'air du matin qui rend tout transparent
avait effacé l'obélisque et, à sa place, un rayon de
lumière se tenait debout. Nous n'étions que cinq ou
six Romains et moi à contempler le spectacle,
encore qu'ils ne le contemplassent guère car, à part

le cocher de la calèche, les autres filaient à bicyclette.

Je dois ouvrir une parenthèse pour dire rapidement que, bien entendu, j'ai acheté quelques fontaines à Rome, notamment celle de Trevi, bien que cet achat ne soit pas très original. J'étais sur le point d'acheter celle de la Piazza del Popolo quand je me suis rendu compte qu'il fallait acheter la place tout entière, que la fontaine, sans la place, perdait beaucoup de son sens, et vice versa. Mais, là, j'étais vraiment devant quelque chose d'impossible. On a beau dire que le mot n'est pas français; il n'est peut-être pas français mais il dit bien ce qu'il veut dire. Non, on ne peut pas acheter la Piazza del Popolo : cela ne fait pas sérieux; cela compromettrait tous les achats passés et ceux à venir. Il arrive toujours un moment où l'on doit se restreindre. Les possibilités d'achat ne sont pas infinies en quelque monnaie que ce soit. Heureusement, sans quoi on ne posséderait plus rien.

J'accepte volontiers le joug de la mesure. Il y a toujours d'ailleurs, dans ces cas-là, une réflexion qui vous console. Celle qui me console me fit apercevoir que, posséder la Piazza del Popolo ne signifiait absolument rien puisqu'il fallait, pour la perfection de sa beauté même, en laisser l'usage au public. Et s'acheter un public, alors, là, non. C'est trop salissant.

Ma table de travail installée sous le péristyle de Santa Maria dei Miracoli, j'ai sous les yeux *gratis pro Deo* le spectacle de la Piazza del Popolo. Elle est animée par les calèches, les bicyclistes, les piétons.

On voit arriver et se ranger, avec des glissements de bateaux, les longs cars bleus qui font le service Florence-Rome par Arezzo, Pérouse, Assise. On voit partir les étincelants autobus jaunes entièrement encapuchonnés de verre qui vont à Sienne par Viterbe. Des guichets du Ponte Margherita débouchent parfois des taxis très extraordinaires et qui semblent sortis d'un ancien film de Charlot. Ils font du patin à roulettes. Je m'entends : ce sont de beaux et de bons taxis et ils ne font pas du patin à roulettes mais, dès qu'ils entrent Piazza del Popolo, ils ont un roulement noble et ils se mettent à décrire des arabesques d'une ambition démesurée. C'est sans doute l'ampleur même de la place qui les y incite ; l'ampleur et la grâce, car les taxis français ne font pas de patin à roulettes sur la place de la Concorde qui est cependant bien plus vaste que la Piazza del Popolo. Il y a ici une grâce particulière, une sorte de bonheur de vivre exprimés en pavés, obélisque, fontaines et ordonnance du tout. Il n'y a d'ailleurs aucun rapport entre la place de la Concorde et la Piazza del Popolo. La première est remplie d'une sorte de bouillon de sorcière, phosphorescent la nuit, une pâte à berlingot d'autos de toutes sortes tournant sans arrêt ; l'autre est paisible, presque constamment déserte, sans bruit. Le taxi qui y débouche et qui va généralement Via del Babuino n'a plus qu'à se soucier de son bonheur et, comme il a toute la place pour lui, il fait du patin à roulettes. On a réussi à créer un état d'âme avec des pierres assemblées dans un certain ordre.

Rome est constamment un miracle de cette sorte.

Certes, les villes sont en pierre; ce n'est pas sur quoi je vais m'extasier, mais Paris, Berlin, Londres utilisent la pierre à leur façon. Quand je suis arrivé à Berlin en février 1931, je me suis mis à rigoler et je n'ai pas cessé de rigoler pendant quinze jours. Ce n'est pas que je n'aimais pas cette ville aux dimensions colossales, noyée la nuit de lumière aveuglante, ni que je n'étais pas sensible au charme certain de son ciel glauque et de ses bourrasques de vent : c'est que la pierre y était assemblée et ordonnée de façon cocasse et qui, pour un Latin, prêtait à rire. C'était de la pierre solide, un *matériau* de qualité, rien à dire, mais elle donnait une impression d'emphase et de boursouflure d'un comique irrésistible. Je n'ai pas acheté de maison à Berlin et j'ai bien fait puisque à cette heure elle serait probablement démolie.

Par contre, j'arrive à Londres il y a trois ou quatre ans, à la fin d'un après-midi d'avril. J'avais, il est vrai, été charmé pendant la traversée de la Manche par l'approche de ces falaises blanches de Douvres, si distinguées dans le gris du ciel et de la mer. Je file à Harrington Gardens où j'avais rendez-vous avec ma fille Aline. Elle n'était pas encore arrivée (elle venait de Chichester) et je l'attends en me baladant à travers un quartier qui me procure tout de suite ce sentiment un peu triste, si proche du bonheur le plus parfait. Les merles sifflaient dans les arbres d'un petit jardin clos de barrières, entre des maisons rouges. Malgré la démesure de cette capitale, ce quartier était à la mesure du bonheur humain. La discrétion des façades et une sorte d'humilité qu'elles avaient à la limite du mauvais goût et de la distinction me rassuraient parfaitement. J'étais à Londres depuis une heure à peine et j'avais l'impression d'y être né, tant toute cette pierre rouge mettait de gentillesse à m'aider dans la recherche de ma paix intérieure.

Quelques heures après ma fille et moi achetions une maison dans le quartier (c'était d'ailleurs l'hôtel où nous étions descendus. Plutôt qu'un hôtel, c'était une boarding-house appelée Colbeck-house).

Au cours de ce même voyage, nous avons encore acheté tout un pâté de maisons extraordinaires à Édimbourg. Nous étions sortis un soir, après la pluie, pour prendre l'air sur Prince's Street. C'était un crépuscule très lumineux, et, soudain, sur la colline, dans la montée qui allait au château, apparurent de longues maisons étroites, pressées les unes contre les autres, s'étirant vers le ciel couleur de perle. Elles avaient, du côté qui nous faisait face, dix, douze, peut-être quinze étages (à peine quatre ou cinq de l'autre côté qui était en bordure de la Canongate) et chacune n'avait que dix à douze mètres de largeur. Elles avaient toutes ce romantisme étrange des maisons que les peintres hollandais placent derrière leurs vierges, au visage ruisselant de pleurs.

J'ai acheté ensuite, mais pour mon compte personnel, une énorme ferme au voisinage d'Inverness et une petite cabane blanche de l'autre côté du Loch Lynnhe en face de Fort-William.

Chaque fois je me dis : « Comme tu aurais du plaisir à mettre ta table de travail derrière ces

fenêtres ! » L'ordre dans lequel sont assemblées les
pierres à travers lesquelles on circule a donc une
importance considérable pour le bonheur. Dès
qu'un maçon remue sa truelle dans quelque coin, il
compose une de ces combinaisons si nécessaires à
l'agrément de la vie. Si j'ai acheté des maisons en
plus grande quantité en Italie, c'est que les maçons
y ont, plus qu'ailleurs, le sens de la pierre.

Je me souviens de la première fois où j'ai traversé
l'Apennin. C'était le matin, en partant de Bologne
pour aller à Florence. Dès qu'on eut pris un peu de
hauteur, on découvrit des paysages, non seulement
organisés par la nature, mais dans lesquels les
maçons italiens avaient ajouté tout ce qu'il fallait
pour réjouir le cœur. Au versant des montagnes que
les cultures, montant très haut et parfois même
recouvrant les sommets, transformaient en grosses
collines, des fermes admirables s'étalaient au cœur
de vergers féeriques. Toutes les armes architectu-
rales qui, dans les siècles passés, servaient à
protéger la paix des familles contre les turbulences
de la société, avaient été employées ici pour lutter
contre les vents de l'Émilie et le gel des hauteurs.
Par les mêmes moyens qui donnent tant de
noblesse aux forteresses urbaines de Florence, aux
petites capitales des duchés désespérés, à Imola,
Forli, Firenzuola, San Gimignano, on avait donné
de l'allure à de simples bâtiments d'exploitation
agricole. On comprenait que la *Virtù* n'exige pas
l'épée à la main mais que la boue et la charrue
décidaient aussi de la Seigneurie.

J'ai eu la même joie entre Parme et Plaisance. Là

aussi, et sans l'aide de la montagne, sans l'aide surtout de cette couleur de vieux bronze sur laquelle un simple mur blanchi à la chaux miroite comme un joyau, les fermes sont éblouissantes. Elles ont beau être posées sur la plaine et à même un tapis de prairie du vert le plus banal et le plus uniforme, leurs proportions suffisent à leur donner cette suprême élégance qu'est la beauté. La pierre est l'amie du chiffre et du nombre. Rien n'exprime l'élégance mathématique comme la pierre à laquelle on a donné des mesures qui ont entre elles de beaux rapports.

C'est l'emploi constant de ces mesures qui donne à Rome son charme sans égal. Je passais un soir Fontanella di Borghese, revenant de la Piazza Navona où j'avais dîné dans une petite trattoria. Mon regard fut attiré par une très faible lueur qui découpait trois arcs d'ombre parfaits dans l'ouverture d'une porte cochère. M'étant aussitôt arrêté, je vis jouer, au-dessus et à côté de ces trois arcs (comme dans une phrase de Mozart où une seule note conduit à des développements divins) toute une architecture d'ombre et de lumière. Je pris sur moi de pénétrer dans cette porte cochère pour m'approcher de la merveille. Je n'étais pas seul à avoir été pris par ce jeu. J'arrivai dans une cour intérieure où déjà sept ou huit promeneurs comme moi étaient là en train d'admirer. Il y avait également, assis à califourchon sur sa chaise, le concierge de la maison. On pouvait supposer que celui-là était blasé du spectacle : pas du tout, c'était peut-être le plus admiratif. Il s'agissait, en tout et pour tout, d'une volée d'escaliers portée par des colonnades d'une grâce exquise. Cette volée d'escaliers était éclairée par une simple lampe à huile mais placée à l'endroit précis où sa faible lumière (en raison même de sa faiblesse, car tout s'expliqua par la suite) dessinait l'entrelacement des arceaux, non pas de façon brutale mais en laissant jouer tout le velouté des demi-teintes. Cette admirable combinaison était la joie du concierge. Il faisait jouer les arceaux pour son plaisir. C'est lui qui avait découvert l'endroit exact où il fallait planter le clou à pendre la lampe à huile. Il nous l'expliqua à voix basse. Quelqu'un qui s'était mépris sur le sens de son discours essaya de lui donner un pourboire qui fut refusé. A la moindre insistance, nous aurions tous passé pour des barbares.

Rome est entièrement éclairée, même au plein soleil de l'été, par cette unique lampe à huile. Il ne suffit pas de regarder de tous les côtés, il faut encore connaître les heures du jour pour la lumière desquelles les pierres que l'on regarde ont été taillées. Certaines rues vous paraissent tristes, certains monuments lourds, certains palais sourds et aveugles, et puis, un beau jour, il se fait que vous les voyez à la lumière qu'il faut : alors, ils deviennent allègres et légers et votre cœur fond. Certaines églises baroques ont besoin du matin et même de l'aube, à l'heure où les calèches vont à leur stationnement, où les garçons de café secouent leurs serpillières sur les terrasses vides ; certaines places publiques demandent midi et son soleil qui tombe d'aplomb; certaines fontaines demandent du vent; les temples demandent la nuit.

Mais, quand on a fait amitié avec l'heure et l'époque, qu'on a accordé le sens de ses promenades à l'horaire, rien n'est plus tendre que la pierre de Rome. Elle a la transparence de l'esprit, les audaces de l'ironie la plus fine, les flammes de la poésie. On peut lui confier son cœur, elle en a le soin le plus exquis. Où les ressources de la philosophie et les conseils du bon sens sont incapables de guérir, elle apporte un remède que l'âme boit avidement comme un philtre.

Il ne s'agit plus de la figuration même du drame comme dans le temple de Kandaruya Mahadeva, ni celle de la profondeur de la foi comme à Payerne, mais d'un pur mélange de pierres et de chiffres, de pierres et de proportions. Le procédé est bien plus savant, bien plus élégant que celui qui trouve sa fin dans la désintégration atomique.

Alchimie personnelle, utilisation de la matière à des fins spirituelles, le bonheur même, si difficile à obtenir, suinte alors comme une résine. Le sculpteur inca qui taillait dans l'énorme disque de pierre de Mexico les signes de son zodiaque, le calendrier de sa race et de son histoire, l'artisan qui fait avec des rubis minuscules le pivot des rouages du temps moderne sont des architectes de la vraie porte du soleil.

27 février 1955.

Arcadie... Arcadie...

Dix kilomètres à droite ou à gauche suffisent à vous dépayser. De la région romantique des châteaux, on passe sans transition, par le simple détour d'un chemin, au canton virgilien classique. Les landes noires occupent en principe les plateaux mais descendent très souvent dans les vallées; les terres organisées en vignobles, les petites propriétés à la mesure d'une famille ou d'un seul homme sont installées dans les plaines mais montent jusque dans les hauteurs les plus solitaires. Je me délecte de cette diversité. Je vais à droite, à gauche, au nord, au sud, sans plans préconçus. C'est le contraire d'un pays à *idées fixes*. De là, une jeunesse dans les désirs qui vous étonne quand on la rencontre, comme c'est le cas, chez de vieux paysans solitaires. Partout ailleurs tout serait dit. Ici on constate qu'ils ont des projets, qu'ils désirent des quantités de choses et qu'ils s'occupent très sérieusement de leur bonheur. Ils le font sans raideur. S'ils mènent un combat ce n'est pas en armure mais nus et frottés d'huile pour glisser et ne donner prise à rien. Ce

qu'on prend pour de la paresse ou de la noncha-
lance, c'est du sang-froid. Ils ne s'énervent pas sous
les coups du sort et souvent, quand on les en croit
accablés, on s'aperçoit qu'ils les ont esquivés d'un
simple effacement du corps, sans même bouger les
pieds de place. Ce sont des *têtes rondes,* des
Romains, des cavaliers de Cromwell, mais sans
Bible, sans Rome et qui *fabriquent leurs idées à la
maison.* Cette qualité a son revers. Ils peuvent
passer pour insolents : c'est qu'on prend assez
souvent l'opinion courante pour de la courtoisie et
l'opinion *commune* pour de la culture.

Les villages sont construits sur les collines, à la
cime des rochers et de tous lieux escarpés d'où il est
facile de faire dégringoler des pierres. En mettant
ainsi d'accord son besoin de sécurité et son
intention formelle d'y consacrer le moins d'efforts
possible, le Provençal s'est mis à l'air pur et devant
des plans cavaliers. Il y a des *vues* que les bourgeois
qualifient d'*immenses* ou de *pertes de vue.* Ces
découverts, encadrés dans les portes et les fenêtres,
tiennent lieu dans ces murs du chromo de Romulus
et Remus ou de celui du passage de la mer Rouge
par les Hébreux. Ces paysages composés de neuf
dixièmes de ciel et d'un petit dixième de terre, et
encore de terre qu'on surplombe, font jouir l'âme
de délires et de délices féodaux. Comme on voit
venir les ouragans de cent kilomètres à la ronde, on
épuise la peur avant d'en avoir les raisons. Les
hurlements les plus lugubres, le grondement des
grandes maisons pleines d'échos ne prédisposent
qu'à la mélancolie la plus tendre. De certains

endroits bien placés, on domine des territoires plus
vastes qu'un canton et couverts de forêts de
rouvres. D'en haut on aperçoit le partage de ces
vastes cathédrales romantiques à travers les
branches desquelles apparaît parfois la trace
blanche des chemins. Sur la rive gauche de la
Durance, cette forêt mêlée de chênes blancs
recouvre les vallons et les collines jusqu'au massif
de la Sainte-Baume : c'est-à-dire qu'au-delà est la
mer. Il n'est donc pas question d'imaginer des
villes, des tramways, des trottoirs où la foule
circule, de brillants éclairages enfin ; quoi que ce
soit de cette organisation moderne qui suffit à l'âme
naïve des citadins pour détruire l'idée de désert.
Même Marseille dont on peut deviner l'emplacement grâce au Pilon du Rouet ne compte guère à
côté de ces étendues *sans âmes* qui s'élargissent
jusqu'à la mer. Toute cette région est composée
comme pour servir de décor à une page de Froissart
ou tout au moins de Walter Scott. Stendhal l'avait
déjà remarqué lorsqu'il montait vers Grenoble par
l'actuelle route des Alpes. Encore n'avait-il fait que
longer cet étrange pays plein de châteaux à la rude
stature. Dès qu'il y a une dizaine de maisons collées
au rocher comme un nid de guêpes, une maison
plus vigoureuse les domine. En réalité, c'est l'in-
verse qui s'est passé. L'homme fort et qui trouvait
précisément dans la solitude ses raisons de vivre a
construit ses murs le premier ; les autres sont venus
s'abriter à côté. Généralement celui qui venait ainsi
se placer par goût ou par calcul dans les hauteurs,
n'avait pas le sens *commun*. Il savait toujours

exprimer sa fierté, son orgueil et même certaines subtilités farouches de son caractère dans les murs qu'il dressait. Il se satisfaisait avec leurs mesures. Il faisait son portrait avec les nuances (comme Retz et Saint-Simon). Ici on en voit un qui détestait manifestement les jours beaux et tranquilles et a ouvert toutes ses fenêtres du côté du nord et du grand vent, sur un paysage que ne dore jamais le soleil. Ailleurs, une lucarne sourcilleuse parle de vertus amères, de cœur sec et probablement (ce qui va ensemble) de poitrine faible. Certaines façades étalent au grand jour l'arrogance d'une haine puissante qui a dû être bien maniée pendant des siècles et reste encore présente au-dessus des bois. J'ai vu par contre, sur un tertre aride, un parc de buis taillés qui témoigne encore, avec ses arceaux et ses labyrinthes, du soin qu'a pris une âme sensible d'étaler ses artifices dans la solitude.

Si on n'a aucune raison pour courir à grande vitesse les routes dites nationales, on peut connaître cette nation par le menu. Il faut prendre une de ces petites routes qui font des écarts pour le moindre bosquet ou le champ de Mathieu ; même pas les départementales, mais les communales, celles qui ont le souci de la commune. Ce sont des itinéraires de rois et rois chez eux sont les hommes qui en ont discuté le tracé. Elles vont à une aventure qui est celle du travail et des soucis de toute la région.

Tout y parle d'une société, et d'une société qui compose avec les caractères de chacun. C'est un chemin qui va de la bonne humeur de celui-là au goût procédurier de celui-ci, qui fait un détour pour s'orienter vers un grand porche, passer près d'une fontaine, qui s'efforce d'avoir toujours à proximité les hangars où il est bon de pouvoir s'abriter en temps d'orage. Il suit presque toujours le tracé des anciennes pistes du temps des colporteurs, diligences, voyages à franc-étrier. J'en connais qu'on voit s'infléchir vers telle petite ferme sans importance désormais mais où vivait en 1784 une jeune femme célèbre par sa beauté et son naïf besoin de vie. D'autres s'approchaient d'un bon vin. Il y a une raison à tous les balancements, les sinuosités ne sont jamais gratuites; les serpentements ont été décidés après mûre réflexion. Ce détour vous garde du vent, vous fait passer à l'ombre; cette ligne droite vous emporte le plus rapidement possible hors d'un endroit où il ne fait pas bon s'attarder. D'une imperceptible porte d'usurier dans le crépi d'une façade, la route communale ne s'approche qu'avec de larges lacets dignes d'un Montgenèvre. Tout un embranchement de raccourcis herbeux s'élancent vers l'enclume d'un vieux maréchal-ferrant. Ici les gens avaient l'habitude de faire cent pas le long d'une allée de trembles. Ce n'est pas pour couper un virage que nous quittons une ancienne trace : c'est qu'au pied de cet arbre qu'on évite depuis on a tué jadis un berger. Et, malgré la côte assez rude, si on s'élance franchement vers ce village, c'est qu'il est réputé pour cent raisons : qu'il accueillait toujours avec bonhomie, malice et science les turpitudes dont il est bon d'user, les gourmandises qu'il faut satisfaire.

Ce serait une erreur de ne regarder que le paysage admirable; les passions y ajoutent.

Les villes sont de peu d'importance : cinq à six mille habitants, au plus dix mille. Au siècle dernier elles étaient divisées en artisans et paysans. Dire d'une femme qu'elle était une artisane supposait une lingerie fine, la connaissance parfaite des quatre règles, de l'écriture moulée et des manières qu'on appelait des « singeries ». C'était, la plupart du temps, une fille de paysans qui, ayant des idées, avait quitté les landes découvertes pour les combats de l'esprit. La vente au détail du fromage de gruyère suffisait à ses ambitions. Elle devenait pilier de son église et au sommet de sa réussite bourgeoise. Toute l'artisanerie mâle (dans laquelle étaient compris, en plus des corps de métier, les notaires, les instituteurs, les pharmaciens et le receveur des postes, le médecin faisant classe à part), toute l'artisanerie mâle portait la veste noire, d'alpaga l'été, la chemise amidonnée le dimanche, le chapeau de feutre à larges bords, et, les jours de semaine, le tablier bleu. Elle se piquait de littérature et de libéralisme, connaissait par cœur des chansons de Béranger et s'abonnait aux *Veillées des Chaumières*. La plus huppée mettait bien en vue sur ses guéridons l'album du *Vin Mariani* et l'*Almanach Vermot*.

Ces villes qui ressemblent à des couronnes, des miches de pain, des pièces de jeux d'échecs, ont été faites avec du besoin d'évasion, du sens de la hiérarchie, de la candeur et, si l'on peut dire, une téméraire prudence ou, si l'on préfère, toute la témérité que peuvent se permettre les prudents. Dès que l'avion s'est mis à voler au-dessus d'elles, on a construit des faubourgs, on a osé faire faillite, partir pour Marseille avec armes et bagages et même se marier dans la classe opposée. On en est maintenant à la création de *Mutuelles chirurgicales,* ce qui me paraît être tout un programme de joyeuses vies pour l'avenir.

Le vent souffle du nord-ouest, exactement comme il soufflait il y a dix mille ans. La vie est toujours accrochée aux mêmes ressources : l'huile et le vin. J'ai connu, en 1903, une catégorie de gens qu'on appelait les *fainéants.* Il y en avait cinq ou six à Manosque, deux ou trois à Corbières, un à Sainte-Tulle, quatre à Pierrevert, une vingtaine à Aix, autant à Arles, peut-être cent à Avignon, et ainsi de suite. Trois ici, deux là, quarante à Toulon, trente à Draguignan, six à Tourves, huit à Brignoles, cinq à Salernes, sept à Barjols ; à Marseille, n'en parlons pas, d'autant qu'ils n'avaient pas la qualité des autres. Ceux dont il s'agit ici étaient propriétaires de petits vergers d'oliviers : cinq ou six arbres, au plus dix. De tous âges, ils étaient arrivés à *faire néant* de façons diverses. Il y avait des veufs qui, ayant dépassé la cinquantaine, découvraient avec volupté qu'un homme seul a besoin de peu ; des jeunes qui, au retour du service militaire, considéraient l'absence de l'adjudant (sous toutes ses formes) comme un délice parfait ; de vieux célibataires. Un pantalon, une veste de velours duraient vingt ans. Le veuf trouvait dans ses coffres assez de chemises (en comptant celles de sa femme) pour aller jusqu'au Paradis. En hiver, il se taillait un tricot, même un manteau dans une couverture. Les jeunes, une fois par an, rendaient un petit service à quelqu'un : aller chercher une malle aux Messageries, rentrer du charbon, etc., et demandaient des vieux linges en échange. Ils vivaient d'olives confites et d'huile. Les olives et l'huile leur donnaient également en échange un peu de vin. Pour le pain, ils glanaient. Ce n'était donc pas très exactement *faire néant*, mais c'était incontestablement faire peu, avoir sa liberté totale, vivre ; et même vivre à son aise.

Mener des oliviers est un travail d'artiste et qui ne fait jamais suer. La taille, si importante puisque l'arbre ne porte ses fruits que sur le bois neuf, prédispose à la rêverie et satisfait à peu de frais le besoin de créer. Ajoutez qu'un arbre bien taillé donne un beau galon sur la manche, qu'il est au bord du chemin ou dans les collines où tout le monde se promène ; qu'on le voit, et, s'il est très bien taillé, qu'on va le voir comme un spectacle. Je parle évidemment ici de l'arrière-pays et non pas des oliviers qui sont à quelques kilomètres de la mer. Nous sommes encore dans des collines assez hautes. Après la taille, il n'y a plus qu'à laisser faire les choses et les événements : ce que l'homme d'ici aime par-dessus tout et ce qui est pour le fainéant la distraction, le divertissement rêvé. Surveiller le ciel, quelle ressource de passion ! Être à la merci de la pluie, du soleil et du vent donne un rythme de qualité à chaque jour. Jurer délivre jusqu'au fond de l'âme, alors que, pour se délivrer, les bourgeois ont besoin de tant de mécanique; et même n'y arrivent guère.

Dans certains endroits, comme les cantons montagneux du Var et sur la rive droite de la Durance, la région des collines qui va jusqu'à Lure et la Drôme, les vergers d'oliviers sont assis sur de petites terrasses soutenues par des murs de pierres sèches, blancs comme de l'os. Ce sont de petits oliviers gris, guère plus hauts qu'un homme, deux mètres cinquante au plus, plantés depuis mille ans à quatre ou cinq mètres l'un de l'autre. La terre qui les porte est très colorée, parfois d'un pourpre presque pur, communément d'une ocre légère, quelquefois sous l'ardent soleil blanche comme de la neige. Sur ces terrasses, la vie est non seulement aisée mais belle. Il n'y a rien d'autre que les oliviers : je veux dire ni constructions ni cabanes, mais, qu'on vienne à ces terrasses pour bêcher autour des arbres ou pour flâner, c'est un délice. Dans l'arrière-saison, le soleil s'y attarde; le feuillage de l'olivier ne fait pas d'ombre, à peine comme une mousseline; on a tout le bon de la journée. On voit toujours quelques hommes qui se promènent ainsi dans les vergers. Ils sont d'aspect lourd et romain; on les dirait faits pour être César ou pour l'assassiner. En réalité, ils sont là pour rêver de façon très allègre et légère. Ils fument une pipe ou une cigarette et font des pas. Aussi bien, quand par exemple on est contraint de vendre ce qu'on a, on ne vend l'olivette qu'en dernier et souvent même on fait des sacrifices pour ne pas la vendre. C'est à peine si, dans ces pays-là, on lit le journal et, si on le fait, c'est le soir, pour s'endormir dessus.

L'olivette représente ce que représente une bibliothèque où l'on va pour oublier la vie ou la mieux connaître. Dans certains villages du Haut-Var et de la partie noire des Basses-Alpes où il n'y a pas d'autre intempérie que la solitude, les hommes, le dimanche matin, vont à l'olivette comme les femmes vont à la messe.

En 1907 il y avait, à La Verdière, un curé qui disait dans presque tous ses sermons : « Les hommes se damnent ; c'est dans les olivettes qu'ils *vont au diable.* » Et, certes, s'il voulait simplement dire qu'ils allaient loin dans tous les sens, il avait raison. C'est à l'olivette qu'on fait les projets et qu'on les caresse. Les jardins de Babylone, les granges trop grosses, les hangars trop grands, les puits trop profonds, c'est dans les vergers d'oliviers qu'on s'en donne la charge. Les orgueils, les démesures, les premiers moutardiers du pape, c'est là qu'ils se font. Les sagesses aussi.

A peu près à la même époque, à Villeneuve, sur le flanc nord de la vallée de la Durance, il y avait un autre curé, mais celui-là était d'origine italienne ; il s'appelait Lombardi. Il avait combiné de raccourcir les cérémonies pour les femmes, et, chaque dimanche, sur le coup de dix heures et demie du matin, il partait lui aussi, la pipe au bec, pour les olivettes où il avait avec Jean, Pierre et Paul, des conversations fort utiles. Il a ainsi empêché plus de cinquante ruines et bien des plaisirs.

A la Sainte-Catherine, c'est-à-dire le 25 novembre, on dit que l'huile est dans l'olive. On va faire la cueillette. Ici, il faut distinguer. Du côté de Nice et de Grasse, dans les terres qui avoisinent la mer, sur les contreforts des Alpes côtières, on étend des draps blancs sous les arbres et on gaule les fruits : d'abord parce que les oliviers sont géants et surtout parce que la douceur qui vient de la mer amollit les fruits et les âmes. Dès qu'on s'éloigne vers les solitudes, que le climat se fait plus âpre, on cueille l'olive une à une sur l'arbre même, à la main. Cela va loin. C'est une autre civilisation.

Du temps de ma jeunesse, quand je lisais Homère, Eschyle, Sophocle, dans les vergers d'oliviers, j'appelais mes « *combles du bonheur* » des dimanches à Delphes. Rien ne me semblait plus beau et plus glorieux qu'un dimanche à Delphes. Tout ce qu'on peut rêver était pour moi dimanche à Delphes. Plus tard, j'ai vu, sur des vases grecs, qu'on gaulait les oliviers en Grèce. Cela m'a changé le ton des cris de Cassandre. Maintenant que j'ai vécu, on ne m'enlèvera pas de l'idée qu'à Delphes, malgré tout, on cueille les olives à la main.

C'est le travail le plus succulent qui soit. Généralement, il fait froid et, si on prévoit une grosse récolte, il faut s'y mettre de bonne heure. Il y a parfois des brouillards et l'arbre est à la limite du réel et de l'irréel. Le soleil est à peine blond et ne chauffe pas encore. L'olive est glacée, dure comme du plomb. Pour celui qui est avare, on a tendance à être ému par la réalité de la richesse ; cette fermeté et cette lourdeur lui donnent le même plaisir tactile qu'un louis d'or. Peu à peu le soleil monte, on se débarrasse des foulards et des châles, on s'installe plus à l'aise dans la fourche des branches, on prend le temps de regarder autour de soi. On voit sa richesse noircir les feuillages à la ronde.

On domine généralement alors un pays radieux. Malgré ce que je viens de dire de l'avarice (et je l'ai dit exprès, ainsi que le louis d'or) ce pays place son bonheur ailleurs que dans la monnaie.

Il m'est arrivé, il y a cinq ou six ans, une petite histoire qui ne m'a pas pris au dépourvu ; moi aussi *je fais mon beurre* avec la simple olive mais qui illustre bien ce que je veux dire. J'ai un verger assez mal entretenu dont les frontières sont indécises. J'étais en train de cueillir les olives d'un arbre particulièrement chargé quand je fus interpellé par un petit bonhomme. Il prétendait que cet arbre était à lui, et, beaucoup plus grave encore car il intervenait ainsi dans mes promesses de bonheur, que les trois ou quatre arbres qui m'entouraient étaient également à lui. Or, c'étaient les plus beaux arbres de l'endroit ; les rameaux pliaient littéralement sous le poids d'olives grosses comme des prunes et il y avait deux jours que je me régalais en rêve à l'idée de cette récolte. Je descendis de mon arbre pour discuter le coup. J'avais acheté ce verger à une vente d'hoirie. L'héritier n'était même pas venu sur le terrain ; d'ailleurs, il était wattman de tramways à Marseille. Le notaire m'avait donné des numéros de cadastre mais, en pleine colline, c'est un violon à un manchot. Il m'avait aussi parlé d'un genévrier. Le voilà. C'est de là que j'avais tiré mes alignements. Le bonhomme m'indiqua un autre genévrier et suspecta ma bonne foi. C'était un tout petit pète-sec de quarante kilos et il s'était mis en colère. C'est mon péché mignon et je m'en méfie mais là, je lâchai la bride et je me mis à prononcer ce qu'on appelle des paroles regrettables. Mais comme j'étais manifestement le plus fort sur tous les tableaux, cela me coupa instantanément bras et jambes. J'avais aussi reconnu mon adversaire, ou, plus exactement, mon rival. C'était un ancien peintre en bâtiment qui avait eu des malheurs : ses enfants étaient morts, sa femme était paralysée ; il vivait de charité publique. Un détail donnera son caractère : depuis sa dégringolade il s'habillait très proprement, avec des oripeaux tirés à quatre épingles, chapeau melon, canne, et même gants, dépareillés et troués mais gants quand même. Mon cœur naturellement fondit. Je me mis à parler très gentiment. Je lui donnai du Monsieur Lambert et je dis qu'entre gens de bonne foi il était facile de s'entendre. Ce dont il convint. (Il avait été l'ami de mon beau-père ; enfin, j'aurais préféré me faire couper la tête plutôt que de lui faire tort d'un centime.) J'entrevoyais la possibilité de l'aider. Mon petit sac était par terre. J'y ajoutai ce que j'avais dans mon panier. Nous soupesâmes. A vue de nez, il y avait là quinze kilos d'olives. Je dis : « Mettons vingt et je vais vous les payer. » Là n'était pas la question. Je savais bien où elle était. « Non, dit-il, je vais emporter les olives. »

Mais la conversation ne s'arrêta pas là. J'étais devenu si gentil qu'il en avait déduit que j'étais

dans un tort bien plus grave. Il m'accusa d'avoir
également cueilli ses olives les jours précédents.
Pour me disculper je lui dis de m'accompagner
chez moi. On ne garde pas les olives en tas, elles
fermenteraient; on ne les entasse que l'avant-veille
de les porter au moulin. Pendant la cueillette, on les
répand en couches de dix centimètres au plus
d'épaisseur sur le parquet de pierre d'une pièce
froide. Chez moi, c'est dans la bibliothèque du rez-
de-chaussée que je les mets. Mes vergers sont à
l'ubac, c'est-à-dire au nord et les olives sont petites.
Or, précisément et par merveille, dans ces ubacs,
j'avais eu des arbres particulièrement bien disposés
qui m'avaient donné la veille deux boisseaux de
grosses olives. Il les vit tout de suite : « Celles-ci
sont à moi », prétendit-il. J'étais disposé à lui
donner de l'argent (pour sa femme paralysée et ses
enfants morts) mais, là, j'aurais préféré être haché
en chair à pâté plutôt que de céder.

Bref, la comédie dura trois jours. A certains
moments, j'oubliais la femme paralysée, les enfants
morts, l'amitié de mon beau-père, et, quand j'oublie la femme paralysée, les enfants morts et
l'amitié de mon beau-père, je peux être très
désagréable. Ces olives (aussi belles que les siennes)
étaient incontestablement à moi et il prétendait les
reprendre dans mon tas. Non. C'est, je crois, la
seule chose au monde pour laquelle je suis capable
de répondre non.

Finalement (j'en passe) il me vendit son verger,
mais avec prise de possession *après la cueillette*. Il
eut ses dix mille francs, séance tenante. Il fit sa

cueillette pendant une semaine, à côté de moi qui faisais la mienne, dans les arbres dont j'étais propriétaire sans contestation possible. Je le voyais emplir ses paniers et ses sacs de ces beaux fruits lourds et suaves au toucher. Il chantait des chansons de 1900 et, en particulier : « C'est l'étoile d'amour, c'est l'étoile d'ivresse. » Est-il nécessaire d'ajouter qu'en réalité ces arbres contestés étaient parfaitement à moi comme, au printemps suivant, relevé de cadastre en main, me le prouvèrent le clerc de notaire et le garde champêtre ?

Voilà le pays radieux qu'on domine. Il est également huilé de soleil léger, et glacé. Après les brouillards vient cette luminosité d'hiver si claire où tout se dévoile. On voit pour la première fois que les vieilles touffes d'herbes ne sont pas blanches mais violettes. On aperçoit à des kilomètres le détail des fermes et des pigeonniers. On distingue le velours des paysans les plus éloignés marchant sur les chemins et, de fort loin, malgré les châles et les *pointes* de tricot, on partage les femmes et les jeunes filles en blondes et en brunes. Ce sont ces taches de couleur pure qui donnent au pays sa profondeur et font comprendre la limpidité extraordinaire de l'air. Quelquefois, on entend soudain braire un âne, hennir un cheval ou ronronner une camionnette. Jadis on entendait chanter. Un jadis qui n'est pas loin et dont je me souviens.

Ma mère ne venait jamais cueillir les olives avec nous. Mon père qui le faisait avec moi ne chantait pas mais bourdonnait. Cela ne s'entendait pas de loin. J'ai dit ailleurs combien j'étais sensible à ce

bourdon qui était constamment sur les lèvres de
mon père comme à la fois une plainte et un chant
de victoire. Mais toutes les chansons de ma mère
jaillissaient des vergers d'oliviers. C'est en réalité
avec l'étoile d'amour que M. Lambert m'a eu
jusqu'au trognon.

Actuellement, on ne chante plus. Ce n'est pas
que les temps ne s'y prêtent pas; on oublie les
temps en cueillant l'olive. C'est que les chansons
modernes ne sont pas d'accord et qu'elles ne
viennent à l'idée de personne. On n'a pas envie de
les chanter. Il y a deux ans, une jeune fille qui en
connaissait et cueillait l'olive dans un verger proche
du mien, essaya d'en chanter une. Elle en fut pour
sa courte honte et, après un simple couplet, s'arrêta
d'elle-même. Le silence qui suivit était très élo-
quent.

C'est qu'il y a une antiquité vénérable dans les
gestes que nous faisons. Ils nous rapprochent d'un
certain état de l'homme dans lequel ces chansons
n'ont que faire.

Deux jours avant de porter les olives au moulin,
on les entasse. Tout de suite, elles se mettent à
fermenter. Quand en plongeant le bras nu dans le
tas on sent une chaleur vive, c'est le moment de les
emporter. Elles donnent alors une odeur extraordinaire à laquelle les hommes de la civilisation de
l'huile sont très sensibles. Cette odeur reste ordinairement dans ma bibliothèque du rez-de-chaus-
sée jusque vers le 10 ou le 15 février.

Je fais des sacs de cinquante kilos en les
mesurant soigneusement au boisseau. Puis, mon

ami Brémond vient les chercher. C'est un géant qui est, *dans le civil,* colporteur en fil et aiguilles. Il va vendre sa marchandise dans les villages, hameaux, groupes de fermes et fermes les plus isolées, avec une camionnette et un banc forain. Comme j'habite sur la colline, en dehors de la ville, cette camion-nette est très utile. Cinquante kilos, pour Brémond, c'est juste le poids avec lequel il peut jouer. Fine va avec lui pour rapporter le billet du moulin sur lequel est marqué le poids total. Nous sommes, toute la famille et moi, ravis chaque fois par l'indication de ce poids total. Il nous semble, à le lire, que la vie est assurée désormais jusque dans l'éternité des siècles. Je place soigneusement ce billet dans le premier tiroir de droite de mon secrétaire.

Cependant, même avec l'espoir de les voir revenir sous forme d'huile, personne ne se sépare allégrement de ses olives. De nos jours, les moulins sont modernes, équipés de presses hydrauliques. Les villes un peu importantes mettent tout leur orgueil à avoir des moulins modernes, des coopéra-tives construites avec un souci d'architecture de la planète Mars, des laboratoires à vasistas, des monstruosités. Je connais des communes qui se sont endettées pour cent ans à seule fin de cons-truire une coopérative oléicole encore plus mons-trueuse que celle du voisin. Avec ce procédé, il n'est plus question de cru. L'huile est la même pour tous et, pour qu'elle puisse plaire à tous, on lui donne (à grands renforts de procédés chimiques) un goût commun, c'est-à-dire un goût médiocre.

J'ai été habitué pendant toute ma jeunesse à considérer que le travail de l'huile exigeait de la force, de la patience et de l'art. C'était l'époque où comparer l'huile de maison à maison était la grosse affaire de tout le trimestre, jusqu'à mars. On mettait trois gouttes d'huile sur une mie de pain et on dégustait. Après, on discutait. Quand mes olives sont en sacs, pour moi, hélas, tout est fini, mais à cette époque-là, tout commençait.

Nous gardions à la maison un oncle de ma mère : l'oncle Ugène. C'était un vieux paysan. Il était sourd, ce qui lui donnait un air ravi. Au contraire des autres sourds, il n'était pas triste, mais tout le temps en train de sourire très finement. Cela venait de ce qu'il appréciait beaucoup la surdité, disait-il. En effet, le frère avec lequel il avait habité jusque-là jouait du violon (un seul morceau de musique : la mazurka appelée *La Tzarine* qu'il accompagnait en tapant fortement du pied sur le plancher). L'oncle Ugène était, chez nous, commis à l'olive et à l'huile. En réalité il s'était « bombardé » lui-même à ces fonctions dès son entrée dans notre maison. Il avait également apporté en entrant chez nous, outre cette volonté manifeste, les petits meubles de son ménage de célibataire et, en particulier, la table Henri II sur laquelle je suis en train d'écrire maintenant.

J'aimais beaucoup l'oncle Ugène qui était doux et souriait, et surtout parce qu'il exerçait sa fonction d'*olivier général* comme un sacerdoce, avec tout un cérémonial et des gestes sacrés. Quand les olives étaient en sacs, l'oncle Ugène allait s'habiller.

Il mettait sa grosse veste de velours et sa pèlerine, son cache-nez et ses souliers à clous. Il demandait une chaise. On lui en donnait une. Il décrochait sa musette. Il y fourrait un pain. Ma mère ajoutait du fromage, du saucisson, du chocolat, un reste d'omelette, un litre de vin. L'oncle Ugène qui avait en tout de la méthode attendait le litre de vin pour dire : « Et pour eux, qu'est-ce que tu me donnes, Pauline? » *Pour eux,* c'était invariablement un litre d'eau-de-vie qu'on appelait de la *blanche.* Ainsi lesté, sa musette en bandoulière, l'oncle Ugène attendait les hommes du moulin. Ils arrivaient avec leur charreton à bras, chargeaient les sacs et partaient, suivis de l'oncle Ugène tout harnaché et qui portait sa chaise, car ce n'était pas pour décrocher la musette qu'il l'avait demandée mais pour aller s'asseoir à côté de nos olives, au moulin.

Il n'y était pas seul. Il y avait l'assemblée des *oliviers généraux* de toutes les familles dont on faisait l'huile ce jour-là.

Le vieux moulin dont je parle était dans une impasse de la rue Torte. C'était le moulin Alic, du nom de la maison dans le sous-sol de laquelle il était installé. On y pénétrait par un plan incliné qui s'enfonçait sous des voûtes et d'où sortait lentement une épaisse vapeur blanche. L'odeur de l'huile fruitée est si agréable au goût des gens de ma région que je ne peux guère donner une idée de l'odeur qui sortait de cet Hadès. Elle m'enchantait, à la lettre. C'était l'ambroisie des dieux. En réalité, pour tout autre que nous, c'est une odeur sauvage et qui affole les chevaux comme l'odeur des champs de bataille (ceci est une image qui me vient de mon grand-père, le zouave, le frère de l'oncle Ugène, pas le joueur de violon. Ils étaient trois frères).

Ces caves profondes où l'on broyait l'olive étaient éclairées avec des déchets d'huile. Comme il n'en manquait pas il y avait des quinquets partout. On se mettait ainsi sous terre pour ne rien perdre de la chaleur qu'il faut pour extraire l'huile du fruit. Je dois démesurer l'endroit dans mon souvenir. J'ai l'impression que ces caves étaient immenses. Au fond flambait un brasier sous un énorme cuveau. Il y avait l'odeur dont j'ai parlé tout à l'heure, sauvage et assez horrible, c'est-à-dire capable d'inspirer l'horreur (d'ailleurs plus *morale* que physique) mais ici elle était animale. A l'âge où je faisais ma pâture des tragiques grecs, je pensais chaque fois à l'odeur qui devait emplir les dernières salles du labyrinthe, juste avant d'arriver à l'étable du Minotaure. Cela provenait des chevaux qui se remplaçaient à tourner la meule et dont on n'avait pas le temps de sortir le crottin. Cette meule tournait dans une auge où l'on versait les sacs d'olives. La pierre ronde, énorme bloc de presque deux mètres de haut et large de cinquante centimètres, roulait lentement au pas du cheval, toute ruisselante de jus marron et noir.

Dans cette chaleur d'étuve, les hommes étaient nus jusqu'à la taille et même parfois jusqu'aux pieds, avec un simple caleçon de bain, sauf, bien entendu, l'assemblée des *oliviers généraux*. Ceux-là gardaient la veste. Assis en rang, la canne entre les jambes, les deux mains appuyées sur le bec-decorbin, ils présidaient et nul ne pouvait voir leurs yeux sous leurs grands chapeaux noirs. (Cette image me vient de mon père qui, souvent, avant de m'envoyer vers l'oncle Ugène au moulin, me récitait des passages de *La Légende des Siècles*.)

On remplissait à la pelle de bois les couffes de sparterie semblables à des bérets d'un mètre de diamètre avec la pulpe ruisselante dans laquelle la meule tournait. Ces bérets étaient empilés les uns sur les autres sous le plateau de la presse. Il y avait cinq ou six de ces presses. Huit hommes nus armés de longues barres de bois plantaient ces barres dans les trous du moyeu et, tirant de toutes leurs forces, exprimaient l'huile. Leur effort était rythmé par des chants. On louait parfois, pour faire de la musique, un petit ramoneur avec sa serinette. On chantait la chanson du cœur volant ou celle du pou et de l'araignée sur l'air de la complainte de Fualdès, mais pas à tue-tête, à voix presque basse, comme il convient à une chanson de travail qui économise l'effort.

Déjà, l'huile était comme de l'or. Chaque fois que l'équipe bandait ses reins, tirait sur la barre, toute la presse s'illuminait d'huile comme si on avait allumé une grosse lampe dans les couffes de sparterie. Elle glissait dans des canalisations de bois jusqu'à la grande cuve d'eau fumante que chauffait le brasier. Là, elle s'y dépouillait, elle y perdait ses humeurs. Quatre hommes, exactement comme des diables et qui paraissaient même être en métal luisant tant ils étaient barbouillés d'huile, armés de grandes louches, *cueillaient* la « vierge » qui était montée à la surface de l'eau.

Jusqu'ici, on ne voit pas bien l'utilité des *oliviers généraux*. A force de presser les grands bérets remplis de pulpe, ils étaient aplatis comme des galettes. De ces résidus de noyaux, les coups de reins des huit barreurs ne faisaient plus sortir que des gouttes. Quand on n'était pas là pour surveiller, dès que la galette était dure, ils s'arrêtaient. Si on était là, mais sans malice, ils donnaient pour la galerie, trois ou quatre coups en geignant profondément, comme s'ils fournissaient toute la force de leur corps et ils s'arrêtaient. Mais si on était là, comme un véritable olivier général, alors, on sortait la bouteille de « blanche ». On venait leur dire : « Allez-y encore un peu. Tenez, buvez un coup. » On restait là pour regarder si vraiment ils y allaient bon cœur bon argent. On leur faisait miroiter une étrenne. On leur payait encore un coup. De coup en coup, les bérets finissaient par suer un ou deux litres de plus. La grande affaire était de ne plus insister au bon moment, sinon on passait pour un avare, on faisait douter de l'étrenne promise et désormais on avait plus de comédie que d'huile. Il fallait penser aussi que le meunier avait droit aux déchets et qu'on devait se garder comme la peste de trop vouloir lui appauvrir son profit. Il ne le perdait pas de l'œil.

L'oncle Ugène était un surveillant excellent. Comme il était sourd, on ne pouvait lui faire entendre raison qu'en lui prouvant *de visu* qu'on était arrivé au bout du rouleau. Il fallait donc donner de véritables coups de reins. Il le savait et il avait dans le gousset de son gilet huit pièces de vingt sous qu'*au bon moment* il distribuait avec de petites mines de chat. Il était très apprécié.

Or, dans l'autre gousset du gilet de l'oncle Ugène, il y avait une pièce de quarante sous. Elle était là pour l'homme *qui s'occupait des enfers*. Les enfers d'un moulin d'huile sont au sous-sol de ce sous-sol. C'est un grand bassin de ciment plein d'un corps sans forme, effrayant d'odeur et couvert d'écailles d'or. Quand les cueilleurs du cuveau ont *ramassé* toute la *vierge* avec leurs louches, ils tirent une petite martelière et la *bouse,* c'est-à-dire les résidus de la pulpe, noirs et goudronneux, coulent dans les enfers. Là, ils dorment dans les ténèbres et la chaleur. Dans cette paix, des bulles d'huile vierge viennent crever à sa surface. C'est également le profit du meunier mais, par cent kilos d'olives, on a droit à un seau de cette bouse (qu'on met près du feu ensuite à la maison et d'où, cuillerée à cuillerée, on tire encore un litre ou un litre et demi d'huile. Ma mère était très forte à ce jeu). Pour faire ce droit, un homme habite les enfers. Il est spécifié qu'on a droit à un seau mais il peut être pris dans le gras ou dans le maigre. Avec ses quarante sous (ce qui était énorme) l'oncle Ugène avait toujours des seaux de gras.

Quand, à mon âge, je veux me souvenir d'une joie sans mélange, j'évoque le moment où l'on apportait l'huile à la maison. Depuis deux jours déjà les jarres étaient propres et installées près du fourneau de la cuisine. Sur le coup de quatre heures du soir, on voyait déboucher de la petite rue, en face la boutique de ma mère, trois hommes noirs qui portaient à l'épaule les longs barils de bois. Ma mère avait un atelier de repasseuse : il était impossible d'admettre toute cette huilerie dans sa boutique. On allait ouvrir la porte du couloir, les trois hommes entraient, suivis de ceux qui portaient les seaux de bouse, suivis de l'oncle Ugène dans sa pèlerine. On débondait les barils au-dessus des jarres. La richesse se déversait dans la maison. Quand la deuxième jarre était pleine, ma mère posait la question, ce que tout le monde attendait (de ce temps, une des ouvrières de ma mère alignait des petits verres sur la table et sortait le bocal des cerises à l'eau-de-vie). « Combien ont-elles rendu ? » (C'est-à-dire : combien de kilos d'huile pour cent kilos d'olives ?) Parfois, c'était le 10 1/2, le 11, le 12, c'est-à-dire 10 kilos 1/2, 11 kilos, 12 kilos d'huile aux cents kilos d'olives, suivant les années. A douze kilos, ma mère ne disait pas grand-chose, sauf peut-être un timide : « On m'avait dit treize » et tout le monde rigolait. Pour onze kilos, on avait un discours un peu plus circonstancié dans lequel il était question de l'extra-ordinaire qualité bien connue des olives de notre maison et qu'on était en droit de s'étonner par conséquent de ces onze kilos bien ordinaires. Les porteurs d'huile grognaient quelques gentillesses (car ma mère était charmante), mangeaient leurs cerises à l'eau-de-vie, s'étonnaient poliment de ce sort commun en effet bien incompréhensible. Mais, à dix kilos 1/2, c'était l'explosion et tout le monde

en prenait pour son grade. Dans ces cas-là, à force
de parler, ma mère gagnait trois à quatre seaux de
bouse supplémentaires, d'où elle arrivait à tirer, à
force de patience, quelques nouveaux litres d'huile.

Dès que les porteurs du moulin étaient partis,
c'étaient les voisines qui arrivaient : la boulangère
qui entrouvrait notre porte : « Alors, Pauline,
disait-elle, elle est belle ? — Entre », disait fière-
ment ma mère. Et c'était l'extase près des jarres,
avec la boulangère, puis la bouchère, la dame du
bazar, la femme du photographe, la coiffeuse
(Mme Pical ; elle était chaque fois jalouse).

Les choses, bien entendu, ne s'arrêtaient pas là.
D'abord, le soir même, toute affaire cessante, nous
avions une salade à l'huile nouvelle. Tout le long
du repas, on appréciait : elle était meilleure ou
moins bonne que l'an passé. Le lendemain, nous
avions généralement des pois chiches en salade
(c'est le légume qui permet le mieux de goûter la
finesse de l'huile), mais ces pois chiches avaient été
bouillis en assez grande quantité pour pouvoir
suffire à tout le voisinage. Vers les onze heures, ma
mère allait ouvrir la porte des boutiques : « Noé-
mie, donne-moi un bol, je vais t'apporter des pois
chiches. » Hortense, Delphine, Marie, etc., tout le
monde avait son bol de pois chiches et l'huile
nouvelle pour l'assaisonner.

Enfin, il y avait les fougasses. C'est encore
maintenant pour moi le meilleur dessert du monde.
Spécifiquement provençal celui-là. Mieux ; je le
soupçonne d'être grec. Longtemps, j'ai imaginé
Ulysse, Achille et même Ménélas nourris de

fougasses à l'huile. Il n'y a qu'à Hélène que j'en refuse : elle ne devait pas apprécier cette simplicité. Par contre, je suis sûr qu'Œdipe en a fait ses dimanches. C'est tout bêtement une galette de pâte à pain, longue et plate (à peine épaisse de deux centimètres) qu'on saupoudre abondamment de sucre en poudre et qu'on arrose (non moins abondamment) d'huile vierge nouvelle. Le tout va au four du boulanger et en sort bosselé et doré comme la cuirasse de Bradamante et répandant une odeur exquise. Exquise et lyrique. Pas petitement exquise comme l'odeur du réséda mais exquise avec violence et excès. Une énorme présence au soleil. Si je trouve aux moules marinières l'odeur même de l'Odyssée, la fougasse à l'huile sent l'Iliade, ou, plus exactement, le camp des Grecs.

Nous en faisions généralement quatre : une pour les voisins, une pour les ouvrières de ma mère, une petite pour notre propriétaire (Mlle Delphine), une pour nous. On sacrifiait pour les quatre (et c'était bien un sacrifice au sens religieux) un litre d'huile que ma mère allait en personne verser de ses propres mains sur les galettes, dans le fournil du boulanger. Et elle rapportait la bouteille vide qu'elle faisait égoutter dans un bol. Elle retrouvait ainsi de quoi assaisonner la salade du soir dans laquelle mettre du vinaigre aurait été un crime.

Des scènes semblables se passaient dans toutes les maisons. Nous participions aux pois chiches et aux fougasses de la bouchère, de l'épicière, de la boulangère, etc., à tour de rôle. Il en était de même pour les villages, aussi bien pour ceux de la vallée que pour ceux des collines. Chose curieuse et qui confirme ce que je disais de l'attachement senti-mental à l'olive elle-même, il n'y avait presque pas de marché d'olives. On n'en vendait presque pas.

Nos voisins de la grand-rue n'avaient pas tous des vergers, notamment par exemple la bouchère qui était une grande amie de ma mère. Comme elle avait *des sous* et qu'elle voulait avoir, elle aussi, son huile, elle s'efforçait d'acheter une provision d'olives. C'était, toutes les années, très difficile. Souvent, on lui en promettait, puis au dernier moment, on se dédisait. Il me semble qu'à la fin elle décida son mari et qu'elle acheta quelques arbres.

Sur les champs de foire, on ne trouvait jamais à s'approvisionner alors que s'alignaient les charrettes chargées des légumes de saison, cardons, salsifis, céleris blancs, etc., il n'y avait presque jamais d'olives à vendre, ou très peu et, chaque fois, vendues non pas par les gros richards qui en possédaient des tonnes mais par de pauvres gens aux regards égarés. Même ceux-là étaient rares.

Les temps ont changé, naturellement. Les olives sont maintenant pressées à la presse hydraulique, même électrique, qui broient jusqu'au noyau. Et cela se fait dans des cathédrales de verre, au milieu d'un fourniment nickelé qui rappelle la chambre de chirurgie. Tout y devient anonyme. Supprimés, les *oliviers généraux ;* il n'est plus nécessaire de surveil-ler le pressage de sa propre récolte ; toutes les récoltes sont mélangées. Vous donnez vos olives et vous passez instantanément à une caisse où l'on vous délivre le bulletin qui vous donne droit à tant de litres (que vous pouvez prendre instantanément si vous voulez). Il n'est plus question de vouloir comparer les crus. Il n'y a plus qu'une huile et elle est de goût moyen, ou plus exactement, commun.

Or, *commun,* qu'est-ce que ça veut dire? Ça veut dire au goût du plus grand nombre d'acheteurs possible. Pour avoir du goût en fait d'huile, il faut vivre dans cette immense forêt d'oliviers que font, ajoutés bout à bout, les vergers qui couvrent la terre de la face nord de l'Esterel et des Maures jusqu'au Vercors. Là, et là seulement, on peut avoir des éléments d'appréciation. Dans les villes on n'est, pour rien, habitué à l'excellence. Tout y est médiocre et la meilleure huile est celle qu'on appelle fort justement « sans goût ».

Certes, il ne faut pas croire que les coopératives oléicoles sont si puissantes qu'elles en sont arrivées à nous faire accepter une huile sans goût. Il s'en faut. Elles sont obligées (pour avoir notre clientèle) de laisser un goût; mais il est loin de celui qu'avait notre huile en 1907. J'ai un ami (en République Argentine actuellement) qui exploitait à Marseille une excellente marque d'huile. Quand il venait déjeuner à la maison il me disait : « Donne-moi un peu de ton huile ignoble. » Il en prenait non seulement dans ses salades mais sur des tartines de pain. « Mon ingénieur deviendrait fou, disait-il. Ton huile a trop de tanin, elle a ceci, elle a cela (il citait les termes techniques), elle est invendable. Mais, ajoutait-il, donne-m'en encore un peu et laisse la burette sur la table; je n'ai jamais rien mangé de meilleur. »

Quelques vieux moulins fonctionnent encore. On m'a dit qu'il y en avait un à Rians, un autre à Oppedette. Ce qu'il y a de sûr, c'est qu'il y en a un à Saint-Zacharie. Une de mes amies y fait son huile et m'y a mené. Avant d'y arriver, en venant de chez cette amie qui habite à trente kilomètres de là, on passe devant cinq coopératives oléicoles, la région étant riche en vergers. J'ai demandé au patron du moulin s'il faisait ses affaires. Il m'a répondu qu'il les faisait de reste. C'est un homme de quelques années plus âgé que moi et qui voit les choses comme je les vois. J'ai retrouvé chez lui les hommes nus, les presses à bras, les *oliviers généraux,* les enfers et ma jeunesse. C'est dire que je suis partial en en parlant. Il m'a fait boire de l'huile verte. Mais il a des fils et ils ne rêvent que de transformations et de modernisme. C'est un moulin qui va disparaître.

Pourtant, les vergers d'oliviers tout autour sont de bons vergers très antiques et qui étalent leurs qualités au soleil. Il n'est pas question de les prendre pour ce qu'ils ne sont pas, c'est-à-dire des terres de rapport. Ils sont pomponnés et soignés comme des enfants. Les gens du pays ne réclament pas d'autre moulin que celui qu'ils ont; on vient même de fort loin jusqu'ici pour avoir affaire à l'ancienne mécanique. Il faudra dépenser un argent fou pour perdre cette qualité mais on perdra volontiers cette qualité et on dépensera cet argent fou pour avoir le plaisir d'une machine nickel qui marchera à l'électricité. Quand les fils du meunier iront à Marseille ou à Toulon, ils se rengorgeront sur les trottoirs en se disant : « Nous sommes les directeurs d'un moulin moderne. » En réalité oui, et en réalité aussi, en compensation, ils seront mangés de dettes et de soucis. Je ne les plains pas.

Quand on vient me rendre visite, on me demande très souvent ce qu'il y a à voir dans le pays. C'est facile, c'est marqué dans les guides. Au surplus, on n'a qu'à acheter pour deux cents francs de cartes postales et on a toute la documentation. On appelle choses à voir les choses très grosses : le mont Blanc, l'Atlantique sont des choses à voir ; les gorges du Verdon, la mer Méditerranée, la tour Eiffel. Il y a des tours Eiffel partout et c'est ce que les gens veulent voir. Mais quand il s'agit de gens qui ont une certaine lueur aux yeux, je les envoie vers les petites choses qui ne s'apprennent pas dans les guides.

Il y a une sorte de tournée des grands-ducs à faire et que je me paye quand je veux vraiment être heureux. Je connais, dispersés dans le pays, une vingtaine de collines, une dizaine de coteaux, des pentes, de petits vals plantés d'oliviers. Certains de ces vergers sont dans la solitude, d'autres s'étagent au-dessus des villages, s'arrondissent autour des fermes ou font la beauté d'une petite maison. Il y en a de sombres et de sévères comme des bosquets de l'Hadès et aussi de radieux semblables à ce qu'on imagine des champs Élysées.

Si l'on consent à ne rien voir de gros, voilà une tournée qu'on peut se payer comme moi. Il ne faut pas essayer de l'insérer dans un itinéraire déjà organisé : on risque, suivant le tempérament qu'on a, d'arriver fort tard au but qu'on s'était fixé auparavant et même de n'y jamais arriver. Au lieu d'aller voir des tours Eiffel qui, somme toute, vous laissent Gros-Jean comme devant, on va toucher et goûter la paix, le silence, le temps sans mesure, toutes choses qui, goûtées dans leur excellence, vous transforment en un être vivant que vous étiez loin de supposer. J'ai connu des moussaillons qui, au cours de tels voyages, se sont découverts capitaines et des capitaines qui sont rentrés dans le rang.

Remarquez qu'on prend tout de suite un rythme qui n'a plus aucun rapport avec celui qu'on avait dans la ville, plus aucun rapport avec celui qu'on avait à descendre la route nº 7 avec de bonnes moyennes. Il ne s'agit plus ici de vitesse : il s'agit de faire son bonheur. Du premier coup d'œil, d'ailleurs, on sait comment. L'ordonnance des choses est si logique et si claire qu'on ne court pas le risque de passer à côté de l'essentiel. Les qualités de ce pays sont des qualités de lumière. A mesure que les heures de votre voyage se déroulent, vous quittez un village rose pour trouver un village blanc et vous quittez le blanc pour le bleu. Les petites routes sont très familières et vous frottent le dos à toutes les haies. S'arrêter. marcher à pied pour monter à un coteau, devient tout naturel dès qu'on a éprouvé les premières richesses.

J'avoue qu'à part quelques amis très intimes et dont je connais la capacité de bonheur, je n'ai pas incité beaucoup de gens à parcourir mes itinéraires.

Mais j'ai remarqué que les étrangers sont plus sensibles que les Français à des routes sur lesquelles on peut tout trouver sauf des possibilités de vitesse. Les Français me demandent : « J'arriverai à quelle heure ? » Et quand je réponds très naïvement : « Vous n'arriverez peut-être même pas... », les femmes elles-mêmes refusent d'accéder à ce romantisme. Par contre, les Anglais, les Espagnols, les Sud-Américains et même les Américains du Nord sont immédiatement joyeux et décidés comme les enfants.

Bien entendu, quand je dis : « Peut-être n'arriverez-vous pas », j'exagère ; jusqu'à ce jour, tout le monde, ou presque, est arrivé, sauf un Italien qui était d'ailleurs évêque *in partibus* de je ne sais quelle ville de Syrie. Ce Monseigneur m'avait enthousiasmé ; au surplus, il cherchait un bel endroit pour être tranquille. Je lui avais indiqué un lieu de délices idéal, une sorte de Paradis terrestre. Parti à quatre heures de l'après-midi un jour d'été, il était entendu qu'il devait me signaler dès le lendemain sa bonne arrivée et me dire ses impressions. Il ne le fit pas, et pendant un certain temps je crus qu'il était tout simplement retourné en Italie après avoir jugé mon Paradis inacceptable. Il revint me voir un mois ou deux après. Il jubilait. Comme je l'interrogeais sur les délices de l'endroit, il eut l'air un peu gêné. « Je ne suis pas allé jusque-là, me dit-il, j'ai été arrêté avant. » Il avait trouvé tout seul un endroit admirable que je ne connaissais pas, pour être passé cependant cent fois à un kilomètre de là.

On n'imagine pas les découvertes qu'on peut

faire. Ce pays est d'une malice inouïe. Il y a par exemple de petites vallées comme la vallée de l'Asse (c'est un affluent de la rive gauche de la Durance) et qui apporte les eaux drainées dans les hauts massifs des environs de Castellane. Large ouverte d'abord, elle porte dans ses bras d'admirables vergers d'amandiers. Il faut les voir au couchant. C'est l'image même d'un de ces désespoirs lyriques (et cependant sans emphase) comme il s'en trouve dans les âmes grecques aux prises avec le malheur. La terre est couleur de vieil or vert. Les amandiers n'ont un peu de frondaison qu'au printemps. Dès les chaleurs la feuille jaunit et s'enroule, l'arbre est presque aussi nu qu'en hiver, avec cette différence qu'il a l'air hérissé d'épines. Dans le contre-jour du couchant qui exalte le sol, les arbres ne sont que des formes noires, tordues de vent. Le vent n'a pas besoin de souffler. Même par des journées fort calmes, il est présent dans ces troncs qui ont été comme essorés par une poigne de fer et qui ne peuvent plus se détortiller. De même, Cassandre, immobile au seuil d'Agamemnon, avant qu'elle ne se mette à crier; ou Œdipe qui peine dans les chemins de Colone.

On entre donc dans un pays sévère et les quelques villages qu'on rencontre se cachent sous des yeuses et ne font pas de bruit. Je n'ai jamais entendu sonner les cloches dans ce pays-là. Si on était dupe de ces malices, on passerait à toute vitesse. On aurait tort. Dès qu'on le prend par la douceur, ce pays ne résiste pas. Il suffit de faire cent mètres en dehors de la route. On tombe sur des Tahiti de gens éblouis qui se demandent comment vous avez fait pour les trouver et que vous surprenez en train de jouir de la vie. On rêve d'avoir là une pièce blanchie à la chaux et de ne plus partir.

Ces petites fermes sont organisées avec une sagesse étonnante. Tout y est à la mesure humaine. On n'y a pas besoin de machines. Le travail se fait avec aisance à la main; on s'aide d'un cheval. Le troupeau est au plus de vingt brebis et de six chèvres; une vieille femme le garde, ou un enfant. On a généralement capté avec soin une veine d'eau. Elle est si rare qu'on s'ingénie à la faire couler dans une belle fontaine. Le surplus du bassin arrose le jardin à légumes.

Ce ne sont pas, comme on le voit, des organisations pour gagner de l'argent. Aussi, il n'y a trace d'avarice nulle part et l'hospitalité la plus généreuse est une joie. Si vous voulez boire et manger, tout est à vous. On fait là un peu plus de blé que ce qu'il en faut pour assurer le pain toute l'année. Si on en vend cinq à six mille kilos par an, c'est le bout du monde. On a un petit vignoble pour le vin. Le travail n'est excessif pour personne. On n'a pas besoin de domestiques. La patronne s'occupe de la basse-cour; la provision de bouche pour les dimanches et fêtes carillonnées se promène en belles plumes autour de la ferme. En plus de ces travaux, le patron va en jardinière attelée de son cheval aux foires voisines. Il y achète et vend cochons, brebis, agneaux, chevreaux, œufs et vieilles poules. C'est à peu près le seul contact qu'il a avec le monde dit civilisé. Cela lui conserve le bon sens et l'appétit de vivre. Il fume la pipe, ne lit pas, voit les choses comme elles sont et a le temps pour regarder autour de lui. Ses nerfs ne sont jamais irrités. Il est habitué au silence et à la lenteur. Son appareil passionnel est simple. Il a peu de désirs insatisfaits. Quel est le milliardaire qui pourrait en dire autant?

J'ai choisi cette vallée de l'Asse parce qu'elle est sévère et que, pour tout dire, elle passe pour être pauvre. Elle s'enfonce en effet dans les montagnes où le climat est rude et la terre pleine de cailloux roulés.

Si on avait la faculté de voir le pays de haut comme on le voit peut-être d'avion ou comme le voit Dieu le Père, on serait intéressé par une couleur tendre qui peint l'alentour de ces maisons humaines et qui, à mesure qu'on descend vers le sud, s'élargit et finit par prendre une très grande importance. A l'automne cette couleur vire au rouge et même au rouge sang. Ce sont les champs de vignes qui, en allant vers le soleil et les terres riches, s'agrandissent.

Après l'huile, j'ai dit qu'il y avait le vin. La civilisation du vin est moins sage que la civilisation de l'huile. Les vergers d'oliviers ne débordent jamais. Il faut vingt ans pour qu'un olivier rapporte, et peu. A la troisième feuille, la vigne commence à *donner*. Et, dans ce mot, on n'entend pas le vin pur mais aussi et surtout l'argent. On fait de l'huile avec des quantités de choses : arachides, tournesols, même avec ce chardon irritant qu'on appelle cartame. (Si on y ajoute les *miracles* de la chimie, on fait de l'huile avec des pierres; on en ferait avec du silex.) Mais on ne fait du vin qu'avec de la vigne. De là une sorte d'orgueil qui s'accroît quand, avec du vin, on fait de l'argent.

Dans tous les creux de cette terre houleuse qui s'étend des Alpes à la mer se sont reposés des limons très anciens. La vigne y est à l'aise, elle y prospère et prolifie. Il y a déjà dans l'alignement rectiligne des vignobles un ordre qui satisfait le besoin de dominer. La vigne est un arbuste plus docile que l'olivier. Elle ne domine jamais. On la regarde de haut. Les vignerons sont autoritaires. C'est une séduction à laquelle les hommes les plus sages et les plus comblés ne résistent pas, quand au surplus, on y trouve son compte. Du vin familial on passe facilement au vin commercial. A mesure qu'on descend vers le sud, les villages s'installent sur des tapis de vignes, se font cossus, se bardent de giletières de villas modernes, achètent des pianos.

Avant d'entreprendre ce voyage sur les routes à travers les vignobles, je pense qu'il serait peut-être bon de parler un peu des mystères du vin. Un coup de l'étrier, somme toute.

Pour qu'on ne sache pas seulement de quoi il s'agit, mais aussi (et peut-être surtout) de quoi il ne s'agit pas. Une façon comme une autre de s'enivrer, pour qu'en chemin les plaines et les coteaux, les vallons et les collines, les fleuves, les ruisseaux, les bosquets et les prés rouent autour de nous, non plus comme géographie mais comme plumage de paon. Nous occuper un peu de ce personnage Vin d'une façon nouvelle, voir plus loin son anatomie, siroter un bon coup de magie organique, tâcher de savoir ce qu'il y a derrière sa matière et atteindre, s'il se peut (comme pour un homme, et il en est un), son appareil passionnel. Le vin est un personnage avec lequel il faut constamment compter ; à chaque instant il intervient dans nos affaires, il s'occupe de nos bonheurs et de nos malheurs, de nos amours, de nos haines, de notre égoïsme, de notre espoir et désespoir, il faudrait bien, à mon avis, finalement savoir ce qu'il a, lui, dans le ventre. Partir pour aller le voir chez lui, d'accord, mais partons avec un cheval arabe, et qu'il joue des quatre fers pour illuminer le départ.

Chaque fois qu'on s'inquiète de connaître le cœur d'un personnage important qui a barre sur toutes nos entreprises, on se sert instinctivement des plus petites découvertes que le hasard nous permet de faire. Pour moi, il s'est d'abord passé quelque chose d'assez curieux et qui m'a mis la puce à l'oreille. Un soir, je cherche un livre et j'entre dans une de ces pièces du bas qui, chez moi, servent à la fois de bibliothèque et de serre. Comme il n'y a pas d'électricité, j'ai à la main une bougie que la porte ouverte souffle. Il est assez tard dans la nuit, c'est l'heure où la fraîcheur distille de la rosée aux joints des fenêtres. Avant de trouver des allumettes dans ma poche, je suis touché par la présence d'une délicieuse odeur. C'est ici que l'ombre me servit : je ne pouvais penser que par mon odorat et mon imagination. Je ne pense pas du

tout à une fleur quelconque. La seule idée qui me
vient à l'esprit est celle de cuveaux de vin. C'est
tellement précis que j'imagine voir la belle surface
goudronnée de pourpre d'un vin paisible, le fleu-
rissement d'une légère écume rose. L'odeur est si
exquise que je garde à la main sans l'ouvrir la boîte
d'allumettes. Par quel procédé magique des cuves
de vin sont-elles venues là? Il n'y a aucune raison.
Et cependant c'est bien l'odeur précise du vin. Il
n'est pas possible de se tromper; mon odorat ne
raisonne pas, c'est lui qui a mis en alerte mon
appareil de connaissance, celui-ci a décidé que
c'était du vin, cela doit en être. Plus je laisse cet
appareil de connaissance jouer son rôle dans l'obscurité, plus je vois la cuve et le pourpre et l'écume,
et l'odeur est si forte et si précise que tout à l'heure,
si je m'obstine, elle va me saouler. Or, je sais qu'à
part quelques bouteilles cachetées que je garde à la
cave, loin de la pièce où je vis, il n'y a, hélas, pas
d'autre vin dans la maison. Alors, j'allume, je
regarde autour de moi, je ne vois rien que des
rayons de livres et je reste un temps infini avant de
faire le point. L'odeur persiste, toujours la même,
toujours si précise et si exigeante dans les images
qu'elle commande que je continue à voir des
cuveaux de vin se superposer à l'image réelle de
mes livres jusqu'au moment où, enfin, je com-
prends que c'est tout simplement (mais quel
admirable enchevêtrement de richesses dans cette
simplicité!) tout simplement l'odeur de trois jacin-
thes fleuries.

Ne tirons pas de conclusion, mais laissons-la

émerger toute seule de tous les faits juxtaposés. Nous ne devons ici rien trancher. Ce qu'il nous faut savoir, ce n'est pas la solution d'un problème de géométrie mais le miroitement de l'âme d'un prince.

Autre chose, donc. Regardons un vigneron. Ne le regardons pas seulement dans sa vigne ou dans ses vendanges (c'est-à-dire dans son triomphe), mais, le reste du temps, dans sa vie. Moi, ce qui m'épate, dès l'abord, maintenant qu'il est devant moi, ce sont ses joues.

Je n'ai jamais rien vu de plus royalement sanguin ; à un point que ce n'est plus de la chair humaine : c'est on ne sait quelle tapisserie extraordinaire avec laquelle on s'est fait un masque. Le sang qui est là, « généreux et ayant le temps, enfin, de fleurir », est comme la sève dans deux belles feuilles rouges ; on le voit circuler paisiblement dans d'adorables petites ramures corail ou violettes ; il dessine des ferronneries et des arbres persans. J'admire la sécurité de cœur et d'âme d'un homme qui peut vivre dans notre société moderne, masqué d'un masque d'une semblable richesse. Car, c'est ainsi que le vigneron vit sa vie ordinaire. Imaginons-le, assis en face de sa famille, sa femme et ses enfants, à la table de ses repas. Alors que nous, nous le faisons à visage nu (et Dieu sait si cela complique la chose), lui s'y place masqué, derrière ce masque de pontife. Le vin dont il est le serviteur et le prêtre lui a dessiné sur le visage l'ornement derrière lequel il est tenu par ordre divin de dissimuler sa faiblesse humaine. C'est le tatouage du grand prêtre d'un dieu naturel ; c'est ainsi caché qu'il compose ses colères, ses tendresses, ses jalousies, générosités, haines ; c'est d'un endroit mystérieux et retranché des regards du monde qu'il lance sa foudre et ses passions. Ce que peut faire un homme ordinaire : aimer, haïr, il le peut, mais ceux à qui sa haine ou son amour s'adressent ne peuvent rien supputer, rien préparer en défense. Ce qu'on lit sur son visage à ce moment-là est sans commune mesure avec ce qu'on lit sur un visage nu. Le masque qui nous affronte porte la marque du dieu avec lequel il faut compter. Quelle étonnante supériorité dans la controverse !

Aussi bien, ce n'est pas tout ; si le vigneron n'était le prêtre que d'une imposture, son masque, pour superbe et surprenant qu'il soit, n'imposerait pas longtemps une supériorité qui ne reposerait que sur l'étonnement. Si la jacinthe et le masque n'étaient que les jeux gratuits de l'ombre et du sang, il n'y aurait pas à y attacher tant d'importance. Ils n'en ont que s'ils sont les façons délicieuses et magnifiques de se faire pressentir qu'emploie un être fantastique.

Or, voici de très grandes puissances d'envoûtement : ce sont les arts. A un point que, dès les premiers âges de l'humanité, on a appelé le poète : *celui qui sait,* que dès ces mêmes premiers âges, avant de poursuivre la bête sauvage, l'auroch ou le tigre à dents de sabre, on le dessinait sur la paroi des cavernes et, pour être plus sûr de le vaincre, on demandait à l'artiste de le percer de flèches dessinées plus décisives que les flèches réelles. A partir de ce moment-là, on l'avait dans la poche. Il était envoûté, promis à la défaite, subjugué sous des forces bien supérieures à celles des muscles. Et il est absolument certain aussi que ces premiers hommes chantaient : chantaient les passions, les désirs et les terreurs de leurs cœurs. C'était, somme toute, l'expression du monde qui était reconnue comme supérieure au monde lui-même et avait le pas sur lui. Depuis cette lointaine époque jusqu'à nos jours, cette supériorité de l'expression du monde sur le monde réel n'a pas cessé d'enchanter l'âme des hommes. Homère, Mozart, Giotto expriment. Mais, le vigneron aussi exprime (si l'on me permet cette facile acrobatie). Et le résultat de son travail d'expression est une matière qui contient la force d'envoûtement de tous les arts. Matière ? Que non pas : Personnage ! Prince dont le corps pourpre surgit de l'ombre au simple appel d'un parfum de jacinthe, qui distribue à ses sujets des masques de corail et de violettes derrière lesquels le pouvoir de l'homme s'amplifie de mystères, nous savons maintenant qu'il ne s'agit pas d'imposture. Le personnage a bien, dans la paume de sa main, tous les jardins des Hespérides, et dans la paume de son autre main toutes les mers enchevêtrées autour d'Ulysse (et toujours prêtes à s'enchevêtrer autour de tous les Ulysses de tous les temps), la grotte de Calypso, l'île de Circé, la côte basse des Lotophages et les cieux éclatants d'Étéocle et Polynice. Il m'épate bien plus que ne faisait le vigneron tout à l'heure. Malgré toute la puissance que je supposais à celui qui pouvait surgir d'un parfum de jacinthe dans le noir, et qui distribuait généreusement de tels masques, maintenant qu'il est devant moi, j'en suis bouche bée! Rien qu'à le regarder il m'enivre. Si j'étais parti tout à l'heure pour aller le voir chez lui sans ma petite prudence et cet essai préalable pour tâcher de savoir à l'avance qui il était, je courais le risque de tomber sur un fameux bec de gaz. Et combien de chances d'impair où je risquais de perdre la face. Ce n'est pas un personnage tout d'une pièce; il est fait de mille pièces et de mille morceaux. Il est à la fois la forêt des Ardennes, et Rosalinde, et Orlando. Il est à la fois Othello et Desdémone; Hamlet, le fantôme, et le roi assassin; il est la brume qui enveloppe les donjons d'Elseneur et le bourdonnement des flèches de la bataille d'Azincourt. Il est le roi Richard, et Lear et la lande. Il est tous les rois et tous les temps et, s'il existe cent mille landes désertes, battues d'orages et parcourues de sorcières, il est les cent mille landes à la fois. Des rois, des princes, des amoureux, des jaloux, des avares, des prodigues, des mégères, des agneaux, des lions, des serpents, et les mancenilliers géants qui dispensent le sommeil à mille tribus, composent corps à corps ses bras, ses jambes, son torse, sa tête. Le vent, la pluie, la foudre et la fanfare goguenarde qui à la fin de la pièce accompagnent l'enlèvement des cadavres, tonnent et flûtent, et crient dans sa cervelle. Il est sur mer, il est la mer, il est le voilier et la voile. Il glisse, il tangue, il roule, il se soulève, se cabre, fait front, se penche, embarque, sombre, disparaît, s'engloutit jusqu'à la pomme des mâts, puis surgit, émerge, reprend sa course, si véloce que le voilà, arraché des sommets de la houle, qui s'envole, tel un goéland et fonce, battant furieusement des ailes vers le cœur de feu des cyclones. Il est le marchand qui perd sa cargaison et l'assassin caché dans l'embrasure des portes; celui qui tombe dans l'abîme pendant l'éternité, et celui qui brise contre les murs toutes les coupes du banquet. Il étrangle pendant des heures celle qui l'a trompé : elle meurt des milliards de fois, terriblement, dans ses mains qui jouissent des milliards de fois, et, en même temps, il est celui qui fouille délicatement dans l'ordure et sait y recueillir des trésors incomparables de hontes, de lâchetés et de remords. Il connaît le truc pour créer des Dulcinées avec des souillons ou même avec la « poupée » qui enveloppe son doigt malade. Il est composé de Dulcinées plus magnifiques les unes que les autres. Il en est bourré; il en éclate; il en est vermillonné des pieds à la tête. On voit leurs visages ou leurs fesses, ou leurs cuisses, hanches, seins et beaux yeux limpides pleins de *pureté candide et de lin blanc* apparaître à chaque instant dans l'enchevêtrement des drames, fantômes, brumes et autres chevauchées de la mort. Il s'en goberge, il les caresse; il les possède mille fois mieux que ne permettent les possessions en usage depuis le commencement du monde. Il jouit du sang et du vent. Bref, il est l'ivresse.

Certes, voilà de quoi faire réfléchir! Réflexion, non pas pour faire dételer les chevaux, au contraire. Pressons, pressons. Arrachez les freins de mes roues. Partons mors aux dents, au triple galop, à *tombeau ouvert,* volons jusque dans les embrasements de ce géant de misères et de royaumes. Sortons enfin de notre triste vie de berné.

Or, maintenant, regardons le pays! Ce sont plaines et coteaux, prés et vignes, et blés et vignes, et champs et vignes et fleuves dans des palissades de vignes, et collines couvertes de vignes jusqu'au sommet; et routes circulant dans le crépitement des ceps, et villages cernés de vignes et fermes submergées de vignes. A peine si le blé fait ici ou là une mare d'or : toute la terre est couverte de vert épais; à peine si le feuillage boueux des yeuses en émerge, ou, parfois, le toit rouge d'une maison, la génoise vermeille d'une grande bâtisse carrée, le trou noir d'une fenêtre dans un mur de craie : tout est recouvert du vert épais des vignes taché de ce bleu métallique des *bouillies.* Le long des chemins, les raies de vignes s'ouvrent comme les tranches d'un éventail, découvrant cette terre d'ocre blonde sur laquelle les ceps ont pleuré et de laquelle monte la sève chaude et gaillarde. De loin en loin, un saule qu'on a conservé soigneusement pour faire des corbeilles avec ses branches, ou le fronton de la Coopérative contre laquelle rebondit l'écho des voix qui font reculer les charrettes vers le mur des cuves; ou bien, c'est un clocher fin et luisant comme une aiguille. Et le ciel lisse et pur appuie sa joue contre la joue des vignobles, et, tout le long jour paisible sous le soleil, ils se caressent tendrement l'un l'autre, comme deux animaux magiques qui n'en peuvent plus de tendresse. Et, sans fin, les vignes aux vignes s'ajoutent et se rapiècent;

ouvrent et ferment et rouvrent les éventails de leurs
raies, couvrent les plaines, entrent dans les vallées,
emplissent vallées et vallons, suintent jusqu'au plus
étroit des combes, escaladent des collines, se
déversent par-dessus les cimes, coulent de l'autre
côté, s'étalent en océan immobile, avec des houles
et des rouleaux, des ressacs, des marées, des hautes
mers portant villages en voiliers d'or et galères,
barques de tuiles, caboteurs de chaux éclatante,
sans fin jusqu'au cercle de l'horizon, flottille de
pêcheurs de joie, flottille de prêtres masqués,
marsouins vêtus de salopettes bleues, jouant dans
l'écume de l'océan des vignes.

Et la route s'ajoute à la route sans que jamais la
vigne puisse le céder à quoi que ce soit. De fin qu'il
était, comme une aiguille, le clocher est devenu
carré et trapu, puis il s'est orné de fenêtres arabes
ou il s'est revêtu de sobriété montagnarde, ou il
s'est élancé comme un qui prévoit les horizons
illimités de l'océan. Les visages rasés ont succédé
aux visages à moustaches, puis les barbes sont
venues. Les langages ont cessé de chanter pour
rouler des pierres, les femmes ont passé du blond
au brun, du lourd au léger, du râblé au fluide, du
rêve au nerf, de la marche à la danse, du cotillon
clair à la jupe rouge, du bonnet au fichu, de la
socque au soulier, de la chanson légère au rauque
appel des femmes sauvages aux passions pourpres.
Lilliput sur l'énorme Gulliver du vin. Et la vigne
est partout, et partout la vigne s'ajoute aux vignes,
partout la vigne emploie la moindre parcelle de
terre ; à peine si on lui en prend le rectangle

nécessaire à la construction des caves. L'ivresse et le rêve sont les seuls instruments du bonheur.

On comprend bien qu'un pays de ce genre ne s'arrête pas à la mer, mais se prolonge jusqu'au grand large. C'est sur cette mer qu'un certain jour on a entendu voler les paroles mystérieuses disant que le grand Pan était mort. Sur tous les océans du monde les sarcophages des saints ont flotté et navigué ; mais c'est la seule mer qui ait été effleurée par des mots aussi puissants. Il y a un point non indiqué sur les cartes où l'Égypte, la Judée, l'Afrique et la Provence se rencontrent et se mélangent. Il doit y avoir là un léger tourbillon, un nœud gordien, une sorte de cœur.

Comme tout le monde, je connais ce qu'on appelle bêtement la Côte d'Azur. Quel est le *chef de rayon* qui a inventé cette appellation ? Si on le connaît qu'on le décore : il avait le génie de la médiocrité. Notre pays est en toute saison traversé par le fleuve de Parisiens, de Belges, d'Anglais et d'Esquimaux qui va se jeter en Méditerranée. C'est un Mississipi qui déborde en une Louisiane de marais, de crocodiles et de crapauds-buffles. Sur la côte, on débite l'azur comme un thon. Pas une dactylo d'Anvers, de Roubaix ou de Glasgow qui ne rêve de faire sa cocotte et sa grande coquette en en bouffant une tranche. On arrive et on se fout à poil.

Rien de commun avec le vrai pays. Certains jours d'été, c'est pire que les abattoirs de Chicago. Sur quarante kilomètres de longueur, que dis-je : sur cent kilomètres et plus de longueur, on a mis à sécher de la viande humaine. C'est une extraordinaire usine de pemmicans. On se demande quel monde de trappeurs et d'anthropophages elle fournit. Il y a de la jeune femme, de la vieille, de l'athlète, du comptable, de l'ouvrier, du lord et de la grandeur; des seins, des fesses, du rond-de-cuir, de la lombe et du cinq à sept. On peut choisir si on aime ça. Quelle nourriture! Somme toute ce sont des abats.

Mais il y a un dieu pour les pays comme pour les ivrognes. Tous ces gens-là s'imaginent être en bonne santé parce qu'à force de s'exposer au soleil ils ont la peau couleur de pain brûlé. Heureusement, il n'en est rien. Ils viennent ici choper cancer, goutte militaire, tuberculose et nostalgie purulente (qui ne pardonne pas).

Les paysans ne sont pas si bêtes. A part les demi-sels qui font leur beurre avec ces vaches à lait, je n'en connais pas de bronzés. S'ils vont travailler au soleil (et la plupart du temps ils s'en gardent) ils mettent de grands chapeaux et ils conservent leur chemise. Ils en retroussent à peine les manches pour avoir le geste plus libre mais la poitrine et le ventre, ils les tiennent soigneusement à l'abri. Ils savent que ce ne sont pas des choses avec quoi on peut rigoler.

Il y a, entre Grasse et Draguignan, des collines splendides. Je m'y suis payé, l'an dernier, une bosse de rire. C'est mieux qu'une bosse : c'est une glande de civette; elle parfume encore mes jours. Nous avons vu une femme qui se baladait à poil; on ne pouvait pas prendre pour un cache n'importe quoi

quelconque les quelques tresses de raphia qu'elle
s'était passées dans la raie des fesses. C'était une
transfuge des plages et qui croyait dur comme fer à
la Côte d'Azur. Le spectacle était si vulgaire qu'on
était poussé à rire par une sorte de self-défense et
même à sangloter de rire. Cette bonne femme se
baladait dans les champs. Elle avait laissé sa voiture
et son mari, en tout cas un homme, à l'ombre au
bord de la route. L'homme était également à poil,
bien bâti, et, étendu sur les coussins, il ronflait ; la
voiture de super-luxe semblait modeste par comparaison.

Remarquez que ces femmes-là, si on leur met
quelque chose sur le dos, elles ne sont pas mal. Il y
en a même de fort jolies. Le plus drôle est que cette
nudité va à l'encontre de ce qu'elles désirent.

Il ne faut pas oublier que cette mode est récente
(je parle de venir se rôtir sur la Côte d'Azur ; l'autre
est très ancienne mais a moins d'importance que ce
qu'on croit). Il y a seulement cinquante ans, parler
de Nice c'était parler de l'hiver au chaud et on y
portait boas de plumes et ombrelles. Beaucoup de
petits trous qui sont maintenant des endroits selects
étaient des villages de pêcheurs, et de pêcheurs qui
pêchaient avec beaucoup de prudence. Dans les
cimetières il y avait peu d'inscriptions « péris en
mer » et, si les femmes s'habillent de noir, c'est que
telle était la coutume du pays.

Un petit port méditerranéen, c'était un bistrot et
quelques *balais à rôtir*. Trois, quatre barques avec
de petites voiles ; de quoi, par bon vent et après
s'être assuré que le beau était fixe, aller jusqu'à un

kilomètre en mer. Le principe était de ne jamais perdre la terre de vue. Qui n'a jamais assisté à une tempête, à un typhon ou à un cyclone peut en demander le récit à un marin de Méditerranée qui n'en a jamais vu non plus mais les a très bien imaginés.

On ne pêchait pas beaucoup de poissons mais on pêchait des poissons *rares,* et surtout *beaux :* girelles, rascasses. Pour les manger, il fallait les écraser et les passer au tamis : de là, la soupe. Certes j'ai vu (au cinéma puis sur l'océan) les pêcheurs des mers cimmériennes relevant le chalut et déversant sur le pont des tonnes de poissons blancs et le spectacle est admirable. Mais j'ai vu un autre spectacle non moins admirable et qui, à mon avis, place l'homme plus haut : c'est celui d'un pêcheur solitaire dans une petite barque, du côté des calanques de Cassis par exemple, et qui tire l'une après l'autre les girelles de la mer. Chaque fois qu'il en prend une il la met dans sa main et il la regarde comme si c'était le Pérou. Et c'est le Pérou en personne.

C'est dans de semblables escales qu'Ulysse a passé son temps (perdu son temps, dirait Pénélope). En effet, il y a là de quoi tout oublier. Un marin de nos côtes ne chaloupe pas en marchant. A terre, vous ne le distinguez pas d'un paysan. Si vous lui parlez du cap Horn il s'esclaffe. Il ne comprend pas le mot bourlinguer. Vous voulez qu'il parte pour aller où? Chercher quoi? Mais il comprend très bien le mot vivre. Si vous lui parlez des îles, il entendra l'île du Levant, Sainte-Marguerite ou

Saint-Honorat. Si vous l'interrogez sur les terres lointaines, il vous répondra : « Oui, la Corse, j'y suis allé. » Mais il y est allé par le paquebot qui part de Marseille ou de Nice et il était habillé du dimanche. Thulé, pour lui, c'est l'Italie. *Le bord mystérieux du monde occidental* et *l'azur phosphorescent de la mer des Tropiques,* il s'en fout comme de sa première chemise. Quand chez moi (qui suis dans la montagne) il fait du vent, je sais que la poissonnerie est fermée. Et si je rencontre le poissonnier (qui se paie un petit tour de balade avec sa bourgeoise) et que, par acquit de conscience, je l'interroge, il me répond : « Vous ne voudriez pas, avec ce temps ! »

Le pays est renommé pour son ciel clair, sa température égale. Il y a cependant plus de deux cents jours par an où les pêcheurs ne sortent pas. C'est qu'à leur avis il *va faire* mauvais. S'ils se trompent c'est simplement que l'erreur est humaine. « Je ne sais pas très bien nager, me disait un Breton qui allait régulièrement en Islande ; je patauge, je me tiens un peu sur l'eau. » Ici, ils savent les nages savantes : et je te passe les bras par-dessus la tête, et je te croise les jambes en ciseaux ; depuis qu'il y a foule de femmes nues, certains même font la statue vivante au sommet des plongeoirs.

Le Président De Brosses raconte un voyage en mer dans ces régions. Il s'embarque à Antibes sur une felouque pour aller à Gênes. Dépassé Nice il a le mal de mer. Comme on est à cent mètres de la côte il dit : « Débarque-moi, je vais prendre un

cheval. » Au bout d'une poste ou deux, il est guéri.
Il attend la felouque qui est juste un peu derrière;
il la hèle; on le rembarque. Plus loin, comme il est
de nouveau malade, il débarque. Et ainsi de suite
jusqu'aux faubourgs de Gênes où le patron de la
barcasse lui dit : « Tiens, moi aussi je vais tâter du
cheval. » Ils débarquent tous les deux et font une
entrée triomphale dans la ville. « Je n'ai jamais vu
de marin plus ravi », dit le Président.

Il faut toujours avoir cette histoire présente à
l'esprit quand on parle à un marin provençal. C'est
une mer fermée. Alors, à quoi bon? Les hommes ne
sont jamais volontairement bêtes.

Pour bien comprendre cette attitude philoso-
phique, il faudrait retrouver l'atmosphère des petits
ports comme Saint-Tropez, Cassis, etc., avant
l'arrivée des civilisés. Évidemment, aujourd'hui
c'est difficile, on n'a plus, sur toute l'étendue de
cette côte, un seul point de comparaison. Tout est
devenu théâtre et théâtre d'opération, ayant la
jouissance pour but. Le pauvre andouille qui fait
figure d'Apollon en carte en haut du plongeoir —
au lieu d'aller perdre ses mains dans les saumures
d'Islande — n'attire pas la sympathie. Ce qu'il faut
bien comprendre, c'est qu'il a été colonisé; ce qu'il
exhibe, ce sont les vices de ses colonisateurs.

Ce sont en réalité de braves gens, pas compliqués
du tout, aimant les joies comme tous les Latins,
prêts à faire n'importe quoi pour être heureux (ce
qui, à mon avis, est naturel et respectable); pas
tellement attachés à l'argent et, seulement dans la
mesure où l'argent leur donne des jouissances

faciles. C'est, à tout prendre, aussi sympathique que la pêche à la morue dans les mers glacées.

Il est très facile d'industrialiser les marins de l'océan. C'est fait. Ils sont devenus des esclaves de l'industrie au même titre que les ouvriers à la chaîne. Il y a des usines pour mettre les sardines en boîtes, les morues en barils, le thon dans l'huile. Il y a des machines créées et mises au monde pour découper le gras de calmar et la chair de requin en forme de queues de langoustes. Un chalut coûte des millions. Pour aller à la pêche il faut un capital considérable. Qu'on en soit propriétaire ou qu'on soit débiteur d'un bailleur de fonds, on est dans la combinaison des finances modernes, ce qui exclut de façon totale et absolue le droit à la sieste. Tout compte fait, cette façon de vivre avec de l'argent n'est pas belle, n'est pas adroite, n'est même pas logique. Je préfère celui qui, dès qu'il a cent francs *de trop*, va boire un coup.

Ceux-là, impossible de les faire entrer dans le rang. Ils avouent que le travail leur fait peur. Pour se procurer un instant de bonheur ils sont capables du travail le plus forcené ; question de Caisse d'Épargne ou de Banque de France, ils ne lèveront pas le petit doigt.

A partir de ces caractères, on peut comprendre ce qu'étaient les petits ports de la côte quand les gens du pays y vivaient entre eux. D'abord, les bois de pins sans villas, sans propriétés particulières, sans camping, sans garages, sans papiers gras et dans lesquels on pouvait se promener à l'infini. Pas d'autos sur les routes ; d'ailleurs, les routes n'étaient pas goudronnées. Pas de bruit; le silence; les trois grondements souples et mariés : la mer, le vent et le silence.

On trouve encore à Cassis, à Bandol, La Ciotat, Saint-Tropez de vieilles maisons, de vieux porches, de vieilles portes, un clocher élégant, un fer forgé, une imposte, une clef de voûte historiée, un souci d'élégance et d'une élégance très sûre. Il faut l'imaginer présidant, que dis-je, trônant sur toutes les maisons. Il n'était pas question d'architectes, d'écoles d'architecture, ni même d'Art dans le sens qu'on lui donne aujourd'hui. Qu'on n'oublie pas à quels jouisseurs nous avons affaire. On devient vite très fin à chercher constamment son plaisir. Habiter une maison aux mesures exactes en est un et qu'ils étaient loin de négliger. Mesures exactes et raisons logiques : de toutes petites fenêtres *où le soleil n'entre pas.* Le goût du bonheur avait fait comprendre que *le soleil est l'ennemi.* Des pièces fraîches, des ténèbres tendres à l'intérieur; à l'extérieur, des murs crépis de chaux irisée pour rejeter ce soleil loin de soi. Mais, comme on est les fils d'une civilisation très ancienne qui a inventé tous les dieux, toutes les vertus et tous les péchés mortels, on prenait soin de faire graver dans la pierre des portes des couronnes de laurier et de faire forger les barreaux des fenêtres en forme de feuille d'acanthe.

Ce qu'il faut imaginer aussi, c'est le temps, le temps immobile des gens qui ont le temps. Même après Vaucanson, on se servait toujours du cadran solaire, cet instrument délicieusement sujet à cau-

tion, à interprétation, à discussion, à démission,
parfaitement muet au surplus et qui ne parle que si
on l'interroge.

Le port lui-même était généralement peu profond, très abrité. L'abri des ports de pêche médi-
terranéens tient du miracle. On y sent une raison
qui a fait compte de tout. C'est qu'elle veut
s'épargner le moindre souci. C'est à un point qu'ils
sont protégés du vent de traverse qui, dans ces
régions, souffle une fois tous les cinq ans. Le front
de mer était généralement pavé de petits galets
ronds, posés sur champ, fort désagréables au pied
mais qui, lavés de pluie et huilés de soleil, prenaient
le ton de la nacre. Les syndics qui se voulaient
populaires, ou les municipalités en mal de démago-
gie faisaient poser sous un mûrier, sous un platane
ou sous un tilleul, un gros parallélépipède de pierre
tendre qui servait de banc. Le banc est l'instrument
le plus précieux de la civilisation provençale. Ce
banc, ou ces bancs — suivant l'importance de la
population — étaient au port méditerranéen ce que
le club est à Londres.

Les maisons donnant sur le port avaient parfois
des balcons fort commodes pour regarder le temps
qu'il fait ou pour assister aux fêtes. Ces dernières
étaient toujours de la plus grande simplicité mais
très nombreuses et chacune durait au moins trois
jours : un jour pour se préparer, un jour pour rire,
un autre pour se reposer. L'art des transitions était
respecté jusque dans ses plus fines subtilités. Le
reste du temps, les balcons servaient à faire sécher
la lessive.

La vie quotidienne était faite par moitié de contemplation et par moitié de conversation. Quelquefois, en rognant un peu de part et d'autre sur chaque moitié, on s'occupait de passion. Certains jours particulièrement virils et à la suite de défis, intérieurs ou extérieurs, à quoi n'échappent jamais les pauvres natures humaines : contemplation, conversation et passion étaient sacrifiées en grande pompe au travail.

Pendant tout un grand jour, parfois deux, ils se confiaient à la fortune de la mer. Toutes les collines environnantes, tous les sommets, tous les bois sacrés étaient plantés d'oratoires, de croix géantes, de statues de la Bonne-Mère. Les regards anxieux de tout le monde à terre et en mer se tournaient vers ces sauvegardes. Les équipages étaient composés de copains ou de familles qui rentraient le soir avec quelques poissons et beaucoup d'histoires. Tous les monstres de la Méditerranée sont sortis de ces histoires. C'est pourquoi il y a des sirènes et des chevaux marins dans cette mer.

On pêchait avec de petits filets ou avec des lignes. Le filet ou la ligne qui s'accrochait quelque part s'accrochait toujours à un monstre. Les barques étaient petites. Ils étaient là-dessus au maximum trois. On ne se rassure pas beaucoup l'esprit à trois, au contraire. Être cinq ou six heures en contact avec le mystère, même (surtout) si on ne voit rien, excite les facultés créatrices. Ces hommes pouvaient difficilement s'imaginer qu'ils s'imposaient ces souffrances morales (véritables tortures à qui est doué pour le plaisir facile) à seule fin de ramener quelques kilos de soupe à poisson. Ramener un monstre était plus logique; le ramener en paroles et en récits était plus commode que de le ramener en chair et en os. C'est pourquoi le folklore marin provençal est plus riche que l'étal des poissonneries.

Si on s'en moque on a tort. Si on croit que cette pêche au monstre était vaine, on ne comprend pas la vie; et surtout la joie qu'il y a à vivre. Malgré les contemplations, les conversations, les passions, les fêtes et le travail, les journées ont vingt-quatre heures, et vingt-quatre heures de temps immobile c'est long. Au surplus, il est agréable d'être héros. C'est un sel. A quoi servirait de se priver de ce sel, ou de l'acheter trop cher quand on peut l'avoir gratuitement?

Le ciel immuablement limpide, l'ombre du mûrier, le banc, le temps immobile, un peu de vent brûlant qui vient d'Afrique, un souffle d'air frais qui descend des Alpes : et le récit, à terre, de la pêche au monstre en mer devient une bénédiction. Tous les muscles de ces hommes robustes, tout le sang rouge qu'ils se font avec de l'excellente nourriture bien saine doivent travailler. Quel plaisir de faire jouer et ces muscles et ce sang dans un récit bien composé! Les femmes étaient belles et n'allaient jamais en mer. Épouvanter une femme est une possession qui ne fatigue pas. Ils vieillissaient donc en restant verts comme des lauriers. Les maisons, les bois, la mer, les collines, le ciel usés de soleil avaient pris la couleur de la perle. Rien n'était plus subtil que le gris de ces pays faussement renommés, sur des relations d'aveugles, pour la violence de leurs couleurs. Rien n'était plus subtil que le gris de ces hommes de Méditerranée. C'est vite fait de parler de mensonge et de paresse. C'est de ce mensonge et de cette paresse qu'est illuminé le reste de l'univers.

La première fois qu'un nuage du ciel a pris forme, c'est ici que dans le langage des hommes on a donné un nom à cette forme. C'est à partir d'ici qu'on a pu se transmettre le mot qui transportait cette forme.

Bien avant la guerre de 39, quand le Graaf-Zeppelin fit le tour du monde, il rapporta de son voyage d'admirables photographies des toundras impénétrables qui bordent le fleuve Léna. On peut les voir dans le *Geographic Magazine* de l'époque. On est épouvanté par la solitude à perte de vue, par l'hostilité monstrueuse de la terre. On a brusquement la sensation nette que vivre, simplement vivre n'est pas une rigolade, n'est pas à la portée de tout le monde. On aperçoit de chaque côté du fleuve, au bord de la forêt dans laquelle on ne peut faire un pas, des berges limoneuses qui luisent sous la pluie glacée. C'est dans ces boues qu'est installé un petit village de bois. Vivre dans ce petit village de bois est héroïque, apparente l'homme à une sorte de Dieu fouisseur et roule-pelote, comme le scarabée sacré.

Il y a également au nord des Orcades des îles battues de vents si impétueux qu'il faut, pour avoir des pommes de terre, les planter au fond de puisards de deux mètres de profondeur ; à la surface du sol, le vent raboterait le germe dès qu'il pointerait. Le volume 389 des *Instructions nautiques* dit de la Géorgie du Sud qu' « elle est exposée aux vents violents qui arrivent d'une mer couverte de glaces flottantes. Elle a de ce fait un climat inhumain. Les nuages épais, lourds et bas occupent le ciel toute l'année sans un seul jour d'exception. L'humidité y est constante depuis des siècles ». On ajoute trois pages plus loin qu'au port de King Edward Cove, on trouve un certain nombre d'habitations et de magasins, un hôpital et une petite église *blanche*. On peut se procurer à cet endroit-là, assure-t-on, un magistrat, de l'huile et des provisions en petite quantité. Les *Instructions nautiques* ajoutent : « La résidence du magistrat se trouve entre Hope et King Edwards Point ; un pavillon est hissé sur cet édifice. »

Voilà de quoi faire prendre les hommes au sérieux. Et c'est quand on prend les hommes au sérieux que les bêtises commencent.

Manosque, janvier 53.

Le grand théâtre

« Tu entendras parler de bien d'autres guerres, dit mon père, de l'entrechoquement des nations, de tremblements de terre et de famines ; ta vue sera brouillée de mille éclipses plus horribles les unes que les autres, l'éclipse de la lumière étant la plus douce d'entre elles. Les cieux ne se replieront pas, ils se recroquevilleront ; on pensera à l'absinthe comme à du sucre ; les surfaces planes de la terre s'effondreront sous tes pieds en escaliers qui iront se reposer dans les brouillards des abîmes, Léviathan sera une mouche à vin et Behemoth le ciron qui craque dans la reliure des livres ; l'enfer illuminera la vie comme l'aurore, et le soleil se couchera un beau soir comme un navire qui sombre ; le craquement de la machine du monde retentira dans des échos qui ébranleront jusqu'à Sirius et ce ne sera encore que le commencement des douleurs. Le Christ n'a jamais dit combien elles dureront ; elles paraissent devoir s'étendre sous quelque forme que ce soit à tout l'avenir. »

Nous étions pour ces conversations d'été, mon

père et moi, en chemise de nuit sur une toiture, au-dessus de la ville; nous habitions une vieille maison dans un quartier tout délabré. Nos murs prenaient eau et vent de toute part. La chambre unique où nous couchions, ma mère, lui et moi ne permettait que le sommeil de ma mère, parce que cette femme altière était plus fragile que nous. Elle résistait par une sorte de mort quotidienne à toute la vermine qui sortait des murs. Mon père s'approchait de mon lit et demandait : « Jean, tu dors? » Même quand je dormais je répondais tout de suite : « Non. » Il me prenait la main et nous montions à ce qu'on appelait la « galerie »; c'était une sorte de terrasse couverte, un séchoir à légumes où il y avait toujours des pois chiches et des lentilles sur de vieux draps. De la galerie, en enjambant une petite murette, on passait sur la toiture de l'étable du boucher, notre voisin. Les tuiles d'argile crue avaient emmagasiné la chaleur de la journée d'août. Assis en tailleur sur cette toiture tiède, nous parlions. J'avais dix ans, mais le langage de mon père m'était familier. Il s'appelait Jean, comme moi; ou plus exactement je m'appelais Jean, comme lui; il s'appelait Jean comme son père, que je n'ai pas connu. Tous les mâles de la famille se transmettaient le prénom de Jean. Mon père était cordonnier, mais nous mettions des numéros à nos prénoms, comme les rois. Chez nous il était Jean III, et moi Jean IV.

« Pour nous tenir compagnie, il y aura les maladies, dit mon père. Tu as vu l'oncle Eugène devenir sourd. Tu as vu aussi que, devenant sourd, il est devenu intelligent. Pas trop, mais suffisamment toutefois pour faire illusion à Monsieur M... qui l'a pris comme jardinier, si bien qu'il arrive maintenant à payer à ta mère une pension de dix francs par mois qui lui fait plaisir sans l'aider. Et maintenant que tu l'as vu devenir sourd, tu le vois peu à peu devenir aveugle. Il a déjà presque perdu l'œil droit et le docteur a dit qu'il en arrivera sans doute à perdre l'œil gauche. Il a donc été déjà retranché des bruits, ce qui lui a permis de s'intéresser aux cyclamens, aux roses, aux bégonias, aux asters, aux ancolies, aux lilas et aux violettes de Monsieur M... Il va être retranché de la lumière. Je me demande alors comment nous pourrons correspondre avec lui. Maintenant, il lit encore sur nos lèvres quand nous lui disons de reprendre de la soupe ; mais quand il ne verra plus nos lèvres, quelles lèvres verra-t-il ? Et quelle soupe lui diront-elles de reprendre ?

« Tu vois dans ce petit corps (il a un mètre cinquante de haut et il pèse habillé cinquante-quatre kilos), tu vois dans ce petit corps beaucoup d'Apocalypse. On s'imagine qu'elle fera du bruit parce qu'elle sera à l'échelle planétaire, même universelle ; mais, d'abord, quand on parle d'elle on doit mettre les verbes au présent, elle est à l'échelle planétaire, même universelle, et elle ne fait pas le moindre bruit.

« L'oncle Eugène est un monde, mon fils, un univers, si tu préfères ; je reconnais qu'il n'a pas très bien employé jusqu'ici les soixante-dix ans qu'il a. Mais il a su tanner des peaux de bêtes,

puisque dans sa jeunesse il était tanneur, et, par
conséquent, il sait comment le gras s'attache à la
peau de l'agneau et comment il s'attache à la peau
de veau; et les mêmes différences en ce qui
concerne les autres peaux, qu'elles soient de bœuf,
de vache ou de cheval.

« Peu de temps après que je me sois marié avec ta
mère, et trois ans avant que tu naisses, j'avais eu
avec lui une conversation que tes autres oncles
m'avaient chargé d'avoir, dans le but de lui faire
accepter la vente d'un bien indivis. Il s'agissait de
la petite ferme de Palerne. Bien entendu, nous
parlâmes d'autre chose : la ferme de Palerne pouvait attendre. Il me raconta qu'il avait tanné une
fois, pour son plaisir, une peau de blaireau; et il me
dit sur le blaireau une chose étonnante : c'est que
cet animal, très orgueilleux (ce sont les termes
mêmes de ton oncle Eugène) s'arrange pour sécréter après sa mort une sorte de jus qui décompose
toutes les matières à tanner, si bien qu'on ne peut
pas employer sa peau et qu'il emporte tout dans sa
mort; il ne laisse rien derrière lui dont puissent
s'enorgueillir les hommes. Ce qui me faisait dire ces
jours-ci, en pensant à cette conversation, que si
l'oncle Eugène était devenu sourd plus tôt, il serait
un bien plus grand univers qu'il n'est. Mais
contentons-nous de celui qu'il est, puisque aussi
bien c'est dans celui-là que l'Apocalypse se déploie,
ou tout au moins, c'est le seul dans lequel nous
sachions qu'elle le fait; le seul qui soit à notre
portée; à part ta mère qui dort en bas, et nous deux
ici dessus, dans lesquels nous ne sommes pas

encore à même de distinguer quoi que ce soit. Bien que, n'en doutons pas, il y ait dans moi, dans ta mère et dans toi-même des débuts d'Apocalypse, ou tout au moins des points à partir desquels, le moment venu, elle se déploiera. »

A ce moment-là, mon père changea de position et j'en profitai pour en changer aussi. Le vent de minuit s'était levé. Il était tendre et frais et réjouissait tout ce qu'il touchait.

« Où en sommes-nous ? dit mon père. Ah, j'y suis ! Ne va pas croire, fiston, que je confonde l'Apocalypse et la mort. Je connais le texte : " Et lorsqu'il ouvrit le quatrième sceau, j'entendis la voix du quatrième animal qui disait : ‘ Viens ! ’ Et je vis, et voici un cheval vert, et celui qui était assis sur son dos, son nom est la Mort et l'Hadès lui tenait compagnie. " Or, je crois qu'ici, notre homonyme Jean, fils de Zébédée, a été trompé par les scintillements de la mer au large de Patmos, qu'il a été séduit par les délices de ce monde qui nous assiègent même en exil, et que, trompé par les sens, auxquels son Apocalypse est d'ailleurs entièrement attachée, il a pris le remède pour le mal. Et voici le secret, fiston : dans aucune Apocalypse il ne peut y avoir de cheval vert. Il n'y a que trois cavaliers. Car la mort est le remède des Apocalypses, si la mort est complète et éternelle, et c'est forcément ce qui doit être si les Apocalypses doivent être, car les douleurs éternelles ne sont plus des douleurs, mais un état, malgré leurs variétés ;

pour qu'elles soient efficaces il faut qu'on puisse
imaginer leur fin. L'Apocalypse est l'ensemble des
événements qui font désirer la mort. Si le cheval
vert apparaissait, tout le tumulte serait remplacé
par le chœur des anges qui est le silence éternel,
donc, le cheval vert n'apparaît pas ; dans l'Apocalypse tout au moins. Pour nous, toi et moi, ta mère
qui dort en bas, pour le boucher, regarde ! qui a
allumé sa petite lampe derrière sa petite fenêtre, et
qui ne dort pas, lui non plus, parce qu'il a trop
chaud, pour toute cette petite ville dans le creux
des collines et pour toutes les villes petites ou
grandes de l'au-delà des collines, rassure-toi, la
mort apparaît, apparaîtra pour chacun de nous,
heureusement. Et pour l'oncle Eugène aussi. Mais
pour l'instant, il n'est touché que de l'Apocalypse ;
revenons à son univers qui s'effondre.

« Son univers, quel est-il ? L'oncle Eugène a été
tanneur dans sa jeunesse, donc son univers est en
partie un univers de tanneur. Il sait par quel chemin
la peau des bêtes passe dans le commerce et de
quelles fioritures féeriques la nature accompagne
cette transformation. Il s'est marié. Sa femme l'a
laissé parce qu'il n'avait qu'un mètre cinquante et
qu'il ne pesait que cinquante-quatre kilos, et peut-
être aussi parce qu'il n'avait qu'un univers de
tanneur, ou qu'il ne savait pas montrer qu'il
pouvait faire varier le kaléidoscope de cet univers.
Il a donc dans quelque coin de lui-même une
aurore boréale qui vient de cette femme et qui,
certaines nuits — des nuits de lui-même qui
peuvent être pour nous le plein du jour — font

palpiter en lui de lourdes draperies pourpres. Nous pouvons très bien imaginer qu'il s'est promené, qu'il a vu les collines et les montagnes, les rivières, peut-être un fleuve, peut-être la mer, en tout cas sûrement le ciel : il a bien dû regarder une fois ou deux, ne serait-ce que pour prévoir le temps qu'il allait faire. Bref, malgré son peu d'intelligence, nous pouvons être certains que, pour si peu que ce soit, il a vu, entendu, senti, touché, il s'est servi de ses cinq sens, composant au fur et à mesure son univers avec eux. « Maintenant, attention ! C'est ici, Jean, que je voudrais que tu m'écoutes, ce sera d'autant plus facile que le vent frais nous rend peu à peu la vie plus belle. Tu vas voir comme nous allons grandir pour finir par diminuer jusqu'à n'être plus qu'une pointe d'épingle.

« Voilà donc l'oncle Eugène qui se compose un univers avec ses sens. Il est d'une grandeur normale. Mais le voilà qui démesure son univers en même temps que ses sens peu à peu l'abandonnent. Je te fais le pari que si nous pouvions avoir avec lui une conversation délibérée, comme nous l'avons toi et moi par cette nuit bien claire — et qui commence à être délicieusement fraîche — sur le toit de l'étable du boucher, il nous montrerait que, depuis sa surdité qui l'a réduit à sa condition de jardinier, il s'est enrichi de connaissances splendides sur les fleurs et sur leur parfum. Ce n'est pas sa nouvelle condition qui lui a donné de nouveaux espaces, c'est qu'il n'entend plus les bruits et qu'il a bien été obligé de les remplacer par d'autres choses.

« Souviens-toi du premier cheval, le cheval

blanc, et du premier cavalier : " Et voici un cheval blanc, et celui qui était assis sur lui avait un arc, et il lui fut donné une couronne, et il s'en alla victorieux, et afin de vaincre encore. " Ce cheval, mon fils, c'est le " Verbe de Dieu " vainqueur des bêtes et des rois de la terre, et c'est un des quatre animaux qui l'a appelé! disant comme d'une voix de tonnerre : " Viens! " C'est après l'ouverture du premier sceau. Ce cavalier diffère beaucoup des autres qui seront des fléaux (sauf, je te l'ai dit, le quatrième, le cheval vert, qui est l'oméga du cheval blanc, qui est l'alpha). Dès qu'il apparaît, et avant de descendre du ciel, il a déjà remporté une victoire, la victoire essentielle par la résurrection du Verbe.

« Si j'ai choisi cette nuit l'exemple de l'oncle Eugène, c'est parce que — je te l'ai répété déjà trois fois — c'est le moins intelligent des hommes que nous avons sous la main. Te parler de moi n'aurait rien signifié puisque tu m'aimes, et parler de toi ou de ta mère non plus, puisque je vous aime. Mais l'oncle Eugène, j'y réfléchissais aujourd'hui en faisant ma paire de souliers, personne ne l'aime. Oh! certes, ta mère est bonne avec lui (avec qui n'est-elle pas bonne, malgré sa nature musquée?) je suis bon et toi aussi. Mais, de cette bonté à l'amour, il y a loin, car ce sont précisément les deux termes contraires, tu verras.

« Le voilà donc, le petit bonhomme de cinquante-quatre kilos, dans son mètre cinquante et avec ses soixante-dix ans, sa cervelle grosse comme un pois chiche et qu'on n'aime pas parce qu'il n'a

jamais rien contenu qu'on puisse aimer : le voilà
aux prises avec l'Apocalypse; jusqu'à présent,
malgré sa surdité, nous pouvions lui dire : " Repre-
nez de la soupe, oncle Eugène "; il lisait l'invitation
sur nos lèvres, mais nos lèvres même vont disparaître. Certes, on pourra toujours mettre la cuiller
dans ses mains et il mangera sa deuxième assiette
comme il en a l'habitude, mais, as-tu jamais
remarqué comme il regarde ta mère, quand il sait
qu'elle se prépare à son invitation bi-quotidienne?
Il pourrait reprendre de la soupe sans qu'on l'y
invite, la soupière est sur la table et il nous donne
dix francs par mois; manifestement il préfère
l'invitation à la soupe elle-même. Et quand il sera
aveugle, en même temps que sourd, il sera privé
d' " invitation ", or la faculté d'être invité, c'est ce
que nous avons de plus précieux. C'est ce qui nous
rend heureux du printemps sur la mer et de
connaître le monde. C'est ce qui nous rendrait
heureux — par le procédé que suit notre intelligence pour éveiller notre curiosité — c'est ce qui
nous rendrait heureux — et Jean, fils de Zébédée
l'a oublié — d'assister à cette grande représentation
théâtrale d'une Apocalypse à la dimension de
l'univers. Serions-nous même sûrs de mourir que
cette faculté d'invitation nous pousserait au premier
rang de ceux à qui il serait donné d'assister à ce
spectacle. Nous voudrions goûter aux vapeurs
sulfureuses et voir les ruisseaux de sang et ne pas
manquer le déracinement des montagnes et l'ar-
rachement des océans. Au prix de notre mort même
(mais notre mort n'est rien et nous acceptons

volontiers de mourir pour la satisfaction d'une curiosité de moindre importance), que toute la terre fleurisse en volcans et nous courons chez le fleuriste. Des fantasmagories de serpents, de fourmis, de scorpions, de tigres et d'alouettes seraient capables — si elles étaient à la mesure cosmique — d'arrêter toutes les guerres, ce qui n'est pas peu dire, et toutes les passions. Ce besoin d'invitation qui, en temps ordinaire, nous fait rester pendant des heures, fascinés devant le repliement infini des vagues, ou qui nous fait écouter le vent, le simple vent de tous les jours, ou frissonner de plaisir à la voix de la foudre répercutée dans les échos du ciel : songe, mon fils, comme il nous précipiterait au-devant de l'univers s'il s'écroulait. Et vois monter la bête de l'abîme ! Alors qu'en temps ordinaire nous courons jusqu'au bout du monde pour voir des bêtes et des abîmes, cependant séparés. Qu'apparaisse un chérubin, avec sa tête de roi assyrien, ses ailes de phœnix, sa croupe de lion et nous nous entasserons autour de lui comme les Troyens autour du cheval. Nous voulons être invités au mesquin comme à l'immense. Il y a des excursionnistes au Vésuve. Des hommes se sont perdus en mer à la poursuite (tu entends bien ?) à la poursuite non seulement des Léviathans, mais même de monstres qui n'avaient pas de forme, alors que l'absence de forme est la manifestation la plus horrible de la matière ; un acharnement sans égal à pousser les expéditions vers l'enfer des pôles magnétiques. Clot-Bey a mangé du pus de pestiféré sur des tartines de pain, oui mon fils, comme du

beurre, et il en a fait manger sans qu'elle le sache à
sa femme, puis à son fils à la mamelle, pour suivre
de plus près le spectacle intérieur de la peste et
mieux la connaître, et toutes les nations qui ont été
dévastées par des nuées de sauterelles ont immédiatement produit des poètes qui ont dit : " Elle a
la tête du cheval, le poitrail du lion, les pattes du
chameau, le corps du serpent et les antennes
semblables aux cheveux de la neige. " Et on fait
ensuite apprendre cette poésie aux enfants comme
on leur donne une figue mûre pour le goûter. Non,
les hommes ne laisseront jamais un spectacle sans
spectateur, et, si le spectacle est terrifiant, ils
s'approcheront le plus près possible, car la terreur
les pousse toujours jusque dans la gueule du loup.

« Ainsi donc, l'oncle Eugène sourd et aveugle, ne
pourra plus être invité par ta mère à reprendre de la
soupe. Certes, avec de la patience nous continue-
rons à le nourrir ; il suffira sans doute de peu de
temps pour qu'il apprenne à ouvrir la bouche,
quand le bord de la cuiller touchera ses lèvres, et
peut-être qu'avec toutes sortes de télégraphies il
finira par comprendre — malgré son peu d'intelligence — que nous continuons à l'inviter. Et
pendant ces premiers moments, qui sont semblables au temps qu'on met à briser les sept sceaux,
ton rôle à toi, fiston, sera peut-être, le jeudi quand
tu ne vas pas en classe, de prendre l'oncle Eugène
par la main et de le mener dans le chemin de la
colline où les vieillards vont chaque après-midi
" prendre le soleil ". Il saura donc encore que c'est
jeudi et que c'est toi qui le mènes ; il distinguera

fort bien ta main qui est fraîche, de la mienne qui est séchée par le travail et de celle de ta mère, fraîche comme la tienne mais plus décidée. Et à partir de là, comme jusqu'à maintenant au souvenir de sa femme, des aurores boréales, bleues, ou violettes, ou jaunes (lui seul pourrait nous dire leur couleur, si nous pouvions l'interroger) dérouleront leur spectacle en lui.

« Du temps de sa jeunesse, quand il avait encore ses oreilles, ses yeux et sa femme, il n'avait pas grand-chose à voir en lui. Il apprend des quantités de choses auxquelles il ne pensait pas ; il apprendra à s'asseoir quand il sentira ma main ou celle de ta mère peser sur son épaule ; il apprendra à connaître l'emplacement du pied de la table avec son genou, la rondeur de son assiette avec ses deux mains, si elle est pleine ou vide suivant la chaleur ou le froid de la faïence. Et s'il voulait s'en donner la peine, il connaîtrait notre bon vouloir ; mais il n'est pas intelligent. Si chaque jeudi tu le mènes toujours au même endroit, il finira par connaître toutes les pierres du chemin et même la plus petite flexion du sol. Ce à quoi toi et moi nous ne faisons pas attention, car nous avons autre chose à faire : ce à quoi lui non plus n'avait jamais fait attention, car il avait autre chose à faire. Il saura si tu le fais asseoir au soleil ou à l'ombre et il pourra même te dire sa préférence, puisqu'il n'est pas muet, mais il ne parlera pas encore beaucoup. Il va vivre ainsi, qui sait combien ? Il est robuste, ayant toujours vécu du travail de ses mains. La vue et l'ouïe ne sont pas indispensables à la vie et comme ta mère et moi ne

cesserons pas de le nourrir, comme toi-même ne
cesseras pas de lui faire respirer cet air exquis des
collines, il peut vivre ainsi très longtemps. L'Apocalypse ne détruit pas la vie ; au moment même où
elle la détruirait, elle cesserait d'être l'Apocalypse.
Elle ne peut exister qu'en tant que spectacle devant
des spectateurs, terrifiés mais spectateurs. L'oncle
Eugène est dans des abîmes. Il n'y tombe pas, il y
flotte. Souviens-toi de ce cadavre de chien, dans
Jules Verne, qui accompagne l'obus qu'on a tiré
vers la lune. Il y a même dans ton livre une gravure
qui le représente : il est écarquillé contre le hublot
de l'obus et les passagers lunaires l'ont constamment devant leurs yeux. L'oncle Eugène dans ses
abîmes est ce chien flottant. Je ne me souviens plus
comment, dans Jules Verne, ce cadavre de chien
finit par s'éloigner du hublot et poursuivre sa
propre route. Mais, continuons à regarder l'oncle
Eugène, nous allons peut-être le savoir.

« Et d'abord, mon fils, tu n'es pas obligé de me
croire sur parole (et il ne faut jamais croire
personne sur parole, et c'est bien ce qu'a dû se dire
à la fin, Jean, fils de Zébédée) : par quel prodige
l'oncle Eugène est-il suspendu dans son abîme ? Il
n'est pas suspendu, il tombe, mais comme le temps
de sa chute est infiniment plus long que le cours de
sa vie, il ne sait pas qu'il tombe et nous n'en savons
rien non plus, ce qui, pour lui comme pour nous,
équivaut à le considérer comme flottant. Puisqu'il
ne peut vivre au maximum que cent ans, et s'il lui
faut tomber pendant dix mille ans avant d'atteindre
le fond de l'abîme, l'oncle Eugène a pu naître,

apprendre à tanner les peaux, se marier, être laissé
par sa femme et, maintenant, être en pleine
Apocalypse, sans même se douter qu'il a passé
toute sa vie en train de tomber dans l'abîme. Or,
des abîmes de dix mille ans de profondeur, nous en
verrons tout à l'heure, et de plus profonds.

Toute l'Apocalypse suppose l'homme témoin de
spectacles qui le tuent; or, s'ils le tuent, à quoi sert
le spectacle? L'abîme de l'oncle Eugène ou du
chien de Jules Verne ne peut pas nous donner le
vertige, tu le vois. Il n'y a qu'à fermer les yeux sur
lui. Et c'est bien ce que l'oncle Eugène — qui n'est
pas intelligent — a fait toute sa vie. Mais voilà qu'il
perd totalement la faculté de voir (comme il avait
déjà perdu la faculté d'entendre) et brusquement —
malgré son peu d'intelligence et c'est là qu'avec
toutes mes répétitions je voulais en venir — il va
être obligé d'assister sans mourir au spectacle du
Grand Théâtre et d'en entendre toutes les voix.
Déjà, pendant qu'il trébuche dans les chemins
cailouteux de la colline où tu le mènes promener
au soleil, il n'est plus dans le même monde que toi.
Toi, tu vois les pins, les oliviers et les ifs, les rosiers
et le thym fleuri suivant les saisons, l'étourneau ou
l'hirondelle suivant l'heure, et tu entends le vent
dans les pins, et tu entends crier l'hirondelle; pour
lui, ce spectacle de la terre est ténèbres et silence. Il
est occupé d'autres lumières et d'autres bruits; car,
le pin a une odeur, l'olivier en a une, l'if en a une
autre, la rose et le thym évidemment, et sans doute
l'étourneau, l'hirondelle en ont-ils une aussi que
nous ne pouvons pas percevoir, nous, mais qu'à la

longue, je suis sûr, notre pauvre oncle distinguera,
comme il distinguera l'odeur de velours chaud des
vieillards au soleil, quand vous passerez devant tous
ceux qui sont assis sur le talus du chemin, par les
beaux jours. Je suis bien loin de vouloir dire que
ceci remplace cela et qu'il n'y a pas lieu de
s'inquiéter des Apocalypses, mais je veux dire
simplement qu'il n'y a pas qu'un monde, ou, plus
exactement, que nous n'avons pas qu'un monde à
percevoir, mais qu'il y en a des milliers et que,
suivant les circonstances, c'est dans l'un ou dans
l'autre que nous sommes appelés à faire notre
compte et, par conséquent, à vivre; qu'il soit plus
difficile dans celui-ci ou dans celui-là de faire notre
espérance ou notre bonheur n'est pas mon propos,
l'espérance et le bonheur sont des sécrétions
personnelles, sans aucun rapport avec le milieu.
D'ailleurs, souviens-toi de ce que je t'ai dit de la
curiosité et du " besoin d'invitation ". Il n'est pas
besoin d'être don Juan pour accepter la main du
convive de pierre. N'importe quel oncle Eugène en
est capable en certaines circonstances. Il est fort
possible d'imaginer le bonheur et l'espérance dans
cet homme qui n'entend plus et ne voit plus,
pourvu qu'il s'intéresse à l'invitation des ténèbres
et du silence. Je me borne à dire que c'est possible,
je me refuse à affirmer que c'est certain.

« Il ne faut pas oublier que dans cette histoire, ta
mère, toi et moi, nous jouons un rôle. Ta mère fait
la soupe et donne la becquée à l'oncle Eugène, moi,
en continuant à faire mes souliers, je gagne le peu
d'argent qu'il faut pour que ta mère cuise la soupe,

et toi, tous les jeudis, tu mènes cet homme par la main, vers les matériaux de son nouvel univers ; nous le faisons vivre. Abandonné tout seul dans le désert il mourrait, mais, nous le savons déjà, une fois mort il n'y a plus d'Apocalypse. Nous sommes donc indispensables pour la suite des événements. C'est nous qui la rendons possible. Et quelle sera la suite des événements ? Nous sommes obligés d'inventer puisque nous ne connaissons pas le futur, et naturellement nous allons inventer dans le sens qui suivra le mieux nos desseins. (Je parle de ceux que nous avons présentement, toi et moi, dans la nuit, sur le toit de cette étable et qui sont simplement de passer le temps, puisque nous ne pouvons dormir.) Comme on lui donnera régulièrement la becquée, que tu le promèneras au soleil, que de temps en temps on lui mettra un petit verre de vin dans la main, il va vieillir, tout doucement. Il a soixante-dix ans, il en aura soixante-quinze, puis quatre-vingts et ainsi de suite. Il est tellement protégé à la fois par nous et par ses infirmités que, paradoxalement, en pleine Apocalypse, il court moins de risque que quiconque. C'est le spectateur par excellence. Alors que muni de ses yeux et de ses oreilles il ne voyait et n'entendait rien, ou rien que de vulgaire, il est présentement obligé d'entendre et de voir, non seulement l'au-delà des choses, mais encore un au-delà des choses tout à fait personnel, un nouvel univers entièrement " oncle Eugène ". Car, lorsque ta mère te fait boire une petite goutte de vin, au repas, la sensation que tu en éprouves n'est jamais pure : pendant que tu le bois, l'univers commun t'entoure et te sollicite. Tu vois autour de toi la table sur laquelle le couvert est mis, les murs de la cuisine, tu entends ronfler le poêle et même tu entends dehors crier les petits ramoneurs si c'est l'hiver, l'aiguiseur de couteaux-ciseaux si c'est le printemps, tes petits amis jouer à la barre dans la rue si c'est l'été. Toutes ces sensations se mélangent et le vin que tu bois est lui-même plus le reste. Certes, au point où nous en sommes, l'oncle Eugène peut encore sentir les odeurs et se rendre compte de la forme du verre. Mais, attends! Nous pouvons faire venir la suite très vite. Voilà l'oncle Eugène paralysé! Quoi d'extraordinaire pour un corps qui a maintenant quatre-vingt-dix ou même quatre-vingt-quinze ans d'existence? Paralysé, et tu ne peux plus le mener par la main dans les chemins de la colline, il ne peut plus s'appuyer à ton épaule et juger que tu grandis, il ne peut plus saisir son verre et juger de sa forme. Puis, à la suite d'une autre attaque, il perd la faculté de sentir les odeurs. Tant mieux, d'ailleurs, car ta mère continue à le nourrir à la becquée et toi, qui as grandi, et moi, ta mère aussi quelquefois, sommes obligés, après l'avoir nourri, de le laver quand il se souille. Et à ce propos, je dois te dire qu'après quelques mois de cette occupation, nous-mêmes nous ne sentons plus l'odeur.

« Il n'entend plus, il ne voit plus, il ne peut plus rien sentir par le toucher; il n'a plus d'odorat, donc il n'a plus la sensation du goût, et si quelqu'un l'aime, il ne peut plus le savoir, il a définitivement et complètement quitté le monde que nous connaissons. Or, il n'est pas mort : ta mère continue à lui donner la becquée, nous continuons tous les trois à le laver, et le docteur lui-même le dit : il n'y a aucune raison pour qu'il meure. Je crois que, cette fois, le dernier joueur de trompette a embouché son instrument. »

Mon père changea encore de position, mais il ne dut pas en trouver de bonne, car, finalement il ramena les pans de sa longue chemise de nuit sur ses jambes et il s'allongea complètement sur le toit, face à la nuit. « Fais comme moi », dit-il. Je le fis. Il y avait tant d'étoiles qu'on était ébloui! Mon père resta longtemps sans parler. Je crus qu'il dormait.

« Et voilà l'univers que nous connaissons! dit-il. Je ne parle pas du monde, c'est-à-dire de la terre, car nous sommes tellement différents, toi et moi, bien que tu sois mon fils, que nous serions surpris — peut-être jusqu'à la haine — si nous confrontions les connaissances personnelles que nous en avons. On a beau s'aimer, on ne transige avec personne sur les chemins qu'on prend pour se débrouiller de l'illusion. Mais voilà l'univers et il n'a qu'un visage, comme tout ce qui n'existe pas. Jules Verne a beau tirer des obus sur la lune, la lune n'est pas l'univers. S'il voulait tirer plus loin, vers ce que nous avons nommé Vénus, Mars, Jupiter, Saturne et les autres planètes connues et inconnues, ce ne serait pas encore l'univers. Atteindrait-il le soleil, qu'il ne serait toujours pas sorti de notre monde : l'univers est ce qui n'existe pas. Ce que nous voyons actuellement, toi et moi, est un passé (comme ce que voit l'oncle Eugène dans son univers personnel après qu'il a été privé de l'usage de tous ses sens, mais il n'est pas encore temps de revenir à l'oncle Eugène), c'est même la confusion de plusieurs passés. Nous assistons ce soir à un spectacle — très ordinaire comme tu vois — dont les acteurs sont peut-être morts depuis des milliards d'années et qui, s'ils ne sont pas morts, sont, de toute certitude, en train de jouer aujourd'hui même une scène qui ne pourra tomber sous les sens des hommes que dans des milliards d'années. Voilà que toi et moi (comme l'oncle Eugène) quand il s'agit de l'univers nous ne pouvons plus voir le présent et que, seul, le passé peut être perçu par nos sens.

« Et quand je dis le passé, je veux dire le passé dans toute son étendue, étant donné que le visage de l'univers que nous voyons est composé d'objets célestes qui sont à des distances de nous très diverses ; la lumière que nous percevons aujourd'hui à la fois est faite de milliards de lumières émises par ces objets à des milliards de moments différents de ce passé. Si ces milliards te gênent, prenons un temps plus court, dix mille ans par exemple (je te préviens que nous ne pouvons pas prendre moins) et disons (comme Jean, fils de Zébédée) quelques grandioses lieux communs. Il est bien clair que le rayon que tu reçois aujourd'hui de cette étoile en est parti il y a dix mille ans.

Depuis le temps, elle s'est peut-être éteinte, ou elle
a doublé d'intensité, ou elle émet une lumière verte,
ou elle s'est mise à clignoter comme un phare, ou
elle s'est décidée à bondir à travers le ciel comme
un agneau, mais aujourd'hui, tu la vois comme elle
était il y a dix mille ans, tu vois donc ce qui s'est
passé il y a dix mille ans; et ce qui se passe là-haut
aujourd'hui on ne le verra que dans dix mille ans.
Mais pour ce qui est de sa compagne, celle qui nous
semble d'ici être tout à fait à côté d'elle, celle-là est
à vingt mille ans. Tu vois donc aujourd'hui, en
recevant en même temps le rayon de l'une et de
l'autre, à la fois ce qui se passait il y a dix mille ans
et ce qui se passait il y a vingt mille ans. Souviens-
toi de ce qu'il a été dit. " Le cinquième ange sonna
de la trompette et celui de l'abîme apparut, il
s'appelait Abaddon en hébreu et Appolyon en
grec. " Ce qui est la même chose à la suite d'un jeu
de mots sarcastique. J'ajoute que les peuples du
Nord l'appellent Gog. Appolyon est l'ange des
nombres. On arrive rarement à démêler tout ce que
dit un nombre, encore plus rarement ce que dit
l'infini des nombres que régit Appolyon. Une seule
chose est sûre : le nombre est l'expression de ce qui
n'existe pas. Avec l'habitude de nous cogner dans
les obstacles terrestres, nous avons pris l'habitude
de mettre de côté ce qui existe et de l'autre côté ce
qui n'existe pas, faisant entre eux une différence
fondamentale. Or, nous habitons le passé. Les
mathématiques ne se conjuguant pas (ou tout au
moins pas encore), nous n'avons que leur infinitif à
appliquer à tous nos problèmes. Nous nous en

tirons fort bien, car c'est nous-mêmes qui avons créé le langage mathématique en fonction de cet infinitif. Que ce langage suffise à expliquer le monde n'a rien en soi d'extraordinaire puisqu'il explique seulement le monde qui tombe sous nos sens et sous notre intelligence, et que le langage qui l'explique est le produit de nos sens et de notre intelligence. Rien de ce que nous inventons ne peut sortir de ce monde-là. La grande invention serait qu'à l'aide d'un plus-que-parfait, d'un subjonctif, d'un conditionnel ou d'un futur mathématique, nous fassions, à partir d'une solution trouvée, surgir (à rebours du procédé habituel) un problème d'un de ces mondes qui ne tombent pas sous nos sens ; et qui, à cet instant précis, y tomberait. Mais nous ne croyons pas aux mondes que nos sens ne perçoivent pas. Nous ne pouvons pas y croire, n'étant pas construits pour y croire. Nous sommes donc incapables d'inventer cette conjugaison des mathématiques et cette incapacité nous empêche de construire des nombres sur ces temps différents du présent. Et c'est dommage, car à mesure qu'on s'enfonce d'étoile en étoile dans tout ce spectacle du passé, on sent qu'on finira bien par arriver à ce moment du passé où tout a commencé. Cette création sur laquelle tout le monde — sauf Jean, fils de Zébédée — s'interroge, nous pourrions en être tout simplement témoins. Il suffit de remonter le cours de milliards et de milliards d'années, or, les voilà ces milliards de milliards étalés devant toi.

« Ceci dit, j'ajouterai que ce n'est pas ce qui m'intéresse. Je suis certes amateur de spectacles et si on me disait : " Tu vas assister à la création ", je me cramponnerais volontiers à mon fauteuil, mais on n'a pas besoin de me le dire; j'y assiste, cette nuit, et toutes les nuits que Dieu fait sans que j'y comprenne la moindre des choses. Et l'essentiel continuerait à m'être caché. Si je partais à la poursuite de ce moment primordial à travers des milliards de milliards d'années et même à travers des chiffres si longs, si extraordinaires, si étranges qu'ils sont la chair même d'Appolyon (sans cependant arriver à les conjuguer, ce qui me manquerait, de toute façon), et si j'arrivais enfin au but de ma poursuite, ce ne serait qu'au prix d'un terrible éloignement de moi-même et mon propre commencement me serait d'autant plus caché. Car, voir naître la terre de son gaz originel, et sur cette terre voir naître les époques ne m'approcherait pas du tout de ce qui m'intéresse le plus : c'est-à-dire assister à ma propre naissance. Mais il faudrait connaître un ou plusieurs, et sans doute tous les mondes qui ne tombent pas sous nos sens, car tout se tient. Il faudrait pouvoir conjuguer le chiffre un (et les autres) à tous les temps et à toutes les personnes. Je rêve au subjonctif du un, par exemple, simplement celui-là pour commencer (les autres viendraient ensuite, certes, on ne pourrait plus arrêter l'élan de la curiosité). Ce subjonctif qui exprime en général un fait simplement envisagé dans la pensée et qui s'oppose à l'indicatif, mode objectif et statique! Tu vois comme il enrichirait ce chiffre un (et les autres) que nous nous bornons à savoir utiliser à l'indicatif présent. Et l'impératif : le mode du commandement, de l'exhortation, de la prière! Le passé simple, le passé composé, le passé antérieur! L'imparfait si magnifique, qui convient si bien à notre quête, l'imparfait qui indique sous l'aspect de la continuité un fait qui était encore inachevé au moment du passé, tu vois à quelles richesses de connaissances nous feraient accéder les chiffres si on pouvait les conjuguer comme des verbes.

« Et si je te parle des chiffres pour en désirer une hypothétique conjugaison, c'est que les savants (on pourrait presque dire les artistes) qui s'efforcent d'exprimer la réalité de cette illusion, d'exprimer le présent de ce passé, qui s'efforcent de comprendre et de nous faire comprendre l'univers, se servent précisément de chiffres, comme moi ce soir je me sers de mots, comme un peintre se sert de couleurs, comme actuellement, c'est-à-dire au point où nous l'avons mené, l'oncle Eugène se sert de son passé pour continuer à vivre autour de la soupe que ta mère lui donne (avons-nous supposé) à la becquée. Une cuillerée de soupe, et à partir de là une débauche d'esprit — pour cet homme qui n'est cependant pas intelligent — parce que n'ayant plus accès à notre monde, au monde qui tombe sous nos sens, il est obligé d'accéder à un monde qui continue à tomber sous le sens qui lui reste, et en ce qui le concerne c'est seulement la mémoire, c'est-à-dire une conjugaison du passé. Or, voilà également devant nous une conjugaison du passé, et c'est le contenant qui nous contient. Pourtant le présent existe, nous sommes bien obligés de le constater quand nous lavons du haut en bas l'oncle Eugène qui s'est souillé, et que nous changeons ses draps. Je ne veux pas dire que le présent soit nauséabond et le symboliser par l'ordure. Nous constatons également l'existence du présent dans nos plaisirs. Mais il est si fugitif que, si nous n'avions pas de mémoire, le présent n'existerait pas. L'oncle Eugène (dans l'état où nous l'avons mis) est toujours vivant mais n'a plus de présent. Il ne sait plus s'il fait jour, s'il fait nuit et le monde n'existe plus pour lui. Sauf en un point, ou plus exactement en deux points qui coïncident. Le premier point est le moment où il prend sa becquée, le second, qui coïncide avec le premier, est le moment où il souffre, si les escarres qui crèvent ses reins le font souffrir, ce qui d'ailleurs n'est pas prouvé. Et s'il souffre, c'est plus un imparfait qu'un présent : il sent sa douleur en train de se dérouler ; c'est pareil pour la soupe. Cet homme n'a plus de présent.

« Mais il est venu dans mon discours un peu plus tôt que je ne l'aurais désiré. Regardons d'abord ce passé qui seul existe, continûment, et nous contient. Voilà, juste au-dessus de ta tête, Véga, étant bien entendu, fiston, que c'est nous qui l'avons baptisée ainsi, simplement pour nous permettre de pouvoir parler d'elle, comme nous avons fait en donnant des noms à tout ce qui nous entoure : l'aube, le chien, ou toi-même, mon fils ; en réalité rien n'a de nom, ni l'aube, ni le chien, ni toi-même, et Véga non plus. Voilà donc Véga, que tu vois ce soir, telle qu'elle était il y a vingt millions d'années, puisque sa lumière met vingt millions d'années pour venir jusqu'à nous. Je te dis, volontairement, des chiffres approximatifs et inexacts, car ils ont autant de valeur pour ce que nous faisons que les chiffres dits exacts qui sont également d'ailleurs approximatifs. Quand on est dans les millions d'années, quelques millions de plus ou de moins n'ont plus d'importance. Alors que quelques secondes avaient tant d'importance pour Mme du Barry qu'on allait guillotiner, qu'elle s'humiliait aux pieds de l'exécuteur en criant : " Quelques instants encore, monsieur le Bourreau. " Et ici également je ne me soucie pas de savoir s'il s'agit de Mme du Barry ou d'une autre Madame de. Étant donné que ces quelques secondes ont beaucoup d'importance pour qui que ce soit. Ceci pour te donner une échelle de comparaison entre ces objets célestes et nous-mêmes. En ne perdant pas de vue que les milliards d'années d'existence de Véga n'ont pas plus d'importance *réelle* que les cinq secondes réclamées par Mme du Barry. A côté de Véga, voici la constellation du Cygne, celle du Dragon, la Couronne, le Bouvier, le Serpent et une autre très belle étoile : Arcturus. Voici une vingtaine d'étoiles parmi les myriades que nous voyons et déjà nous voilà dans un abîme, comme l'oncle Eugène. Nous assistons, en regardant cette vingtaine d'étoiles, à un passé composé : à ce qui s'est passé dans Arcturus il y a deux cents millions d'années, en même temps qu'à ce qui s'est passé dans le Cygne, dans le Dragon, dans le Bouvier, etc., à des dates extraordinairement éloignées, mais toutes différentes. La rencontre de toute cette composition de passés n'a de réalité que dans ton œil. Et tu peux te dire que tu vois, par exemple, pour Arcturus, ce qui s'est passé il y a deux cents millions d'années, puis ce qui s'est passé il y a deux cents millions d'années plus une seconde, plus deux, plus trois, plus dix secondes, plus une heure, plus un jour, plus un an, plus dix ans, plus cent ans (si tu peux regarder cette étoile pendant cent ans) et tu t'aperçois, en la regardant pendant cent ans, qu'elle est toujours pareille, que dans tout ce passé il ne s'est rien passé. En ce qui te concerne en tout cas, et pour Arcturus (ou Véga, ou le Bouvier, etc.), car pour d'autres il se passe parfois quelque chose, et les astronomes assistent, à de certains moments, à des éclatements d'objets célestes, éclatements qui se sont produits en réalité il y a vingt mille ans ou plus — c'est encore un chiffre au hasard — alors que la reine Nefertiti, Confucius, Charles Martel et M. Thiers avaient continué, pendant qu'elle était déjà éclatée depuis longtemps, à la voir tout entière. Alors que, par exemple, Jésus-Christ... mais laissons Jésus, pour prendre seulement Jean, fils de Zébédée ; eh bien, Jean, fils de Zébédée, si à Patmos on avait pointé le doigt vers cette étoile (depuis quelques années à peine nous savons qu'il y a vingt mille ans qu'elle a éclaté), et si on lui avait dit : " Qu'est-ce que c'est ? ", il aurait répondu : " C'est une étoile. " Alors qu'à ce moment-là ce n'était déjà plus rien. Enfin, plus rien en forme d'étoile. Maintenant, regarde à ta gauche : rasant le toit de la maison du père Martial, voilà la Voie lactée et, à travers elle, les constellations de Persée, d'Andromède, de Cassiopée, de la Lyre, du Sagittaire, etc. Voici le Petit Cheval, le Dauphin, le Capricorne, le Verseau, la Grue, les Poissons, la Baleine, Pégase, la Girafe, l'Ourse et le Lévrier; voilà Altaïr, voilà Arcturus et des milliards d'autres, car il n'y a pas assez de noms dans tous les dictionnaires de Babel réunis pour nommer tous ces objets (qui n'existent pas) et on a eu besoin d'avoir recours aux chiffres pour en distinguer quelques-unes des autres; mais, en réalité (si nous appelons réalité ce qui tombe sous nos sens — ici nos yeux), mais, en réalité, il n'y a pas non plus assez de chiffres, et on arriverait à des nombres ayant des milliards de zéros avant d'arriver à la fin des objets qu'il faudrait nommer. Or, tout ceci est du passé. Peut-être comme pour l'étoile dont je viens de te parler, tout ceci a-t-il disparu et n'existe plus (sous cette forme que cependant nous voyons) depuis des millions d'années, par conséquent, si nous tenons compte du temps minuscule de notre vie, n'a jamais existé pour nous. Peut-être que, pendant que nous parlons ici, bien tranquilles, tout cet univers est-il aux prises avec l'Apocalypse de notre ami Jean, fils de Zébédée; et, dans ce cas, nous continuons à être bien paisibles, car c'est seulement dans des milliards d'années qu'on s'en apercevra. Ce soir est peut-être le soir de la fin du monde et c'est seulement dans des milliards d'années qu'on s'en apercevra. La fin du monde a peut-être eu lieu il y a des milliards d'années et c'est seulement dans des milliards d'années qu'on s'en apercevra. Nous sommes peut-être, toi et moi, et le boucher, et toute la ville, et le Président de la République, et les rois, et les empereurs, et les socialistes, et les anarchistes, et les patriotes, et les héros, et les amoureux, etc., les habitants d'un univers qui a disparu depuis des milliards d'années. Ce qui, pour les minuscules cent ans que nous vivons (au plus), revient à dire qu'il n'a jamais existé. Et s'il n'a pas disparu, il a de toute façon changé de forme, comme a changé de forme, par exemple, celui qui aimait et qui n'aime plus (oui, je dis bien, changé de forme). Et nos sens s'adressent aussi à cette forme que l'univers n'a plus, et tout ce que nous en comprenons est plus faux qu'une imagination poétique; nos savants s'adressent aussi à cette forme que l'univers n'a plus et leurs chiffres faisant des opérations dans le vide ne prouvent ce qu'ils prouvent que parce qu'ils se déchiffrent eux-mêmes. Toute la science dont nous sommes si fiers, et même toutes les sciences, calculent au présent, alors que le présent est seulement la démarcation entre le futur qui n'existe pas et le passé qui existe seul. Un homme sans mémoire ne pourrait vivre que de la vie végétative. Le présent n'a pas de durée, il n'a pas non plus, par conséquent, de dimensions; rien ne peut s'exercer pendant le présent; le geste commencé au présent est déjà passé avant qu'il soit achevé. Je dis : " Je suis ", c'est déjà " j'étais ". Il vaudrait mieux carrément dire tout de suite : " J'étais " et négliger ce laps de temps indéfinissable pendant lequel, vraiment, " je suis ". Les 300 000 kilomètres que parcourt la lumière à la seconde sont un glissement de limace à côté de la vitesse de renversement du présent dans le passé. Au lieu de prendre la première comme unité de vitesse pour sonder les espaces de l'univers, il faudrait prendre la seconde; mais elle ne peut pas se chiffrer, avec nos chiffres qui ne se conjuguent pas. Tu serres la main d'un ami, déjà il y a un autre ami, un autre toi-même, deux mains étrangères. Tu regardes une pierre, un paysage de montagnes, de la matière dite immobile : si, pendant que tu regardes cette matière dite immobile, une photographie était prise sans cesse et qu'on puisse l'animer ensuite à la vitesse du présent, tu verrais des modifications instantanées de la pierre et du paysage, comme tu pourrais voir la vigne tordre ses vrilles, l'arbre gesticuler, le liseron chercher son tuteur avec une tête de serpent, si l'on exerçait sur eux la même surveillance photographique qui puisse ensuite se dérouler dans un présent objectif. Tout se précipite dans le passé, rien n'est immuable, rien ne demeure dans un présent qui lui-même ne demeure pas. Tu peux voir cette étoile morte depuis cent milliards d'années, c'est-à-dire qu'elle peut tomber sous tes sens, alors que tu ne peux pas connaître ce que contient la seconde qui suit celle que tu vis. On ne peut pas nous menacer du futur; on ne peut nous menacer que du passé.

« C'est pourquoi j'ai commencé d'abord par te présenter notre oncle Eugène et que je l'ai peu à peu réduit à n'être plus que " cette absence de moyen de comprendre le monde " que ta mère nourrit à la becquée. C'est pourquoi aussi je l'ai choisi si peu intelligent et que j'ai insisté sur son peu d'intelligence. Tel qu'il est, tel que je l'ai modifié à mon gré pour qu'il me serve d'exemple, il ne vit plus que de souvenir. Tant qu'il a pu parler, malgré sa paralysie, il a parlé sans arrêt dans le silence puisqu'il n'entend pas, dans le vide puisqu'il n'y voit pas, dans la solitude totale puisqu'il ne peut plus rien toucher, tout son corps étant insensibilisé par la paralysie. Il a parlé, non pour transmettre sa pensée, puisqu'il ne sait pas si quelqu'un est là pour l'accueillir, mais simplement parce que la pensée se fait dans la parole. Et il n'a pu parler que du passé, de son passé. Désormais, entièrement enfermé avec lui (au degré où je l'ai poussé), c'est de lui qu'il va continuer à vivre. »

Je me suis toujours souvenu des « conversations sur le toit de l'étable ». Elles datent de plus de cinquante ans. J'ai essayé d'en reproduire le flux à moitié endormi et l'apparent désordre. A cette époque, mon père, déjà âgé, avait beaucoup de soucis à cause de l'oncle Eugène (qui n'était que l'oncle de ma mère), déjà sourd et sur le point de devenir aveugle ; il ne pouvait s'empêcher de penser sans cesse à cette complication de nos problèmes déjà compliqués : sa vieillesse, ma jeunesse, notre budget de vingt francs par semaine. Il considérait ma mère comme une personne fragile devant qui il fallait déblayer la route. Son métier n'occupait que ses mains, et il travaillait entièrement seul dans une haute chambre sombre, propice aux rêveries, au sommet de la maison. Depuis des années, il lisait la Bible pour son plaisir, et aussi parce que c'était un livre « long » (c'est-à-dire économique : de « long » usage). Dans ses moments de malice, qui n'étaient pas rares, il insistait sur l'adjectif en ajoutant que ce livre n'était certainement pas *large* sur les moyens de s'en sortir.

Il aimait particulièrement *L'Apocalypse de saint Jean*. Il disait : « C'est mon Virgile. » Comme tous les autodidactes qui avaient été jeunes dans la partie nuageuse du XIXe siècle, les centaures, les sauterelles à dents de lion et les hippogriffes faisaient sur sa vie une ombre plus douce que les hêtres sur celle de l'heureux Tityre. Il vit le début des grandes découvertes. Il assista avec moi à la première représentation du cinématographe. On la donna dans la plus grande épicerie de la ville, qu'on avait pour l'occasion débarrassée de ses fûts de pétrole, de ses barils d'anchois, de ses baquets à tremper la morue et de ses sacs de cassonade. Nous étions debout, adossés aux étagères du « fil au Chinois ». Il vit, comme moi, la photographie animée reproduire la marche d'un train et le vent dans les arbres. C'est surtout la reproduction du vent qui l'impressionna. Des quatre mille habitants de notre petite bourgade, personne n'était resté chez soi, tout le monde était massé sur le trottoir de l'épicerie. On entrait par paquets de vingt. La séance durait un quart d'heure. Il me fit faire la queue une deuxième fois (à ma grande satisfaction d'ailleurs) pour aller revoir le vent. Au retour, il

imagina la photographie d'un typhon (il disait, lui,
à la mesure de ses espoirs : « La photographie *de*
Typhon »).

Il assista aussi à la première exhibition d'un
aéroplane. C'était un mardi, mais le jour fut férié.
Tous les ateliers s'étaient donné *campo,* les commerçants avaient fermé boutique, le collège, les écoles
primaires, la succursale de la banque s'étaient
déclarés en vacances. On payait cinq francs d'entrée
(le cinématographe avait coûté dix sous) pour
approcher de l'appareil, installé dans un champ
derrière la gare. Comme pour ces cinq francs on
avait droit à voir voler l'engin, la foule devint
méchante après une heure d'attente : il s'était levé
un petit vent et l'aviateur hésitait. On lui fit bien
voir que cinq francs étaient une somme. Les
gendarmes durent le protéger, enfin les gendarmes
eux-mêmes obligèrent, comme toujours, le héros à
se comporter en héros. Au moment de l'envol, je
revois la jeune femme de l'aviateur perdant son
beau chapeau couvert de roses et de raisins en
celluloïd, dans une crise de nerfs qui la renversait
dans les bras du commissaire de police. Mais
l'oiseau de toile avait pris de la hauteur et,
ronronnant, à peine balancé par le petit vent, était
allé faire le tour d'une colline à cinq cents mètres
de nous ; il revenait et se posait. Le monde avait
changé de sens ; il n'était plus question de méchanceté pour cinq malheureux francs, c'était l'adoration d'un dieu. Après clameurs et bousculades, et
cris, peut-être même *Marseillaise* (il me semble), on
s'approcha avec déférence des cordes qui avaient

été tendues pour protéger l'appareil et on regarda bouche bée ce dieu qui embrassait sa femme comme chacun peut le faire chez soi.

Cette manifestation eut plus de retentissement que la première. Le lendemain, j'entendis un gros instituteur qui était chargé de diriger la préparation militaire discourir d'Alsace et Lorraine, dans un groupe de messieurs sur le boulevard. Par contre, mon père, tout éberlué qu'il était, ne parla pas beaucoup. L'ombre de son hippogriffe devait lui paraître moins suave dans la réalité que dans le rêve.

Nous n'allions plus passer les nuits sur les toits depuis longtemps. Il avait vieilli et son pied n'était plus sûr. Je dois dire aussi que l'oncle Eugène était mort de sa belle mort. C'est-à-dire très vite, sans souffrir, sans même comme on dit « se voir mourir », et bien avant de perdre son premier œil. Il n'y avait donc pas eu de complications budgétaires, et nous avions pu faire passer cinq à six couches de lait de chaux sur les murs de la chambre.

Par contre, c'était à mon tour d'être inquiet de la vieillesse de mon père. Il se tenait toujours droit comme un if, et sa barbe blanche avait toujours le lustre d'une barbe en bonne santé; mais je voyais que son travail le fatiguait, qu'il tirait sur le ligneul en s'y reprenant à deux fois, et qu'après avoir tranché les bords d'une semelle ou tourné un talon, il était obligé de se redresser, de bander ses reins en arrière et de souffler un petit moment.

C'était l'époque où je me mis moi-même à

travailler pour aider la famille. Mais dès que j'avais un moment de libre, je venais le passer près de l'établi pour tenir compagnie à mon père. Le soir, c'était sous la lampe, une très haute lampe de cuivre sans abat-jour.

Après le vol de l'aéroplane, je vis de plus en plus la grosse Bible posée dans les rognures de cuir, près du tabouret à côté de la pierre à battre. « Écoute ça », me dit-il un soir, et il me lut des passages de l'Apocalypse dans lesquels il y avait beaucoup d'anges volant au zénith.

Ce n'était pas un homme simple, bien qu'il fût un homme courageux, et il se servait souvent d'ironie, soit pour se satisfaire, soit comme pierre de touche pour ses interlocuteurs. Je sentais que ces anges avaient porté son esprit à un endroit d'où il voulait revenir. Il lisait aussi à cette époque un petit *Arioste* ancien, que je conserve encore, qui lui avait été donné en remerciement par un compatriote piémontais qu'il avait obligé. Il me lut en italien, au début du chant quatrième, l'apparition du Cheval Volant :

> *E vede l'oste e tutta la famiglia*
> *e chi a finestre e chi fuor ne la via*
> *tener levati al ciel gli occhi e le ciglia*
> *come l'ecclisse o la cometa sia.*
> *Vede la donna un'alta maraviglia,*
> *che di leggier creduta non saria :*
> *vede passar un gran destriero alato,*
> *che porta in aria un cavalliero armato.*
>
> *Grandi eran l'ale e di color diverso,*
> *e vi sedea nel mezzo un cavalliero,*
> *di ferro armato, luminoso e terso...*

[Et elle voit l'hôte et toute la famille, qui à la fenêtre, qui dehors, dans la rue, tenant les yeux levés au ciel comme pour une éclipse ou pour une comète. Et la dame (c'est Bradamante) voit une haute merveille que les esprits légers ne croiront pas. Elle voit passer un grand destrier ailé qui porte dans les airs un cavalier armé. Le cheval avait de grandes ailes de toutes les couleurs et le cavalier assis dans leur milieu était armé d'un acier lumineux et étincelant.]

« Ce qui paraissait " coglionerie " au cardinal Hippolyte d'Este en 1515 s'est passé sous nos yeux avant-hier, dans la prairie derrière la gare. Je t'accorde, poursuivit-il, que le cavalier n'était pas armé d'acier étincelant, mais patience... »

Il était naturellement anarchiste, comme tous les cordonniers, mais un peu plus qu'ordinairement les cordonniers, à cause de son père qui avait fait du terrorisme révolutionnaire actif dans l'Italie du Risorgimento.

« Le prophète de Patmos s'occupait plus de politique qu'on ne pense, me dit-il un autre jour. La Bête est l'Empire. On dit Empire romain, je dis empire tout court, même l'empire qu'on prend sur les hommes, et il y a mille moyens exquis pour le faire, qui vont du mensonge organisé à l'assassinat et surtout à l'assassinat en commun : Babylone est Paris, Moscou ou Constantinople, et aussi bien, n'importe lequel des petits villages perchés sur les collines autour de nous. Les montagnes d'iniquités ne sont pas géographiques. La ruine de Rome est en train de se poursuivre dans le cœur de bien de nos amis. Gouverner, c'est me forcer à regarder ailleurs, pendant qu'on s'occupe de ce qui me regarde. Jean, fils de Zébédée, est un cartomancien pour ministres, il lit dans le marc de café pour les présidents du Conseil. Mais il faut le croire quand il nous dit que les événements sont des enfants trouvés. La politique est l'art d'adopter ces enfants trouvés. »

Il entra donc peu à peu avec méfiance dans le XXe siècle. Je sentais qu'il ne me perdait pas de l'œil et qu'il supputait les dangers des quatre points cardinaux. Dès qu'une machine était inventée, il méditait longuement sur ce qu'elle avait dans le ventre. Le gramophone à rouleau qu'acheta la boulangère trouva difficilement grâce à ses yeux, malgré une chanson de Béranger que le pavillon nasillait.

C'est ainsi que 1914 arriva, au moment précis où j'étais en âge de faire la guerre. Au cours de mes permissions, il m'interrogeait sans cesse sur les spectacles de ce monde étrange dans lequel je vivais, en première ligne. Je fus d'abord très circonspect, de peur de l'effrayer ; ayant enfin compris que ce qu'il voulait m'épargner était pire que la mort, je lui décrivis avec beaucoup de détails notre vie dans la boue, nos sommeils souterrains, notre peur des espaces libres, notre besoin d'encoignures et de cachettes, l'étrange sensation que nous éprouvions quand nous nous tenions debout, l'éclatement des obus et ce sifflement précurseur qui nous aplatissait sur le sol. Je décrivis avec encore un peu plus de complaisance mon expérience de Verdun, mais en me bornant toutefois à parler des transformations constantes du paysage, du ciel, des lumières, des flammes, du bruit, des aveuglements, des assourdissements, de cette mise en pétrin et de ce brassage de terre et d'hommes, de cette absence totale de réalité qui en résultait.

Au fur et à mesure que je repartais pour le front, puis que je revenais, je renouvelais mon lot d'images. Je lui parlais des ballons captifs que nous appelions saucisses et que les Allemands appelaient dragons. Je fis la description de combats d'avions. Et vers la fin, je lui racontai quelques épisodes de la guerre des gaz. Je lui montrai mon propre masque ; je l'essayai devant lui, pour qu'il puisse juger de la tête qu'on avait là-dessous.

Vint la paix et, un jour tout proche encore de ma démobilisation, nous nous promenions, lui et moi, dans les collines de printemps.

« Excuse-moi, dit-il, c'est moi qui vais faire le vieux grognard, je viens d'un temps où l'on grognait pour rien. La redingote donnait de la noblesse mais empêchait les grandes enjambées. On ne tardera pas à parler de Louis-Philippe avec des regrets dans la voix. Si mon père m'entend il va se retourner dans sa tombe ; mais s'il continue à écouter les bruits du siècle, il ne tardera pas à se remettre en place — jusqu'ici ce sont les bourgeois qui se sont occupés de sciences ; désormais les partisans s'en occuperont. Les super-civilisés auront besoin de réserves de sauvagerie, voire même de naïveté ; ils iront les chercher dans toutes les manifestations de la folie. Tout ça n'est pas grave. Il faudra surtout te méfier de ceux qui voudraient supprimer la mort, surtout si jamais ils y arrivent. Souviens-toi de l'Apocalypse. Les poètes écrivent le journal du futur : " En ces jours-là, les hommes chercheront la mort et il leur sera impossible de la trouver, et ils désireront mourir, et la mort s'enfuit d'eux. " Réfléchis bien au présent dramatique du dernier verbe. »

Peu de temps après il mourut.

6 février 1961.

Histoire :

LE DÉSASTRE DE PAVIE.

Voyage :

EN ITALIE.

Théâtre :

THÉÂTRE (Le Bout de la route — Lanceurs de graines — La Femme du boulanger).
DOMITIEN, *suivi de* JOSEPH À DOTHAN.
LE CHEVAL FOU.

Cahiers Giono :

1. CORRESPONDANCE JEAN GIONO - LUCIEN JACQUES 1922-1929.
2. DRAGOON *suivi de* OLYMPE.

Cahiers du cinéma/Gallimard :

ŒUVRES CINÉMATOGRAPHIQUES (1938-1959).

Éditions reliées illustrées :

CHRONIQUES ROMANESQUES, tome I (Le Bal — Angelo — Le Hussard sur le toit).

En collection « Soleil » :

COLLINE.
REGAIN.
UN DE BEAUMUGNES.
JEAN LE BLEU.
QUE MA JOIE DEMEURE.

En collection « Pléiade » :

ŒUVRES ROMANESQUES COMPLÈTES, I, II, III, IV et V.

Impression Bussière à Saint-Amand (Cher),
le 24 janvier 1984.
Dépôt légal : janvier 1984.
1er dépôt légal dans la collection : mars 1978.
Numéro d'imprimeur : 282.
ISBN 2-07-037012-7./Imprimé en France.